U0001999

致青春 045

偷偷藏不住

（中）

竹已　著

高寶書版集團

目錄
CONTENTS

第六章　想當一個畜生

這個碰觸極為短暫，不到一秒的光景。

桑稚的腦海中還一片空白，甚至還沒來得及做出什麼反應，下一秒，她感覺到段嘉許似乎也僵住了，而後立刻站直，往後退了一步。

兩人之間拉開一道不遠不近的距離。

他們站的位置在公車站的背後，背著光，光線極為昏暗。桑稚下意識地抬頭，神色呆滯，與他略顯暗沉的目光對上。不知是什麼心理在作祟，她不敢跟他對視，立刻收回眼，也往後退了一步，手腳都不知道該往哪裡放。

桑稚不知道該做出什麼反應才是對的，反應太大似乎很奇怪，反應太小的話，是不是也不妥？要不然就當作什麼都沒發生？把這個意外當作一件微不足道的事情，然後像平時那樣繼續與他正常交談。腦袋混亂之際，她想用袖子抹一下額頭的位置，手舉起來時，又覺得自己這個舉動有些明顯，只好改成摸腦袋。

很快，桑稚聽到段嘉許開了口。他的呼吸聲有些重，他似乎是在按捺著什麼痛苦，聲音也因此變得低啞：「抱歉。」

桑稚頓了一下，再次看向他，這才發現段嘉許的臉色極為不佳。

在這樣的天氣裡，他的額間還冒出細細的汗，額角的頭髮都被打濕了。嘴唇發紫，咬著牙，整個人都緊繃著，彷彿下一刻就要倒下。

桑稚愣住了。她從沒碰過這種狀況，瞬間想起剛剛自己似乎撞到了他哪裡。她急了，嚇得說話都結結巴巴的：「哥哥……你很難受嗎？是不是我撞到你哪裡了……」

「什麼妳撞的？」段嘉許平復著呼吸，勉強彎起唇，「妳就碰一下而已，還想詐騙哥哥啊？」

「對不起。」桑稚莫名有點想哭，眼眶漸漸變紅，聲音帶著鼻音，「哥哥，你在這裡等我一下，我去攔計程車。」

這次段嘉許沒再說什麼，慢慢地說：「去吧。」

剛走到馬路邊，恰好有輛空的計程車開過來，桑稚連忙攔下，跟司機說了一聲之後，立刻小跑步回段嘉許旁邊。她扶著段嘉許往計程車的方向走。

段嘉許走路的速度比剛剛慢了一些，似乎動一下他都覺得疼。他忽地笑了一聲，語氣帶了幾絲玩味：「這次好像真的是在攙扶老人。」

桑稚笑不出來。

「小桑稚，哥哥感覺好像不是胃痛？」段嘉許側頭看向桑稚，似乎是在思考，語速緩緩的，「不過這還——」

「……」

「真的很痛。」

上車之後，司機回頭看了一眼，注意到段嘉許的臉色，他問：「是喝酒喝多了嗎？什麼情況？不會吐在車上吧？」

可能是坐下之後緩解了疼痛，段嘉許的臉色也沒剛剛那麼差了，他輕笑著說：「司機大哥，您別擔心，我忍得住。」

司機皺起眉，決定先說清楚：「吐了要賠兩百啊。」

「如果吐了會賠的。」桑稚連忙道，「叔叔，他不舒服，不是喝酒了。您把車開到市立醫院吧，謝謝。」

司機沒再說什麼，發動了車子。

桑稚下意識地往段嘉許的方向看。他靠在椅背上，坐姿懶散，一隻手還捂著右下腹的位置。

桑稚不想讓他再費勁說話，所以也沒主動吭聲，倒是段嘉許先開了口：「桑稚，繫安全帶。」

她下意識喔了聲，從右後方扯過安全帶，想扣上的時候突然想起他也沒有繫。桑稚的動作停住，她瞬間鬆開安全帶，湊到他旁邊去。

大概是注意到她的動作，段嘉許問：「怎麼了？」

桑稚探手去摸他旁邊的安全帶，嘀咕著：「我幫你繫。」

段嘉許笑：「幫我繫幹什麼？妳自己繫好就好。」

「我幫你，你好好坐著。」桑稚搖頭，堅持地說：「哥哥你睡一會兒，睡著就不覺得痛了，到了我叫你。」

「好，那麻煩小桑稚了。」段嘉許也沒拒絕，坐在原地，歪過頭盯著她，「還要妳來照顧哥哥。」

所幸市立醫院也不遠。

司機把車子停在醫院門口，桑稚付了錢，扶著段嘉許進醫院，然後去幫他掛急診。

醫生讓段嘉許去拍了X光，確定是急性闌尾炎。桑稚在一旁聽著，大致是說他這情況拖很久了，再晚點來就要穿孔了，到時候可就不是小問題了。她抿抿唇，看了他一眼。

段嘉許似乎也不太在意，眼角彎起來，只是笑著。

接著，醫生在病歷本上寫著什麼，讓桑稚先去付錢，然後安排手術。

桑稚點頭，邊看著單據邊扭頭往外走，還沒走幾步，段嘉許就叫住她：「桑稚。」

桑稚回頭：「怎麼了？」

「裡面有張卡，密碼是哥哥的生日。」段嘉許從口袋裡把錢包遞給她，語氣斯文又溫和：「謝謝小桑稚幫忙。」

她盯著他看了幾秒，接了過來：「好。」

這只是外科的一個小手術，危險性很小，時間也不長。等她付完錢回去之後，段嘉許注意到時間便主動說：「桑稚，九點了，妳該回學校了，再晚不安全。」

桑稚沒動。

「不是什麼大事情，」段嘉許說：「做完手術，休息幾天就沒事了。妳有空時再過來看看我就好了。」

桑稚把單子遞給醫生說：「我等你出來再回去。」

「這要一個小時呢。」段嘉許挑起眉，臉色仍是接近病態的白，「妳一個人在外面不無聊啊？」

桑稚的心情不太好，她悶悶地說：「你別說話了。」

「好。」段嘉許又笑了，「哥哥不說了。」

桑稚沒再說話，沉默著站在他旁邊。她突然想到，如果她今天沒有跟他約好一起吃飯，按照他剛剛在電話裡說的那樣，大概也不會去醫院。

她的心裡莫名覺得悶悶的。

段嘉許進手術室之後，桑稚就坐在外面等。怕室友擔心，她在宿舍群組裡說了句「今天可能會晚點回去」，然後便打開網頁搜尋「闌尾炎術後注意事項」。

過了好一會兒，桑稚收起手機，突然想起在公車站的那個意外。她下意識地摸摸額頭，也許是心理作用，在此刻，被他觸碰到的地方開始發燙，彷彿是在灼燒。

那一刻，他呼出來的氣息似乎還纏繞在她身邊。

極為親暱的距離。

算了，別想了。

別想了！

是她先撞過去的，人家被撞了反而還道歉。按具體情況來分析，這樣算起來，反倒應該是她占了他的便宜。而且就只是碰到額頭，又不是什麼大不了的事情。

他們都不是小孩子了……看他的反應，好像也沒有把這件事情太放在心上。

沒讓桑稚繼續胡思亂想，手裡的手機振動起來，來電顯示是「媽媽」。注意到螢幕上方的時間，桑稚連忙接了起來：「媽媽。」

黎萍的聲音從電話那頭傳過來：『只只，妳還沒回宿舍嗎？』

因為她跑到這麼遠來念書，過來之前黎萍提前跟她說好，每晚十點要通個電話。如果她有事情的話，可以傳訊息跟她說一下。

桑稚沒撒謊：「對。」

黎萍：『跟朋友出去玩了嗎？』

「不是，」桑稚說，「媽媽，我在這邊遇到哥哥的那個朋友，就是我國中時當我家教的那個，段嘉許。」

黎萍：『嗯，媽媽記得。』

「因為他幫了我很多忙，我就想請他吃個飯。」桑稚解釋著，「但他生病了，我就送他去醫院，現在在醫院。」

黎萍：『生病了？嚴重嗎？』

桑稚：「醫生說是急性闌尾炎，應該沒什麼大問題。」

『那妳多照顧他一點吧，那孩子家裡也沒什麼人。』黎萍嘆了一聲，『妳自己也要注意點，早點回去，知道嗎？』

桑稚被她的話感到好奇，訥訥地問：「家裡沒什麼人是什麼意思？媽媽妳怎麼知道的？」

『啊？』黎萍說，『我好像沒跟妳提過這件事，但妳也不要問他。妳哥哥這個朋友，好像是在大一上學期的寒假，跟妳哥哥借了三萬塊。』

「……」

『妳哥那時候才幾歲，哪有這些錢，就跟妳爸要了。』黎萍輕聲說，『說是要幫媽媽治病。後來錢還了，但好像說人也沒了。』

桑稚有點說不出話，半晌後才問：「那他爸爸呢？」

『這個媽媽就不知道了。』黎萍說：『但如果他爸爸在的話，怎麼可能讓小孩來借這筆錢？』

做完手術之後還要住院一週，段嘉許被安排在一間雙人病房。他穿著病煥服，頭髮散落在額前，面容看起來蒼白而冰冷，精神狀態不太好。

手術是局部麻醉，所以他還清醒著，手背上吊著點滴。看著一旁的桑稚，段嘉許彎起唇，再次提醒：「桑稚，妳該回學校了。」

桑稚輕聲說：「知道了。」

「出去之後攔一輛計程車，把車牌號碼記下來傳給我。」段嘉許說，「然後到宿舍之後，打通電話給我。」

「喔。」桑稚抓著單肩背包上的背帶，猶豫地問：「手術會痛嗎？」

「不痛。」段嘉許笑，「有打麻醉啊，沒感覺。」

桑稚點點頭：「那我明天再來看你。」

「沒課的時候再過來。」段嘉許不甚在意地說：「哥哥在這邊也沒什麼事情，不用小桑稚天天來回跑。」

「……」桑稚看他一眼，「嘉許哥再見。」

「嗯，再見。」

見她出了病房，段嘉許拿起一旁的手機看了眼。注意到桑延打了通電話給他，他眉眼一抬，慢條斯理地打了回去。

聽著耳邊響起機械的嘟嘟聲，段嘉許忽地想起在公車站牌旁的事情，以及桑稚的反應。小女生極為猝不及防，似乎是被嚇到了，連看都不敢看他，可能還覺得有些尷尬，半天都不吭一聲。

她可能很介意這件事？

不等那頭接起，段嘉許掛斷了電話，終於有時間和精力來想這件事。

算起來，這小孩過幾個月也該十九歲了？就算先不論年齡，他剛剛那個行為也好像是占了人家小女生的便宜。

她還是他兄弟的妹妹，也算是他看著長大的一個小孩。

而且她都十九歲了，他是不是也不能總是那樣逗她玩啊？萬一這小孩突然一轉念，誤會他有畜生般的想法，這就不太好了。

小女生可能都比較在意這些？

段嘉許摸摸眉心，莫名有了幾分……罪惡感。

他突然想起她之前的那個網戀對象。

在這個時候，手機鈴聲響了起來，打斷他的思緒。

是桑延打來的。段嘉許接了起來，思考著要不要坦白這件事情。

桑延的聲音從那頭傳了過來，語調懶懶的：『兄弟，你的闌尾割了嗎？感覺如何？』

「滿好的。」段嘉許扯扯唇角，散漫地說：「你可以去試試。」

『長得帥的人沒有這個東西，懂嗎？』說到這裡，桑延提起一件事，『聽說是我妹送你去醫院的啊？』

段嘉許：「嗯。」

『這點小事還要送？你不能自己去醫院嗎？』桑延悠悠地說：『你就不能注意一下嗎？痛的時候自己主動去趟醫院不就好了？』

段嘉許：「你打電話來就為了這件事？」

『我剛好有空，聽說你生病了，就打個電話過來慶祝一下。』桑延說，『既然你沒事就算了，我要去睡了。』

「等一下，」段嘉許沉默幾秒，「我跟你說一件事。」

『說。』

段嘉許斟酌著該怎麼表達。

這怎麼說？說我剛剛不小心親了你妹一下，小女生看起來還滿介意的，不過我希望你這個做哥哥的別介意。

這不是有毛病嗎？

「算了。」段嘉許說，「沒什麼。」

『……』桑延那邊也安靜了一會兒，很快又說：『我就是特別看不慣你這點，一個大男人說話像小女生一樣忸忸怩怩，有什麼話不能直說？』

段嘉許：「掛了。」

『等一下。』桑延似乎是來了興致，『兄弟，我聽說你最近又要去相親了？你老闆還滿熱心的，幫你介紹多少個了？』

「……」

『沒有一個看對眼嗎？我看你現在也沒對象。』桑延說，『好吧，兄弟，我教教你，你不要像以前那樣說話。』

段嘉許連眼皮也沒動一下：「我哪樣說話？」

『你說話的語氣，我一直不好意思打擊你，』桑延的語速慢吞吞的，『你懂的，有點太土了。』

「……」

『看你也不像是喜歡姊弟戀的人，』桑延說，『兄弟，我跟你說，現在的「九年級」不喜歡這一套。』

段嘉許眉頭一皺：「九年級？」

『我們「九年級」比較潮，懂吧？』桑延悠悠地說：『我知道你這個「八年級」不懂，但你得跟上時代啊。』

段嘉許跟桑延差了一歲。一個一九八九年出生，一個一九九〇年。

段嘉許被他氣到了：「你太閒了，掛了。」

他看了眼時間，盤算著從這裡到宜荷大學的時間，正想打個電話問問桑稚上車了沒有，餘光注意到門邊有動靜。

段嘉許抬起眼，立刻看到剛剛已經走了的人此刻又回來了。她站在門旁邊，沒動，似乎怕被他罵人，聲音很小：「嘉許哥，我……還是陪著你吧？」

「……」

「我感覺如果是我生病，」桑稚抓抓頭，「你應該也不會走的。」

此時病房裡只有段嘉許一個人，室內安靜得過分，顯得空蕩又寂寞。他平躺在床上，喉結滑動了一下，沒有說話。

沒得到他的同意，桑稚也不敢進去，只好又問一遍：「可以嗎？」

段嘉許這才開口輕聲問：「吃飯沒？」

「我剛剛去附近買了個麵包，」桑稚眨眨眼，遲疑地走到他旁邊，把袋子遞給他看，「還買了瓶烏龍茶。」

「吃這個會飽？」段嘉許掃了眼，「叫外送吃吧。」

桑稚搖頭：「我不太餓。」

段嘉許：「妳什麼都沒吃呢，怎麼不餓？」

「就是不餓。」桑稚把袋子放到旁邊的桌子上，轉身把床尾的椅子搬到床邊，動作慢吞吞的：「我想吃的話就會吃的，這麼大的人了才不會餓到自己。」

段嘉許盯著她，突然笑了出來，沒再說什麼。

桑稚坐到椅子上，把麵包拿出來，小聲說：「我剛剛問了一下護理師，你得平躺六個小時，然後十二個小時之後才能下床。」

「嗯。」

桑稚咬了一口麵包，咕噥道：「然後你現在還不能吃東西，這一週都得吃流質食物，這點滴好像得打三天。」

段嘉許漫不經心地聽著，又應了一聲：「嗯。」

之後房間裡便安靜下來，只剩下桑稚吃東西時發出的小聲音。

病房裡有暖氣，桑稚坐沒多久就覺得有點熱。她站起身把外套脫掉，折了幾下掛在椅子上。

注意到她的動靜，段嘉許瞥了一眼，目光定在她身上幾秒，然後淡淡地說：「大冷天的，穿什麼裙子。」

沉默突然被打破，桑稚抬頭，恰好跟他略微上挑的眼睛對上。

這語氣跟她媽抓到她冷天還穿薄衣服一樣。

這個人某種程度上像她爸、她媽、她哥三個人的合體，在家裡就一直被管穿著，桑稚不想過來這邊了還被管。

「這是長裙。」桑稚低下頭，繼續啃著麵包，「你想穿也可以穿。」

「……」

段嘉許撇過頭看她。

她吃東西的樣子跟以前一樣，臉頰鼓得很大，像個小河豚。他有點想笑，又怕扯到傷口，只好輕輕地說話：「這邊比南蕪冷。妳自己注意點就好，生病會不舒服。」

聽到這句話，桑稚莫名其妙地想起上一次來宜荷的事情，嘴裡的東西忽然就變得難以下嚥。她沒看他，拿起烏龍茶喝了一口，點了點頭。

勉強把麵包吃完之後，桑稚看了一眼時間：「嘉許哥，你要不要睡？」

「幾點了？」

「快十一點了。」

段嘉許：「妳怎麼睡？」

桑稚想想：「我去租個陪伴床，不會很貴。」

「陪伴床？那個不好睡啊。」段嘉許皺起眉，明顯不同意，「旁邊那張床是空的，不然妳去把床租下來。」

「不用。」桑稚嘀咕著，「我又不是過來享受生活的。」

「……」

也不等他再說什麼，桑稚便起身往外走：「那嘉許哥，你先醞釀一下睡意。我出去問問。」

陪伴床一天才幾百塊錢。

交了錢之後，桑稚又順便到附近買了雙份的漱洗用品。回到病房時，段嘉許正在看手機，像是在傳簡訊給什麼人。

桑稚看了一眼，沒說什麼。

「怎麼去那麼久？」段嘉許把手機放下，問道：「買了什麼？」

「牙膏、牙刷還有毛巾。」桑稚把東西翻出來，「我想去漱洗一下。」

段嘉許：「嗯，去吧。」

走了兩步，桑稚突然想起一件事情，猶豫地回頭：「嘉許哥，你想擦個臉嗎？刷牙應該還不行。」

東西不少，桑稚乾脆把整個袋子拿去。廁所裡沒什麼人，她把東西放在檯子上，深吸了口氣，慢慢地開始漱洗，腦子裡開始考慮等一下要怎麼辦。她一時衝動就問出口了，因為感覺如果她不主動問，他也不會主動提要求。

不過也沒什麼吧，她以前跌倒時他也幫自己處理過傷口，也不嫌髒；他也幫她擦過臉，而且他現在是病人，什麼事情都無法自己做，本來她留在這裡就是要照顧他的，總不能自己提議了之後還後悔半天，這不是太小家子氣了嗎？

桑稚沒再拖拖拉拉，從袋子裡把毛巾拿出來，到淋浴間用熱水洗了一下，隨後便回到病房裡。她找了個地方把東西放好，走到段嘉許旁邊，提前告知一聲：「嘉許哥，我幫你擦臉。」

「不用。」段嘉許似乎不打算讓她來，「拿過來，我自己擦就行。」

「你自己怎麼擦？」桑稚本來就不好意思了，此時被他一拒絕，莫名有點惱火，她皺著眉坐在床邊，語氣又冷又生硬，「等一下扯到傷口了，你又要多住幾天的院。」

段嘉許頓了一下，反倒笑了：「妳今天怎麼一直跟我發脾氣？」

「……」桑稚沒看他的眼睛，把毛巾折小一點，從他額頭處順著往下擦，「我哪有發脾氣，我說話一直都這樣。」

她不再猶豫，直接動手。

毛巾從他的額頭處滑過，再到眼睛，段嘉許下意識地閉上眼。她沒靠他太近，動作仔細又輕，手也沒有碰觸到他。

段嘉許從來沒被人這樣照顧過，也沒想過他會這樣被人照顧。他不喜歡麻煩別人，況且這個人還是……雖然已經成年了，但他依然覺得還沒長大，還需要被很多人保護、照顧的小朋友。

隨後，毛巾溫熱的觸感挪到鼻梁上，再到臉頰和下巴。

段嘉許睜開眼，視線與桑稚的目光撞上。

她的眼睛大而明亮，雙眼皮的褶皺很明顯，睫毛又捲又翹，像兩把小刷子。眼角天生下垂，眼睛有點像小狗眼，看起來乾淨又純粹。

定格了幾秒，段嘉許的目光稍稍下滑，他懶懶地問：「擦好了？」

「擦好了。」桑稚收回視線，手也隨之收回來，很快，她站了起來，「我去洗一下毛巾。」

桑稚走出病房，強裝鎮定的模樣立刻垮掉，背脊也瞬間放鬆下來。她慢慢平復著呼吸，抑制加速的心跳。

不是，他眼睛閉得好好的，怎麼突然睜開了呢？

他不能提前說一聲嗎？

——「我要睜開眼睛了。」

——「妳準備一下。」

不能嗎？

不能嗎！

嚇死人。

嚇死人了！

桑稚回憶著自己剛剛的反應。

她應該還算正常吧？好像沒有什麼激動的反應，完全只把這當作一件稀鬆平常的事情，態度不卑不亢。

桑稚漸漸放鬆，到最後腦海裡只剩下一個想法——這是她這輩子第一次，也是最後一次幫他擦臉。

回到病房，桑稚把陪伴床打開坐著。她想了想，打算把外套當被子，勉強睡一晚。

段嘉許還沒睡。見狀，他喊了聲：「桑稚。」

桑稚抬頭：「怎麼了？」

段嘉許：「拿我的外套墊著睡。」

桑稚頓了一下：「喔。」

他今天穿的是一件長大衣，攤開來比她整個人還大。桑稚將大衣鋪在陪伴床上，收拾了一下，然後起身關燈。

段嘉許沒再說話。

桑稚從自己的外套裡摸出手機，把亮度調到最低，發現甯薇打了好幾通電話給她。她愣了一下，猛地想起自己沒跟室友說今天不回去。她立刻打開微信，在宿舍群組裡說：我今天不回去了，我有個認識的哥哥——

桑稚想了想，把「哥哥」兩個字改成「姊姊」，然後繼續輸入：生病了，我在醫院照顧她。

桑稚：剛剛沒看手機。

甯薇：嗯，沒事就好。想說妳這麼晚沒回來，還都不接電話，把我嚇一跳。

來。

甯薇：還有，江銘好像找妳有事。他說妳一直不回他訊息，我就跟他說妳跟朋友出去了，還沒回來。

桑稚：好。

桑稚退出聊天畫面，往下滑。

自從上次甯薇的生日之後，桑稚很少再見到江銘這個人。他沒約過她出去，只會偶爾找她聊天，次數也不算多。

桑稚點開和江銘的聊天視窗，看到他傳了幾封冷笑話來，往下就是幾封幾秒鐘的語音訊息。她想將語音轉換成文字，手一滑，直接點開了。

男生清亮的聲音瞬間響起，在這狹小的房間裡迴盪著：『桑稚，妳有空嗎──』

桑稚嚇了一跳，立刻按下電源鍵，語音也被強制中斷了。她不由自主地看向段嘉許，呼吸下意識地屏住。但因為視線太過昏暗，她看不出他是不是睡了。

等了半天桑稚也沒聽見他說話。她鬆了口氣，輕手輕腳地翻個身，又點開手機看了一眼。

桑稚不敢再點那幾條語音，打算明天聽了再回。她看了一下明天的課表，不知道第一節課趕不趕得回去，只好傳訊息給甯薇：我明天的政治課可能不上了，妳到時候幫我點個名。

甯薇：ＯＫ。

桑稚關了手機，把手機放到旁邊，身體蜷縮在外套裡。她吸吸鼻子，身下是段嘉許的外套，她像是被他的氣息所包圍。

淡淡的菸草香和青檸的氣味結合，像個成熟的大男孩，莫名地給了她安全感。

也許是到了一個陌生的環境，桑稚有點睡不著，閉著眼睛醞釀了好一會兒都沒睡意。她忍不住翻了個身，想再玩一會兒手機。

桑稚小心翼翼地伸手往桌子上摸索著，這個時候，段嘉許突然出聲問：「睡不著？」

桑稚的動作一頓，她點頭：「嗯。」

「因為語音沒聽完？」

「……」桑稚看向他，頓時覺得自己剛剛大起大落的情緒就像個笑話。她有點彆扭：「你聽到了還裝睡。」

「什麼裝睡？」他笑，「我只是沒說話。」

「那就是裝睡。」桑稚鬱悶地說：「你怎麼這麼喜歡偷聽？」

「嗯？」段嘉許的尾音上揚，「妳不是自己放出來的嗎？年紀小小的，還學會騙人了啊？」

桑稚說不過他，把外套蓋到腦袋上：「我不跟你說了，我要睡了。」

段嘉許：「不是睡不著？」

桑稚：「睡不著也得睡。」

段嘉許：「來跟哥哥聊個天？」

桑稚把眼睛露出來，看了過去：「聊什麼？」

「妳要不要把語音繼續聽完？」他的聲音帶了幾絲玩味，「讓哥哥聽一下，看看是誰想約我們小桑稚。」

桑稚不開心：「你又不認識。」

段嘉許：「妳說了我不就認識了。妳描述一下，哥哥幫妳把關。」

桑稚：「約我吃個飯都要把關？」服了，他剛剛說她冬天穿裙子的時候像黎萍，現在又像桑榮了。

段嘉許：「這不是怕妳年紀小被騙嗎？」

桑稚敷衍地說：「喔，好吧。」

沒等段嘉許再吭聲，她揉揉眼睛，又補充了一句：「有點多，我說一整個晚上都說不完——」

「……」

「你用筆記記下來吧。」

聞言，段嘉許側頭看她。他的眼眸在這昏暗中顯得有些亮，唇角彎起，他饒有興致地道：「說一整個晚上都說不完？」

「本來就是。」

「小桑稚這麼受歡迎啊？」

「是啊。」桑稚理所當然地說：「我長得漂亮啊。」

段嘉許的眉眼一挑，他沒說話。

這突如其來的沉默就像是在否認她的話一樣，桑稚的心裡有些不痛快，她收回眼神，拿起桌上的手機：「你快睡吧，沒事窺探年輕人的生活幹嘛。」

「……」

桑稚哼了一聲：「你又不懂。」

「你們兄妹倆是故意的吧？」段嘉許的尾音上揚，他散漫地說：「一天到晚攻擊我的年齡，提前說好的啊？」

桑稚瞪他：「我哥怎麼攻擊你？你們不是一樣大嗎？」

一百步笑一百步。

「他覺得他年輕啊。」段嘉許輕笑了聲，又提起剛才的事情，「好了，開始說吧。」

桑稚還沒反應過來：「什麼？」

「哥哥幫妳把關啊。」說到這裡，他突然想起了什麼，聲音裡帶了幾分調笑：「啊！對了，小桑稚幫哥哥拿本筆記本來。」

「……」

「哥哥好好記下來。」

桑稚盯著他看了幾秒。很快，她轉過身，開啟手機的螢幕，不想再交談的意思表現得很明顯：「我才不告訴你。」

◇

第二天早上，桑稚還是沒狠下心，不情不願地又幫他擦了臉，接著順帶把他的手臂和手掌都擦了一遍。

這次段嘉許沒像上回那樣突然睜眼，也沒說什麼別的話。但桑稚一直也沒往他眼睛上看，視線放空。她努力讓自己心無旁騖，就像在擦一具不能動彈的屍體一樣。

臨走前，桑稚想了想，問道：「嘉許哥，你還有沒有什麼需要的東西？我晚上過來時帶給你。」

「嗯？」段嘉許似乎還有點睏，眼皮半閉著，「我外套裡有鑰匙，妳拿去。幫哥哥把房間裡的電腦拿過來。」

「……」桑稚說，「你要電腦幹嘛？」

段嘉許抬起眼，笑道：「工作。」

桑稚愣了一下，表情瞬間變得有些難看：「你不是都請假了，而且都生病了幹嘛還工作？你老闆又不會額外給你錢。」

段嘉許看著她，沒說話。

桑稚：「我不拿，別的我幫你看看，我走了。」

說完她便走出了病房。

桑稚在火車上聽了江銘的幾段語音：『桑稚，妳有空嗎？我和朋友在操場。妳要過來嗎？我聽甯薇說妳還沒回學校，這麼晚了一個人回學校也不安全，我去接妳吧？』

她遲疑了一下，回覆：抱歉，昨天一直沒看手機。謝謝你的關心。

桑稚先回宿舍洗了個澡，換了身衣服，然後去教室上課。週五的課不算少，一直上到下午六點，她也沒來得及吃飯，下課就坐火車到段嘉許的家。

出了火車站，桑稚順著手機導航找到地點。

這邊是住宅區，旁邊是市立圖書館，但距離段嘉許住的地方還有一小段距離。附近有一條美食街，還有個小型的廣場，格外熱鬧。

桑稚用門禁卡進了社區，找到段嘉許住的那一棟，上到第十五樓。這裡一層有四戶，段嘉許住的房子朝南。她走過去拿鑰匙開了門，不太熟悉地摸著牆壁，找到開關把燈打開。

室內的裝修偏暗色調，客廳的沙發和茶几都是灰黑色的，牆壁也漆了相似的顏色。木質的地板，中央鋪了塊暗色的方形地毯。沙發上放了本翻開一半的書，旁邊是一盞高腳檯燈。窗簾都拉著，房子顯得有些悶。

桑稚把鞋子脫掉，看著鞋架上唯一的一雙拖鞋，猶豫著還是沒穿。她穿著襪子走進去，思考著要帶些什麼東西，往客廳看了一圈，突然注意到電視櫃上放了三個相框。

一張是段嘉許他們整寢穿著學士服的合照，旁邊是桑稚在畢業典禮上跟他拍的那張兩人合照。她還是第一次見到這張照片，忍不住多看了幾眼。

那個時候她才到他的肩膀處，看上去還有些稚嫩，穿了件粉藍色的連身裙，站在距離他二十公分遠的地方，唇角露出兩個小小的梨窩。段嘉許把手放在她的腦袋上，神情吊兒郎當的，笑容很明朗。

照片拍得也很好看。

桑稚舔舔嘴唇，做賊般地拿出手機，把那張照片拍了下來。她的視線一挪，突然注意到另一個相框上也是一張合照。

那張照片很明顯是老照片，色調都不太一樣，照片上的段嘉許看起來不過十幾歲。他穿著一身校服，旁邊站著一個比他矮半顆頭的女人。兩人的眉眼極為相似，臉上都掛著淡淡的笑意。

想到黎萍的話，桑稚瞬間明白這個人的身分。她蹲下來，思考了一下，小聲說：「阿姨好，我是桑稚，是嘉許哥朋友的妹妹。」

過了幾秒，桑稚又補充：「嘉許哥昨天沒回家是因為生病了，做了個小手術，但不嚴重。我現在只是來幫他拿點東西，您不用擔心。」

說完，桑稚站起身，拿出手機上網搜尋「住院需要帶什麼」，按照上面標出來的指示，將東西一一拿好。注意到「貼身衣服」四個字後，她的視線一頓，然後轉到他房間的衣櫃上。

「……」

她為什麼又要做這種事情？

桑稚閉了閉眼，打開衣櫃，看到裡面放了兩盒新的衣物。她鬆了口氣，直接把盒子丟進袋子裡。她往上看，糾結著要不要多帶幾件衣服，忽地看到一條極為眼熟的領帶，是她上一回來宜荷市時送給他的生日禮物。

桑稚的視線頓了幾秒，她猛地把衣櫃關上。

算了，就這樣了。

她已經仁至義盡了。

桑稚走出段嘉許家，走到樓梯間等電梯。她百無聊賴地拿出手機滑了滑，然後又收回口袋裡。電梯剛好來了。

電梯裡面站著一個女人，面容清秀，穿著一身名牌衣服，身上的香水味很濃。她似乎是在打電話給什麼人，但對方一直沒接，所以表情不太好。女人看了桑稚一眼後走出來。

桑稚走進電梯。在電梯門關上的那一瞬間，她看到那個女人好像是往段嘉許家的方向走。

但也可能是旁邊那間。

桑稚低下眼，沒把這件事放在心上。

等桑稚到醫院時已經差不多八點了。她走進病房裡，發現另外一張床住了一個六七十歲的老爺爺，旁邊坐著一個中年男人，看上去應該是他的兒子。

三個年齡差異不小的男人正在聊天。

桑稚把手裡的幾個袋子放到桌子上。

注意到動靜，段嘉許轉過頭，眼睛轉了轉：「怎麼帶這麼多東西？」

桑稚累得說話都有點喘，立刻坐到椅子上把外套脫掉：「也不多，感覺都會用到。」

段嘉許往袋子裡看了眼，慢條斯理地道：「帶那麼多衣服幹嘛？」

「我只帶了兩套，還有一件外套，你冷的時候可以穿。」桑稚從包包裡拿出水瓶，喝了口水，

「還有充電器什麼的我也幫你帶來了。」

段嘉許嗯了聲：「吃飯沒？」

「還沒。」桑稚這才想起這件事，也不覺得餓，「我一下課就過來了，還沒來得及吃。我等一下去吃。」

聽到這句話，段嘉許瞥了眼時間：「八點了還沒吃飯？」

桑稚拿了塊巧克力出來啃，順便拿出手機回覆訊息：「我不是很餓，等一下會去吃的。」

「現在就去吃。」

「……」桑稚抬眼，心裡不太痛快，「我又不是不吃，我剛剛拿了那麼多東西過來，你就不能讓我坐一下？」

鄰床的老爺爺在這個時候突然出聲，笑咪咪地問：「小夥子，這是你老婆啊？」

「……」

桑稚的火氣在一瞬間消失。她猛地抬頭，差點被噎到。

段嘉許的表情一頓，他突然笑了，語氣帶了幾分驚訝：「爺爺，你怎麼看出這是我老婆的？」

老爺爺盯著桑稚看，面容慈祥：「小女生長得真漂亮。」

怕桑稚臉皮薄，覺得不好意思，段嘉許又出聲說：「爺爺，這是我妹，不是我老婆。」

聞言，老爺爺看向段嘉許：「嗳，我知道你老婆長得好看。」

桑稚：「……」

段嘉許：「……」

中年男人在這個時候開了口，有點不好意思：「抱歉啊，我爸耳背有點嚴重……所以他剛剛都沒怎麼說話。」

說完，中年男人湊到老爺爺耳邊，提高音量吼：「爸！那是人家妹妹！不是老婆！是妹妹！不是老婆！」

老爺爺啊了聲，恍然大悟般地點頭：「還沒結婚啊？」

桑稚在旁邊聽著也覺得著急，忍不住出聲：「爺爺，不是，不是那個關係。」

「小夥子，我看你年紀也不小了，怎麼到現在還不結婚啊？」老爺爺說，「可不能讓人家小女生等太久了。」

「……」

桑稚覺得自己要窒息了。

段嘉許忍俊不住，胸膛起伏著：「爺爺，不要逗我笑可以嗎？我肚子上還有傷口呢。」

老爺爺嚴肅起來：「小夥子，我可不是跟你開玩笑。你這對象長得多漂亮啊，還會照顧人。你要是不珍惜，後悔都來不及。」

段嘉許放棄掙扎：「好，我明白。」

桑稚還掙扎著：「爺爺，真的不是。」

「小夥子，你可得好好對人家。」老爺爺語重心長地說：「人家還幫你帶這麼多東西來，也不嫌棄你。」

段嘉許點頭：「知道了。」

「……」桑稚忍不了了，「我要走了。」

聞言，段嘉許回過頭來，注意到桑稚的表情，他收斂了一下唇邊的笑意，輕咳一聲，故作正經地說：「別在意這種事情，人家聽不清楚，就當他開個玩笑，知道嗎？」

桑稚當作沒聽見。她緩緩吐了口氣，垂死掙扎般地說了句：「爺爺，我真的不是他的對象，他比我大很多的，再大一點就能當我爸了。」

段嘉許：「……」

「嗯，當爸爸好。」老爺爺連連點頭，似乎極為贊同，「你們早點結婚，早點生個胖娃娃，穩定下來，什麼都好。」

「……」桑稚也放棄了，看向段嘉許，「嘉許哥，我走了。」

段嘉許單手捂著傷口的位置，像是在極力忍著笑，聲音都顯得沙啞了幾分：「好，自己路上小心點，記得吃飯。」

桑稚抿著唇，穿上外套：「嗯。」

段嘉許：「到宿舍了打電話給我。」

桑稚喔了聲。她壓根不想理那個老爺爺了，但為了維持表面上的禮貌，還是勉強跟他們道別。她快速地說了聲「再見」，隨後便轉頭往門口走。

下一秒，桑稚還能聽到身後的老爺爺在說：「噯，你老婆要回去了嗎？」

伴隨著段嘉許玩世不恭的笑聲，似乎覺得老爺爺的話很有意思，他也附和著說：「嗯，我老婆要回去了。」

「……」

他能不能要點臉！

接下來的六天，桑稚照常有空了就過來。

鄰床還是那個老爺爺。他的子女似乎不少，看護他的人一天換一個。他的話不少，他經常會跟段嘉許和桑稚聊天，說的也永遠是那個話題，像是只對這個感興趣一樣。

就比如現在，老爺爺看著他們兩個，和藹地問：「你們打算什麼時候結婚啊？」

段嘉許懶懶地說：「我們不結婚，不是那種關係。」

聽到這句話，老爺爺立刻板起臉，明顯不贊同：「不結婚怎麼行！你這不是耽誤人家嗎！」

桑稚：「……」

老爺爺以一副過來人的姿態，苦口婆心地說：「早點結婚，早點穩定下來。結婚不是什麼可怕的事情，兩個人合適了，在一起，日子會過得很好的。」

段嘉許挑眉：「好。」

老爺爺又問：「那打算什麼時候結婚啊？」

段嘉許往桑稚的方向看了一眼。他好幾天沒刮鬍子，下巴長出了鬍渣，看上去更成熟了，他吊兒郎當地說：「人家小女生都還沒成年呢，再過幾年吧。」

「……」

後來，桑稚直接無視他們的話。一旦他們開始聊天，她就戴上耳機，聽到了也當作自己沒聽見。

住院滿一週，段嘉許拆線出院。

那天，桑稚提前過去，幫他把東西收拾好。臨走前，老爺爺坐在病床上看他們兩人，笑容滿面：「要出院啦？」

段嘉許嗯了聲：「爺爺您好好調養身體，早點好起來。」

老爺爺點頭：「你們可要好好相處。」

這次一向沉默的桑稚反倒先開了口：「知道了。」

段嘉許撇頭看她。

餘光注意到他的視線，桑稚也看了過來。似乎是忍受了很久，她直勾勾地盯著他，眼珠子黑漆漆的，看不出情緒。然後，她一字一句地說：「會儘早結婚的。」

「……」

出了病房，段嘉許側過頭看她。

他今天換回自己的衣服，一件軍綠色短外套，裡頭隨意套了件白色T恤，下面穿著修身黑長褲。鬍子刮乾淨後，他看起來年輕了不少，像個大學生一樣。

段嘉許稍稍俯下身，與桑稚平視。似乎是覺得從她口中聽到這樣的話很新鮮，他彎起唇，調笑著道：「儘早結婚？」

桑稚也盯著他，眼睛都不眨一下：「這不是你先起的頭嗎？」

注意到她心情真的不好，段嘉許眉眼一抬，站直：「生氣了？」

她沉默幾秒。

「沒生氣。只是，哥哥，」桑稚停下腳步，很認真地說，「你以後別再這樣開玩笑了。」

就算知道是開玩笑，但因為她格外地清楚他不會真的喜歡她，所以，她一點都不覺得好笑。

他可以坦蕩地把這當成一個笑話，說那些話的時候，神色沒有半分不自然。他也像是在用這樣的方式，毫不知情地把她那樣的小介意、她小心翼翼的藏匿當成笑話一樣。

桑稚垂下眼，還想說些什麼，但還是沒說出來。她忽地洩了氣，繼續往前走：「走吧，我等一下還有事情。」

段嘉許收斂了笑意，腳步放慢下來，他跟在她後面：「真的生氣了？」

「沒有。」

「哥哥就是住院太久了，有點太閒啦。」段嘉許用掌心搓搓後頸，又道，「哥哥跟妳道歉？」

「不用。」桑稚低聲說，「以後不要這樣就好了。」

見她這麼介意，段嘉許眉頭一皺，心情有點難以言喻。過了半晌，他似是覺得好氣又好笑，突然冒出一句：「哥哥也沒這麼差吧？」

「……」

「會讓小桑稚那麼不開心？」

聽到這句話，桑稚扭頭看他，臉上不帶表情。他的眼角稍揚，桃花眼深邃又迷人，語氣半開著玩笑。見狀，她莫名也想跟他鬥一下。

桑稚認真地說：「就是會。」

「……」

「哥哥，我沒別的意思，我就實話實說。」桑稚語氣溫吞：「聽完之後我回去哭了一整個晚上。」

「……」

◇

段嘉許這一場病，公司幫他準了半個月的病假。出院之後，他還能在家休息一週，調養身體。

出了醫院，兩人攔了輛計程車到段嘉許家。

段嘉許家裡只有一雙拖鞋。他瞥了一眼，自己光著腳，把拖鞋放到桑稚的面前給她穿。

桑稚也沒扭捏，直接穿上。拖鞋在她腳上顯得很大，走路都有點蹣跚。她讓段嘉許到沙發上坐一會兒，然後把帶回來的衣服全部丟進洗衣機裡，替他把其他東西放回原來的地方。隨後，桑稚坐到段嘉許的旁邊，從包包裡拿了一疊便利貼出來。

段嘉許窩在沙發上，懶懶地打著電動。

桑稚打開手機，搜尋了一下注意事項，加上醫生給的囑咐，她對著看，然後趴在茶几上，一句一句地抄下來。

注意到她的動靜，段嘉許看了過來，問道：「妳在寫什麼？」

「出院後的注意事項。」桑稚低著眼，解釋道，「我寫完會貼在冰箱上，你吃東西的時候得注意一下。」

長這麼大，桑稚都沒照顧過人。所以她不太擅長，很多事情也記不太住，都是上網查的。

段嘉許的動作停住，他淡淡地嗯了聲。

「對了，你不要一直坐著，多走動一下。」桑稚邊想邊說，「然後不要拿重物、做劇烈運動什麼的。」

「好。」

「還有，如果你有什麼需要的東西，可以跟我說一聲，我抽空幫你買過來。」桑稚平靜地說：

「然後平時的話，我可能不常過來了。」

「……」

「你自己好好調養一下身體。」

「嗯。」

「最近我延誤了好多報告，而且也學期末了，我得準備一下考試。」桑稚抬頭看他：「本來說好要請你的那頓飯，就等你病好了再說吧。」

「不用小桑稚請。」段嘉許輕笑了聲，「哥哥請妳吃。」

桑稚眨眨眼睛：「那到時候再說。」

她把筆放下，站起身，把寫好的便利貼貼到冰箱上。然後桑稚回到客廳，把外套穿上：「那哥哥，我就先走了。」

段嘉許站起來：「我送妳去坐車。」

桑稚搖頭：「你還是休息一下吧，剛從醫院回來。」

「……」

「一出去沒多遠就是火車站，我認得路的。」桑稚到玄關處穿鞋，朝他揮揮手：「哥哥再見。」

說完，也沒等他說話，桑稚就走出去，砰的一聲，門被關上了。

室內一下子變得安靜下來。

段嘉許還有點反應不過來。他直接退出遊戲，拿過一旁的外套穿上，打開門走出去，卻已經不見桑稚的蹤影。他扯了一下唇角，重新回到室內。

段嘉許走到冰箱前，看了一眼她寫的東西。

過了這麼多年，她的字明顯好看又俐落不少。不像從前那樣，寫字都一筆一畫的，五百字的週記她都得寫一個多小時。

段嘉許神色有點散漫，伸手用指腹摸摸便利貼。

他莫名想起在醫院時，鄰床那個耳背的爺爺不停地在他面前誇著桑稚，理所當然地把她當成他的老婆——

「你這對象長得多漂亮啊，還會照顧人。」

良久後，段嘉許走回客廳，莫名笑了一聲。

◇

十二月份，宜荷市的氣溫已經到了零下幾度。

因為天氣和即將到來的考試週，社團的活動已經停了。桑稚冷到不想動彈，每天除了上課，就是窩在宿舍裡畫圖、做影片。

段嘉許那邊也沒再讓她幫什麼忙，偶爾找她，也只是跟她說天冷，叫她多照顧好自己。

桑稚把段嘉許的微信備註改成「哥哥二號」，對他的稱呼也變得像小時候那樣，就只喊「哥哥」兩個字。她強硬地把他在自己心裡的身分變得跟桑延一樣。

桑稚突然覺得這樣也很好。

她努力切斷自己的心思，將這場不可能實現的、無疾而終的暗戀結束掉，不再鑽牛角尖，不再認為自己這輩子只能愛一個人。

桑稚甚至還開始期待，未來的某一天，她徹底沒了這個心思時，他帶著一個女人出現在她面前，跟她說這是他的女朋友。她不會再覺得難受，可能有的唯一想法就是他終於不再是一個人。

甚至，她還能毫無他想地喊那個女人一聲「嫂子」。

很快就到了今年的最後一個晚上。

宿舍其餘三個人都出去跟別人一起跨年，桑稚對這種儀式沒什麼興趣，拒絕了幾個人的邀約，打算叫外送吃，洗個澡，看部電影，然後睡覺，這個晚上就過去了。

她的計畫還未執行，段嘉許就打了電話過來。桑稚咬著洋芋片接了起來。

段嘉許懶洋洋的聲音從那頭傳過來，話裡永遠含著淺淡的笑意，他拉長尾音說：『小桑稚在幹什麼？』

桑稚看了眼時間，隨口道：「準備叫個外送。」

『吃什麼外送？』段嘉許笑，『來跟哥哥過節。』

桑稚咀嚼的動作停了下來，但她很快便說：「我不想出門。」

段嘉許隨口道：『那來陪哥哥吃個飯。』

「……」

『嗯？怎麼不說話？』段嘉許的語速緩慢，『妳不是要請我吃飯？想賴帳啊？』

桑稚把洋芋片扔回包裝袋裡：「我哪有賴帳，你之前也沒提啊。」

段嘉許：『那現在出來，我在妳學校外面。』

桑稚忍不住說：「你之前還說不用我請呢。」

段嘉許拖長尾音啊了聲，似乎是想不起來了：『我說過這種話？』

「……」

這個人很奇怪，一到節日一定會找她，好像是覺得她一個人在這裡，如果還一個人過節就很可憐一樣。耶誕節那天他也約過她，但聽到她跟室友在一起，便沒再多說什麼。

桑稚掛了電話，起身迅速換了一套衣服。她戴上圍巾，到鏡子前看了一眼，覺得臉色不太好，遲疑了一下，還是抹了層薄薄的口紅。

走出學校，桑稚正想打電話給段嘉許，眼一抬，剛好看到他的車子，也看到駕駛座上的他。

桑稚走了過去，上了副駕駛座，乖乖地喊了聲「哥哥」，接著便自顧自地繫上安全帶。

段嘉許看她：「怎麼不出去玩？」

「冷。」桑稚如實地說：「不想出門。」

「妳才幾歲就像個老人一樣。」段嘉許笑了一聲，發動了車子，「想吃什麼？」

桑稚沒什麼特別想吃的：「你決定吧。」

段嘉許：「那吃火鍋？」

桑稚點頭：「可以。」

「我來選地點？」

「嗯。」

段嘉許把車子開到幾公里外的一個商圈，就在他住的社區附近。但這個位置離市立圖書館更近一點，跟宜荷大學離得不遠。

這家火鍋店是連鎖店，在宜荷只開了四五家，人氣很旺，所以坐在外面椅子上排隊的人並不少。桑稚沒吃過這家，此時聞到香味也有點興趣了，過去拿了號碼牌。兩人等了好一會兒才有位子。

段嘉許把菜單給她，讓她點菜。

想到段嘉許的病剛好沒多久，桑稚點了清湯鍋底，然後按照正常人的口味，葷食和青菜各點了一些。看到肥牛時，她糾結了好一會兒，還是點了一道。

很快，桑稚把菜單遞還給他：「哥哥，你看看還要吃什麼。」

段嘉許漫不經心地掃了眼，拿起筆，把她糾結半天，最後下定決心點好的肥牛畫掉，改成墨魚丸：「就這樣吧。」

「……」

桑稚看了他一眼，忍氣吞聲地低頭玩手機。

段嘉許往她的杯子裡倒了點茶水，問道：「什麼時候考試？」

「下個月二十六號開始。」

「那什麼時候回家？」

「考完吧。」桑稚回想了一下，「應該是二月初。」

段嘉許：「記得提前訂票，春節前的票不好訂。」

桑稚點頭：「知道。」

兩人有一搭沒一搭地說著話。

很快地，旁邊一桌的人吃完了，店員收拾完後帶了兩個年輕女人進來。此時湯底也恰好上來，桑稚把手機放下，眼一抬，注意到其中一個女人有點眼熟，但她一時也想不起來是在哪裡見過。

那個女人似乎認識段嘉許。看到他，她的目光一頓，臉上的笑意瞬間收了起來，鬆開她朋友的手肘走了過來，語氣格外地盛氣淩人：「段嘉許。」

段嘉許本來還在跟桑稚說話。聽到這聲音，他表情一頓，抬起眼眸。

桑稚也跟著看了過去。

女人長得並不算好看，頂多算得上是清秀，臉上化著精緻的妝。她的神情極為陰沉，眉眼顯得有點刻薄：「要不是在這裡看到你，我還以為你死了呢。」

她一湊近，桑稚就聞到她身上的香水味。

桑稚一下子就被喚起記憶——好像是上次她去段嘉許家時，在電梯裡見到的那個女人。

桑稚收回視線，下意識地看了段嘉許一眼。他也已經收回目光，沒往那個女人的身上看，像是沒聽見她的話一樣，散漫地拿起茶壺往杯子裡倒茶。

女人又道：「你沒看到我打電話給你？」

桑稚抿抿唇，突然覺得自己坐在這裡好像有點尷尬。她努力降低自己的存在感，又拿出手機開始玩。

「妳打電話給我了？」段嘉許拿起旁邊的手機看了一眼，然後緩緩抬眼，笑得溫柔，「啊，我封鎖妳了。」

「你封鎖我？」女人瞬間氣炸了，音調拔高，尖銳到刺耳，「你有什麼資格封鎖我！你就該一輩子為我做牛做馬！」

桑稚頓時又看向她，有點被嚇到了。

女人的朋友拉住她，似乎也搞不清楚狀況，看起來也一臉莫名其妙：「小穎，怎麼了啊？這是誰？」

下一刻，桑稚看到女人掙開她朋友的手，突然拿起桌上裝滿水的水杯，像是氣瘋了一般，用力地潑到段嘉許的臉上。

他毫無防備，閃躲不及，只來得及閉眼。略顯滾燙的水淋到他的身上，從他的髮絲滑落，順著額頭、鼻梁、嘴唇往下掉，匯聚在下顎。

一滴又一滴。

他狼狽不堪。

桑稚愣住了，怔怔地盯著他此刻的模樣，腦袋在這一刻像是充了血，血氣往上湧，所有的理智全都消失。

她捏捏拳頭，瞬間站了起來，也拿起桌上的水，舉到女人的頭頂往下倒。

女人的注意力全在段嘉許身上，根本沒反應過來，她尖叫一聲，大吼道：「妳誰啊！妳發什麼神經？」

聽到女人的尖叫聲，段嘉許睜開眼。他似乎也沒想到桑稚會有這個舉動，盯著桑稚的背影，愣住了。

像在保護孩子似的，桑稚擋在他前方，反問道：「妳才發什麼神經？」

「妳管得著嗎？」面對著其他人，女人明顯不像在段嘉許面前那般咄咄逼人，「妳知道我為什麼潑他——」

「我管妳什麼原因。」桑稚打斷她的話，一字一句地說，「阿姨，妳先動手的，誰有興趣跟妳講道理。還有，別說潑水了，妳要是敢打他，我一定也會打回去——」

「……」

桑稚的語氣極冷：「絕對不嫌髒了手。」

女人惱羞成怒，臉瞬間脹紅，手也一下子抬高。

注意到她這個舉動，段嘉許立刻站了起來，把桑稚扯到自己身後。他盯著那個女人，眼神冰冷，卻依然在笑：「那可不行。」

「……」

「我倒是嫌髒呢。」

「……」

火鍋店店長在這個時候走過來，好聲好氣地勸著架。

女人被她的朋友拖走。似乎是覺得丟臉，她也沒強硬地要繼續待在這裡，那雙眼卻死死地盯著段嘉許，像個厲鬼一樣。

氣氛頓時輕鬆下來，旁邊的客人依然時不時地往這邊看。

桑稚的氣勢也瞬間垮了下來。她完全吃不下了，到櫃檯結了帳，之後拉著段嘉許走出火鍋店，從包包裡翻出面紙遞給他。

段嘉許接過來，卻沒有別的動作。他盯著桑稚，眼眸深沉，看不太出情緒。他一動也不動，讓桑稚有些急，她乾脆自己抽幾張面紙出來，踮著腳幫他擦掉頭髮上的水。

桑稚頭一回遇到這種事情，氣得眼睛都紅了，語氣悶悶地問：「那個人是誰啊？」

「一個不相干的人。」段嘉許稍稍回過神，彎下腰，思考了一下，「嚴格說起來的話，是我爸的前債主吧？」

從他口中第二次聽見「債主」兩個字，桑稚看了他一眼，沒細問：「我上次去你家時，好像也看到她了。」

想了一下，她又問：「她每次見到你都這樣嗎？」

段嘉許沉默了幾秒：「差不多吧。」

「那也太嚇人了吧。」桑稚又抽了張面紙出來，替他把額角處的水也擦掉，嘀咕道：「她是情緒控管能力有問題嗎？說幾句話就突然動手⋯⋯」

段嘉許笑了，狀似無意地說：「可能我真的做了什麼很對不起她的事情吧。」

桑稚盯著他：「你不是說是你爸爸的前債主嗎？」

「嗯？」段嘉許語氣淡淡的，「也不知道算不算是『前』。」

「你爸爸的債主，」桑稚的動作停了一下，她認真地理理頭緒，然後認真地說，「那不管前不前，她也是你爸爸的債主，跟你又沒關係。」

——「跟你又沒關係。」

段嘉許的心臟重重一跳，表情終於有點變化。他突然抬起眼，盯著她看。

桑稚的神態認真，她拿著面紙順著他的額角往下擦。所幸那杯水放了一段時間，雖然他的皮膚有些發紅，但看上去是沒燙傷。她繼續說話：「反正我只看到她莫名其妙地過來用水潑你。我哥說了，都被侵門踏戶了，就不能忍——」

話還沒說完，桑稚的視線順勢往下挪，她頓時止住話。

段嘉許的目光一直未動，恰好撞上她的眼。

在這一瞬間，像是回到了之前在醫院被她幫忙擦臉的時候。那次，對那親暱的舉動、近距離的對視，他莫名其妙地主動挪開視線，像是敗下陣來。

這次，兩人比上次靠得更近。

她的眼睛極為漂亮，乾淨又澄澈，泛著明亮的光澤，在他面前毫無攻擊性，跟她剛剛為了保護他而站在那個女人面前的樣子完全不一樣。

其實跟從前比起來，她的變化也不小。臉上的嬰兒肥褪去，五官也顯得精緻秀麗，她跟「小孩」這兩個字確實一點都沾不上邊了。他一直不太在意，也直接忽視那些變化。

但她好像確實是不太一樣了。

段嘉許能看到她臉上細細的絨毛，皮膚白得像是透明，嘴唇紅潤而飽滿。她的氣息輕輕地、有規律地呼在他的臉上。

他覺得有點癢。

他們對視了好半晌，似乎只是幾秒鐘的時間，卻又像是過了很久。

段嘉許的喉結緩慢地滾動了一下。

桑稚忽地回過神，慢慢收回手，訥訥地說：「哥哥，你自己擦吧。」

段嘉許安靜了一下，然後才輕輕地應了聲：「嗯。」

怕他覺得自己這反應有點突然，桑稚猶豫地解釋：「你太高了，我幫你擦你還得彎腰。」

說完，她把面紙遞給他：「給你面紙。」

卻遲遲不見他接過，桑稚又抬起眼，再次與他的目光對上。

段嘉許的眼眸深邃，微瞇著，眼睫毛上還沾著一小顆沒擦乾淨的水珠，他明目張膽地盯著她，像是在放電。

他站直身子目光直勾勾的，沒有半點要收斂的意思，看起來若有所思，不知道在想什麼。

被他盯得有些不自在，但桑稚也沒覺得自己暴露了什麼。她有點惱羞成怒，音調也隨之高了些：「幹嘛？」

「沒什麼。」段嘉許頓了幾秒，輕咳了一聲，眉眼間帶了幾分喜色，「忘了說，謝謝小桑稚保護哥哥。」

桑稚勉強地喔了聲：「不用。」她看看四周，提議道：「要不要去附近買件衣服換？」

沒聽到他的回應，桑稚又轉過頭，再次與他的視線撞上。她皺眉，懷疑自己臉上是不是沾到什麼東西，一頭霧水地說：「你幹嘛老是盯著我？」

「是嗎？」段嘉許這才收回視線，彎著唇說，「那我不看了。」

桑稚的眼神古怪，她指了指：「那去那一家？」

段嘉許笑：「好。」

「你幹嘛一直笑？」桑稚忍不住說，「你是不是被人潑水潑傻了？」

「嗯，好像是。」

「……」

可能是生了場病，讓他的腦子變得不太清醒；也可能是因為鄰床的那個爺爺在那一週裡沒日沒夜地洗腦；也可能真的是被這杯水沖昏了腦袋。

在這一刻，段嘉許突然很想當一個畜生。

第七章　男狐狸精

桑稚覺得他的反應有點嚇人。

難道是她剛剛的反應太大了嗎？但她如果就在旁邊看著他被欺負，什麼都不做，像個看熱鬧的路人一樣，那還算是人嗎？

桑稚覺得自己沒有什麼做得不妥的地方。

「哥哥，剛剛的事情你不用放在心上。」桑稚想了想，還是開口：「我國二被勒索的時候，你也幫了我。」

段嘉許嗯了聲。

桑稚補充：「現在你老了，就輪到我幫你了。」

「……」

恰好路過一個垃圾桶，桑稚把手上的面紙都丟進去。再回過頭時，她注意到段嘉許的表情一僵，臉上的笑容少了點，看起來正常了不少，他像是回過神來，這才反應過來自己剛剛突然冒出了什麼荒唐的念頭。

然後，桑稚看到段嘉許垂著眼、唇角抿直，似乎是覺得有點不可思議。他的語氣接近惶恐，幾不可聞地冒出一句：「我真是瘋了。」

「……」

他還真有點像是瘋了。

不過，被人當眾潑了水，確實滿傷自尊的。

桑稚也不知道要怎麼安慰他。她走進男性服飾店，扯開話題：「哥哥，你快換一件吧，濕衣服穿在身上也不舒服。」

段嘉許沒動靜。

桑稚隨手拿起一件衣服，塞到他的手裡：「要不然就這件吧。」

他這才有了反應，睫毛緩慢地動了一下：「嗯。」

等他進了試衣間，桑稚又在店裡逛了一圈。她看中一件衣服，正想拿起來，手機忽地響了起來。

桑稚收回手，看了眼來電顯示，立刻接了起來：「哥。」

桑延的聲音順著電流傳過來，聽起來有些懶散：『小鬼，妳幾號放假，我幫妳訂機票？』

桑稚皺眉：「急什麼，還有一個多月呢。」

『那妳自己訂？』

「你匯錢給我，我自己訂。」

『我幹嘛匯錢給妳，我是妳爸啊？』

「喔，爸爸。」

『……』

「月底了，該給生活費了。」桑稚伸手摸摸眼前的男士外套，「哥哥，你已經拖到最後一天了。」

『……』

「你再不匯錢給我，你就別匯了，直接拿那筆錢去幫我買副棺材吧。」

桑延冷笑：『每個月拿雙份的生活費，妳這小鬼要不要臉？』

「哪是雙份。」桑稚的眼睛都不眨一下，理直氣壯地說：「爸爸說了，他給一半，你給一半。」

『宜荷的物價是有多高？』桑延問，『妳一個月得花兩萬四？』

桑稚看了一眼衣服的尺碼，又翻翻衣服袖口：「我還是省吃儉用的，零食都捨不得多吃一包，不然就超支了。」

『你們那裡的零食四千塊一包？』

「不是。」桑稚面不改色地道，「四千塊一顆。」

『……』桑延說，『算了，就當我沒有妳這個妹妹。』

桑稚沉默幾秒，突然又冒出兩個字：「棺材。」

桑延直接掛了電話。

聽著耳邊冷冰冰的嘟嘟聲，桑稚看了一眼手機螢幕，無所謂地聳聳肩。她把手機放回口袋裡，繼續翻著尺碼，找到ＸＸＬ號，拿了下來。

桑稚回過身，這才發現段嘉許已經換好衣服出來了。她抱著手裡的衣服走到他面前問：「就這件了嗎？」

段嘉許瞥了一眼，隨口道：「妳剛剛在跟妳哥講電話？」

「對啊，他問我機票訂了沒。」桑稚老實地回答，然後把手裡的衣服遞給他，「哥哥，你幫我試一下這件吧。」

聽到「幫」字，段嘉許慢條斯理地接了過來，挑起眉毛，淡淡地問：「妳要送給誰？」

「我哥啊。」桑稚又往四周亂看，「新年禮物嘛。」

「……」

「我順便也幫我爸買一件，回去就不用再逛了。」說到這裡，桑稚抬起眼，指指他身上的那件，「對了，你喜歡這件嗎？」

段嘉許散漫地問：「好看嗎？」

「還不錯啊。」

「那就這件。」

桑稚點頭，拿出手機看了一眼，恰好看到銀行的轉帳提醒，她點開來看——

『桑延向妳轉帳一萬元。

備註：下次見面別再叫我哥。』

「……」

這樣就斷絕關係，他可太無情了。

桑稚眼睛一眨，快速地回了個：好的。

她又挑了件衣服，到收銀臺結帳。

段嘉許把身上的外套脫下來。他從口袋裡拿出手機，走上前來，似乎是想直接把三件買下來。

「啊，我來付。」桑稚不想花他的錢，把他的手機推了回去，立刻打開付款條碼跟收銀員說：「三件一起付了。」說完，她轉過頭，一本正經地說：「哥哥，這件衣服就算是我提前送你的新年禮物了。」

「好。」段嘉許笑了一聲，「我改天也補送妳禮物。」

聽著兩人的對話，收銀臺的女店員往兩人身上看了一眼，好奇地問了一句：「你們是兄妹嗎？」

桑稚愣住，沉默幾秒，點頭：「嗯。」

店員：「看起來不太像啊，親生的嗎？」

段嘉許站在旁邊，拿著手機看了一眼微信，神態漫不經心的。他沒聽到桑稚立刻回答，過了幾秒她才緩慢地給出回應，卻不是否定的答案。

段嘉許聽到，她又嗯了一聲，然後輕聲說：「差不多。」

可能是被那個女人影響了心情，之後段嘉許也沒怎麼說話，像是一直在想事情，有點心不在焉。

桑稚本來是打算這段時間盡可能少跟他說話。但見到他這個樣子，她也只能硬著頭皮扯著話題，想讓他忘掉那件事情。

注意到她這麼手忙腳亂的模樣，段嘉許又立刻笑了，似乎並沒有被這件事情影響，還會跟她開幾句玩笑。

桑稚也有些無從下手。

兩人到附近的麵館解決晚餐。見時間不早了，段嘉許便把桑稚送回學校，之後他開車回到自家社區。

段嘉許用門禁卡進了大樓，搭電梯上十五樓，一出電梯就看到站在他家門口的女人。他停在原地，瞬間想起桑稚的話，便拿出手機撥打管理員的電話。

女人的表情難看至極，她似乎已經等了很久：「還知道回來啊？我還以為你今天跟那大學生去開房間了呢。」

電話接通了。

像沒聽見那個女人說話一樣，段嘉許的語氣冷淡，無波無瀾：「我是十二棟十五樓B號的住戶，我家門口有個陌生人，麻煩過來處理一下。謝謝。」

她猛地喊了起來：「段嘉許！」

段嘉許掛了電話，從口袋裡翻出一包菸，抽了一根出來，點燃。他咬住菸嘴，靠在牆上，一聲也不吭。

女人的眼眶有些紅：「剛才那個女的是誰？」

「……」

「我在跟你說話！」

段嘉許的神色有些困倦，眼睛半閉著。樓梯間的燈光大亮，顯得他的膚色極白，襯得那張極為出眾的臉多了幾分病態。

他毫無動靜，一絲一毫的回應都沒有給她。

女人猛地走到他的面前，抬起手，似是想給他一耳光。

餘光注意到她的動靜，段嘉許的眼眸一抬，冷冷地盯著她，唇角也揚了起來，沒半點溫度。

她越發生氣，手就要落下。段嘉許稍稍撇過頭，把手上的菸往上一抬，燃著的菸蒂碰觸到她裸露的掌心。

女人反射地收回手，痛得眼淚立刻冒出來。她瞪大眼，歇斯底里地道：「你怎麼這麼狡猾！」

看著她的眼淚，段嘉許的眼睛彎了起來：「看起來還滿痛的？」

「……」

「不過，看妳這麼痛——」段嘉許拖著尾音，輕笑了一聲，「我怎麼這麼開心啊？」

「你哪來的臉這樣對我。」女人突然開始哭，死死地盯著他，「你們全家都欠我的。」

段嘉許沒再理她，繞過她，從口袋裡拿出鑰匙。

「剛才那個女的是你女朋友？」女人的話像是從牙縫裡擠出來一般，一字一句地說：「你想都別想，你這種人——」

「……」

「沒有資格過好日子。」

段嘉許只當沒聽見，用鑰匙開了門。女人似乎想用蠻力擠進來，但察覺到他似乎完全不怕她被門夾到才停下腳步。

「段嘉許，你全家都不得好死。」她用力拍著防盜門，邊哭邊說，「所以你媽才死了，你——」

他把內側的門也關上，隔絕她的所有聲音。

段嘉許把菸蒂捻滅，走到廁所裡，把菸沖進馬桶。他打開水龍頭，仔仔細細地把手洗乾淨，包括剛才不小心碰觸到江穎的手臂。

段嘉許走到客廳，瞥到電視櫃上的照片。段嘉許走過去蹲在前方，他的嘴角彎了起來，似乎是覺得很有意思地說：「媽，妳剛才聽到那些話了？」

「別放在心上。」

女人的笑容溫柔，被永遠定格在歲月裡。

段嘉許用指腹摸摸她的臉，露出跟照片上的女人相似的笑容：「妳說她是不是也滿厲害的？同樣的話說多少年了都不膩。」

段嘉許到浴室洗了個澡，出來時已經接近半夜十二點了。他坐在沙發上，隨手打開電視，聽著電視劇中角色的對話聲。

靜謐的客廳瞬間因為這聲音而熱鬧了幾分。

段嘉許把眼前的電腦打開，突然想起自己今天莫名其妙浮現的那個念頭。他視線一轉，盯著照片上跟他並排站在一起的桑稚。

那時候，才十五歲的女孩。

在他大學畢業時才剛準備上高中的小朋友，甚至，還把他當成親哥哥一樣。

段嘉許閉了閉眼，又點了根菸。外頭很熱鬧，有人放起了煙火，煙火在天空中炸開，劈哩啪啦地響著。他平靜地看了過去，眼眸中染上幾點光。

時鐘恰好停在零點。

段嘉許的手機響了起來，打斷他的思緒。他懶懶地抬了眼，就看到桑稚傳了訊息給他。

段嘉許伸手點開。

小桑稚：祝嘉許哥新年快樂，天天開心。

段嘉許：嗯，新年快樂。

小桑稚：我去睡了，你也早點睡。

段嘉許：好。

他點開桑稚的資料，把備註改成「桑稚」，想了一下，又改成「只只」。半晌後，段嘉許還是改回「小桑稚」。

段嘉許想起在桑稚家過夜的那個晚上。聽說他有很多債主，小女生站在他旁邊，認真地跟他說：『哥哥你別急，我以後長大了，賺錢幫你一起還。』

段嘉許又想起江穎的話。

『你這種人有什麼資格過好日子。』

段嘉許的唇角拉直，喉結上下滑了滑：「嗯，我沒有。」他關上螢幕，眉眼溫柔，喃喃低語著：「但我們小桑稚得過好日子。」

◇

也許是因為今天發生的事情，當天夜裡，段嘉許做了個夢。

夢見他收到南蕪大學的錄取通知書，夢見在報到前的一個星期，母親許若淑幫他準備好讓他上大學的錢，又被那些所謂的「債主」搶走了。

他夢見那一天晚上。

家裡的房子早已變賣，他們租了個一房一廳的房子，房間給許若淑睡，他睡在客廳。段嘉許在暑期找了好幾份家教和打工，每天很晚才回家。

那天他回到家時，聽到許若淑在講電話。她在跟大伯講電話，大伯是一個從前見她一個人拉拔著小孩，幫她不少的親戚。

電話在客廳，段嘉許看到許若淑撥通電話，跟對方打了招呼，然後，她笑著緩慢地說了一句：「大哥，我家阿許考上南蕪大學了。」

說完這句話，她沉默下來，似乎是覺得難以啟齒，沒再吭聲。但她所有想說的話彷彿都從這句話裡宣洩出來，藏都藏不住——

南蕪大學，多好的大學，我的兒子考上了那麼好的大學。

可是我沒有錢。

他為了上大學，自己打工賺的錢我都沒有守好。我想讓他去讀書，你能不能……借我幾千塊？

下一刻，電話裡傳出大伯的謾罵聲。話筒的品質並不好，聲音嘈雜，他一說話，就傳遍了整個客廳：『你們到底要不要臉？就你們有困難嗎？我有什麼義務要幫你們？我也有孩子要養的，我也要生活！一天到晚借錢！滾開！』

段嘉許立刻走過去，拿過她手裡的電話掛斷。

室內安靜下來，許若淑呆滯了半晌，突然捂著眼睛哭出聲音，喃喃重複著：「媽媽對不起你……媽媽對不起你……」

在國中之前，段嘉許從沒缺過錢，所以他從不覺得錢有多重要。

但當現實的問題壓下來，他才知道，錢原來可以讓一個人在短短的幾年之內產生極大的變化。

段嘉許看著從前那個明朗自信的母親漸漸被這些事情壓垮，變得怯懦自卑，也在這些事情的影響下生了場重病，迅速地衰老。

然後，段嘉許看到那時候才剛成年的自己蹲在許若淑的面前，仰頭看她。他彎起嘴角，笑著跟她說：「媽，妳相信嗎？這些錢，我以後都能賺回來。」

「……」

「妳不用再跟別人借錢了。我會自己賺錢，我也會養妳。」少年溫和地說：「我能讓妳過回以前的好日子。」

「……」

所以——妳再等等，好不好？

段嘉許從夢中醒來。

天還沒亮，房間裡黑漆漆的。他沒了睡意，起身走出房間，到客廳倒了杯水，然後又從冰箱裡拿了兩個冰塊丟進去。

此時剛過淩晨三點，段嘉許站在餐桌旁，拿起手機掃了眼。新訊息除了被靜音的群組聊天，只剩下錢飛正在微信中發瘋。

錢飛：兄弟們！

錢飛：老子要結婚了！

錢飛：哈哈哈哈哈哈哈哈哈哈哈！

錢飛：老子求婚成功了！

附帶著一大串表情符號。

錢飛：我太激動了我睡不著我一定要上來跟你們說一聲哈哈哈哈哈哈哈哈！

錢飛：你們都睡了嗎？

段嘉許回了個字：沒。

下一刻，手機響了起來，錢飛直接打電話過來。段嘉許挑眉，拿著杯子走回沙發前坐下，接了起來。

『老許，這個時間你怎麼還沒睡啊？』錢飛的聲音大大咧咧的，『你又沒有性生活。』

段嘉許輕笑了一聲，慢悠悠地道：「掛了。」

『……』錢飛說，『等等。我什麼都還沒說呢！你知道我怎麼求婚的嗎？今天不是跨年夜嗎？』

段嘉許靠在椅背上，沉默地聽著。過了一會兒，錢飛把自己的事分享完了，卻還是興奮得不得了：『怎麼樣？厲害吧？』

「嗯。」

『你今晚怎麼沒說幾句話？』

「嗯？可能是因為你要結婚了吧。」段嘉許漫不經心地說：「有點傷心了，你以前不是還說要跟我湊成一對嗎？」

『……』錢飛說，『不要那麼噁心可以嗎？我那時候喝醉講的醉話，你是要記多久？』

段嘉許沒再開玩笑，笑道：「好啦，恭喜了兄弟。」

『嗳，對了，』準已婚男士瞬間進入媒婆狀態，笑嘻嘻地問：『你上回說的相親，你去了嗎？』

「我只是隨口跟你一提。」段嘉許語氣懶懶的，「你跟多少人說了這件事？」

『不是，怎麼會一直找不到呢？』錢飛說，『你來南蕪吧，我們學校多少女生喜歡你啊。我幫你安排相親，你在這裡想腳踏幾條船就踏幾條船。』

段嘉許低笑著：「饒了我吧。」

『我要是長成你這樣，我肯定一天換一個女朋友。』

「你不怕被你的準老婆聽到啊？」

『她不在。』錢飛說，『我說真的，不說合適的，你總不會連個喜歡的都沒有吧？』

段嘉許嗯了聲。

錢飛嚇到了：『那不說喜歡，好感，好感有嗎？』

聞言，段嘉許沉默了下來。這反應就像是默認一樣，錢飛立刻說：『看來是有啊。』

「……」

『誰啊？』

段嘉許撒了個謊：「你不認識，有點小。」

『多小啊？』錢飛說，『總不會還沒出生吧。』

他好笑地道：「也沒那麼小。」

『未成年我就不說了，要是成年了你還不敢追，那我就要看不起你了。』

「你興奮完了吧？該睡覺了。」段嘉許不打算再聊這個話題，淡淡地說，「已婚人士。」

『你還沒說完呢！』

「睡了。」

段嘉許掛斷電話，然後把手裡的水一飲而盡，走到電視櫃前，拿起跟桑稚的那張合照，走回房間裡，放在床頭櫃上。

段嘉許盯著看了幾秒，怎麼看她都還是個小孩子。

他想什麼呢？單身太久了吧。

段嘉許嘆了一聲，用指尖輕敲了一下照片中桑稚的臉，慢條斯理地吐出三個字，像在提醒自己一樣。

「小朋友。」

◇

桑稚覺得今晚的段嘉許有點怪，她後來深思了一番，有點擔心自己是不是做出了什麼不對勁的反應，但又覺得，如果被他知道她的想法，他應該也不會是那樣的反應。

元旦過後，再想起這件事情時，桑稚在微信上問段嘉許那個女人有沒有再去找他，聽到他否定的答案才放下心來。她沒再糾結這件事，專心備考。

考試在二月三號結束，桑稚提前訂了四號中午的機票，打算那天直接叫計程車去附近的機場巴士站。

她是宿舍裡最早回家的，四人提前說好，大家都回家之前要找個晚上一起出去玩。所以四人走出考場之後也沒回宿舍，直接到校外一家日式料理店吃飯。

飯後，虞心提議道：「附近新開了家酒吧，我們要不要去玩玩？」

甯薇眨眨眼：「那我能帶男朋友一起去嗎？」

虞心：「當然可以。」

汪若蘭：「那我也要約我男神一起去！」

這附近開了好幾家酒吧，顧客大多是學生，偶爾還會撞見幾個認識的人。還有一家店的老闆是以前的畢業生，桑稚跟社團的人去過一次，也沒什麼意見。

虞心：「嗳，若蘭，妳追到沒啊？」

「差不多了吧。」汪若蘭拿著手機敲字，笑咪咪地說：「我感覺他好像也有那個意思，還跟我說到時候一起坐車回家。」

桑稚小口喝著水。

「唉，其實我看上那家酒吧的一個小帥哥，妳們等一下去應該也會看到，彈吉他的那個。」虞心托著腮，猶豫地說：「我感覺，只要長得不醜，女追男都能追到。」

聽到這句話，桑稚喝水的動作停了下來。

說到這裡，虞心用手機照照自己的臉，自戀地說：「我要是去追應該能追到吧？我覺得我長得還滿漂亮的啊。」

另外兩人起鬨著。

桑稚拿起筷子，把桌上的最後一個壽司吃掉。

甯薇轉頭，注意到她一直沉默，下意識地問：「噯，桑桑，妳心情不好嗎？怎麼都不說話？」

「沒。」桑稚回過神，笑起來，「我聽妳們說啊。」

可能是因為剛開，這家酒吧的人不多，沒有桑稚想像中的那麼吵鬧。甯薇把男朋友叫了過來，她的男朋友還拉江銘一起來。其他人幾乎兩兩成對，自然而然地，江銘就坐到桑稚旁邊。

桑稚還沒跟他當面說過話，平時的溝通都是通過微信。她看了他一眼，不覺得尷尬，但也沒主動說話。

江銘長得清俊，單眼皮，有一張立體分明的臉。身材瘦瘦高高，笑起來很明朗，就像個陽光大男孩。

一行人玩起骰子。

桑稚不會玩這個，乾脆不參與，一個人坐在邊邊玩手機。她的心情莫名有點不好，一整個晚上都沒怎麼說話，只是喝著眼前的酒。

這酒的顏色很好看，味道有些烈，有點甜。桑稚覺得酒的味道有點怪，不太符合她的口味，但點了又不想浪費，她只能勉強喝著。

江銘沒再繼續玩，湊過來跟她說話。他指了指她眼前的酒，提醒她：「這酒的度數很高，妳能喝嗎？」

「高嗎？」桑稚頓了一下，摸摸臉蛋，「那我不喝了。」

江銘拿了另外一杯過來：「妳喝這個吧。」

桑稚後知後覺地覺得有點暈。她搖搖頭，低聲說：「沒事，我不喝了。你喝吧。」

江銘也沒強求：「那妳要不要喝水？」

「不用了，謝謝。」

桑稚往四周看看，想問問虞心要不要跟她一起回宿舍。下一刻，她抓在手裡的手機突然振動了起來。

她低頭看了一眼，是段嘉許打來的電話。

桑稚接了起來：「哥哥。」

『嗯，妳明天早上八點──』還沒說完，段嘉許突然聽到她這邊的聲音，沉默了一下後，話鋒一轉，『妳在哪裡？』

「我學校附近的一家酒吧。」桑稚有點不舒服，說話也慢吞吞的，「跟室友一起來的，不過我準備要回去了。」

段嘉許問：『妳一個人回去？』

桑稚：「我問問我室友要不要一起走。」

『喝酒了？』

「嗯。」這個桑稚不敢誠實地說，「就一點點。」

段嘉許的聲音冷了下來：『酒吧名字？』

桑稚有點記不清楚，轉頭問江銘：「這家酒吧叫什麼名字？」

江銘想了一下：「好像是，星期八。」

「喔，謝謝。」桑稚回過頭，繼續跟段嘉許講電話，遲疑地說，「好像是叫星期八。」

段嘉許又沉默了幾秒：『嗯，妳在裡面坐一下，我現在過去。』

桑稚啊了聲，沒反應到他怎麼突然就要過來了，納悶地道：「你過來幹嘛，你也想來玩？」

那頭傳來段嘉許關門的碰撞聲，夾雜著他說話時低沉又性感的氣息聲：『哥哥過去抓酒鬼。』

「……」

桑稚覺得酒吧裡有點悶。她穿上外套，跟其他人道別：「我先回去了，我東西都還沒整理。」

江銘也站起來：「我送妳回去吧。」

「不用。」桑稚含糊地說，「我哥在外面等我。」

江銘愣住了：「妳家在這邊嗎？」

「不在。」桑稚用力地眨眨眼，揮揮手，「但我哥在這邊工作。」

她走出酒吧。

外頭很冷，天空還飄起細小的雪花。冷風吹得她一瞬間清醒過來，桑稚吸著鼻子，從口袋裡拿出手套，慢吞吞地戴上。

桑稚很少見到雪，此時突然提起興致。她在附近撿了根樹枝，蹲在地上畫著火柴小人。

她有點沒力氣，畫出來的東西歪歪扭扭的。蹲久了，桑稚還有點想吐，後來乾脆直接坐在地上。

段嘉許剛好在這個時候到。他把車子停在路邊，下車往酒吧走。注意到坐在馬路旁的桑稚，段嘉許愣了一下，大步走過來問道：「桑稚，妳怎麼坐在這裡？」

「好像濕掉了。」桑稚扭過頭，訥訥地說：「褲子好像濕掉了。」

段嘉許挑眉：「什麼？」

桑稚想爬起來，但又沒力氣：「哥哥，這雪是濕的。」

「……」段嘉許深吸了一口氣，抓住她的手腕把她扯了起來，「妳喝了多少？」

桑稚嘀咕道：「半杯。」

「半杯什麼酒？」段嘉許垂著眼，又好氣又好笑，「還有，誰說妳可以來酒吧的？」

「我成年了啊。」聽出他話裡教訓的意思，桑稚突然抬頭，然後認真地又重複了一次，「我成年了。」

「成年了也不能——」

桑稚打斷他的話：「為什麼不能？」

段嘉許愣住，隨即彎下腰看她，低聲問：「小桑稚為什麼發脾氣？」

委屈感一下子冒上來，桑稚莫名有點想哭，說話帶了幾分哭腔：「你自己說的，成年之後，我想做什麼就做什麼，沒人管我。」

「……」

「你自己說的。」

她想做的事情，一定要等到成年之後才能做的事情到底有幾件？

也就那一件。

但成年之後，她的膽子好像反而變小了。

從前只是不敢告訴他她的喜歡，如今，她卻變得連喜歡都不敢。明明別人在這個年紀，都是很勇敢地去跟自己心儀的對象表達自己的喜歡，她為什麼只能忍著？她想少跟他聯繫，又怕他一個人過得不好。

「怎麼了？」段嘉許皺眉，「誰欺負妳了？」

桑稚用手套抹掉眼淚，聲音悶悶的：「沒有。」她覺得有點暈，路都走不穩，想再次坐到地上，又瞬間被段嘉許抓住。桑稚靠在他身上嘟囔道：「我要回家。」

段嘉許又好氣又好笑：「妳這樣明天還回得去嗎？」

「我不舒服。」桑稚皺著眉，語氣慢了下來，「哥哥，我想吐。」

段嘉許把身上的外套脫下來放在她面前：「那就吐。」

桑稚嘗試了一下：「我吐不出來。」

段嘉許輕聲道：「那先去附近坐一下？」

「我走不動。」桑稚搖頭，「我不要。」

「哥哥揹妳。」

桑稚盯著他，過了好一會兒，她突然開始掉眼淚，發著莫名其妙的小脾氣：「我不要，我不走。」

「……」段嘉許說，「那去車上？」

「我不要。」

段嘉許莫名其妙地有點想笑：「那小桑稚想在這裡吹風啊？」

桑稚不回答他的話，像沒聽到似的。她吸著鼻子，突然冒出一句：「哥哥，我可以跟你說個祕密嗎？」

「嗯？」

「我有一個好喜歡的人。」桑稚低下眼，抽抽噎噎地說，「但他就是不喜歡我。」

「……」

段嘉許嘴角的弧度平了一點，他有點維持不住笑容：「誰？」

桑稚沒回答。

「妳那個網戀對象嗎？」段嘉許的喉結上下滾動著，聲音嘶啞地問：「還是妳們學校的？」

桑稚抬眼看他，沉默了好一會兒，嘴唇動了動：「我不告訴你。」

她喜歡段嘉許的事情，桑稚沒有跟任何人說過。

一個都沒有。

她從喜歡到放棄，再到忍不住繼續喜歡，都是她一個人的事情，都只有她一個人知道。

段嘉許問：「也不能跟哥哥說？」

桑稚還想說些什麼，喉間突然泛酸。她猛地趴到他的胸前，像是忍不住一般，把嘴裡湧上來的穢物吐在他的身上。

「……」

沒多久，桑稚站直身子，似是稍稍清醒了一點。注意到自己剛剛做了什麼，她往後退了一步，怯怯地道：「我不是故意的。」

怕她跌倒，段嘉許伸手扶著她。

桑稚掙脫開來，又退了幾步，蹲在地上：「你別凶我。」

「……」段嘉許往衣服上看了眼，直接脫掉，然後把外套穿回來。他也蹲到她面前，用衣服幫她擦擦嘴，饒有興致地道：「我怎麼凶妳了？」

桑稚嗚咽著說：「你不要罵我……」

段嘉許：「起來。」

「我不要。」桑稚乾脆再次坐在地上，一副賴著不走的樣子，「你一定又要罵我……」

「不罵妳。」段嘉許很有耐心，「起來，不要感冒了。」

桑稚還有些警惕，一動也不動。

段嘉許的眉眼帶著笑問道：「還有，我什麼時候罵妳了？」

桑稚不吭聲。

「哪裡來的小酒鬼。」段嘉許沒生氣，忽地彎起眼笑了起來，「快起來，哥哥衣服髒了，沒辦法抱妳。」

桑稚低著頭，聲音帶著鼻音：「所以你就不管我了。」

「嗯？確實不太想管。」段嘉許轉過身，蹲在她的前面，「但又有點捨不得。」

「……」

「上來，」段嘉許說，「哥哥揹妳。」

看著他的背影，桑稚遲疑了幾秒，本想趴上去，但她又想起了什麼事情，很快收回手，一本正經地說：「你不能揹我。」

聽到這句話，段嘉許回了頭：「這也不行？」

桑稚點頭，自顧自說著：「醫生說你，三個月內要、要避免重體力勞動。」

段嘉許稍稍一愣，唇角彎了起來：「醉成這樣也記得？」

彷彿沒聽見他的話，桑稚沒回應，只是低著眼，掰著手慢慢數：「你是十一月做的手術。所以，十二、十三、十四……」

「不對。」像是覺得不對勁，桑稚皺皺眉，「十二、十三……」

「……」段嘉許不由自主地笑出聲，「十二、一。」

桑稚這才看向他。她的腦子裡亂得像一團毛線球，不懂為什麼一下就從十二跳到了一，她遲疑地說：「那、那是幾個月……哥哥，你幫我數一下……」

「三個月。」

桑稚喔了聲，也沒覺得有哪裡不對勁。她費力地站起來，吸著鼻子問：「三個月了……那你可以揹我嗎？」

段嘉許笑：「可以。」

桑稚還沒趴到他的背上，她突然又想起一件事：「但是我有四十公斤……」說著說著，桑稚又開始哭，崩潰似的說：「我有四十公斤……」

「……」

「我還，」她往下看了一眼，神情呆住了，哭聲更加悲切，「我還沒有胸部……我沒有胸部，嗚嗚嗚……我沒有……」

段嘉許還蹲在地上。可能是沒想到會聽到這樣的話，他愣了幾秒，然後被她逗笑了。他胸膛起伏著，笑得有點喘不過氣來，聲音都啞了幾分：「妳在說什麼啊。」

「你為什麼笑我？」桑稚掉著淚，指著他，很不開心地說：「你也沒有，你為什麼笑我？」

「嗯，我也沒有。」段嘉許立刻收斂了，「所以我們互相安慰一下，好不好？」

「……」桑稚立刻止住哭聲，像找到陣營一般，心甘情願地趴到他的背上，「那、那你也別、別太傷心了。」

段嘉許站起來，忍笑道：「嗯，不傷心。」

桑稚用手套抹著淚：「哥哥，我要是等一下又吐了怎麼辦？」

段嘉許把手上的衣服扔進旁邊的垃圾桶裡，往四周看了看，溫柔地哄著：「妳想吐的時候跟我說一聲。」

她打了個嗝：「那我忍不住怎麼辦？」

「那就忍不住吧，」段嘉許說，「別吐在哥哥頭上就好。」

桑稚喔了聲，沒再說話。

怕她坐車會更不舒服，段嘉許沒上車，揹著她往宜荷大學的方向走。他隨口問著：「明天要趕飛機，今天怎麼還喝酒？」

桑稚把下巴擱在他的肩膀上，低聲道：「我不開心。」

「……」

她說著又要哭了，聲音悶悶的：「只只不開心。」

段嘉許撇頭看她：「只只為什麼不開心？」

桑稚沒回答。

段嘉許收回視線，看向前方。夜裡光線暗，他的表情朦朦朧朧，看不太清楚：「因為只喜歡的那個人啊？」

桑稚又抹抹眼淚，嗯了聲。

「不能說是誰？」

「嗯。」

「那妳跟哥哥形容一下，」段嘉許的語氣很平靜，「這個人是怎樣的人，那個人好不好？對妳好不好？」

桑稚抬起腦袋瞪著他的側臉。半晌，她歪著頭，結結巴巴地吐出兩個字：「男、男……」

過了好久她都沒把接下來的話說完。

「男什麼？」段嘉許說，「男神啊？」

桑稚搖頭，一字一句地說：「男、男狐狸精。」

段嘉許：「……」

這是什麼形容？

「他人很好，對我也很好。」桑稚的情緒一下子低落下來，她哽咽出聲，「但他對誰都好，他對誰都好……」說到這裡，桑稚突然生氣了，聲音也瞬間拔高，她邊哭邊喊：「中央空調！」

「渣男啊？」這次段嘉許笑不出來，沉默了幾秒又道，「這麼喜歡嗎？」

桑稚是真的覺得傷心，把臉埋進他的肩膀，眼淚一直掉，哭聲也一直從喉間冒出來，她完全抑制不住，哭得像個孩子。

「能讓只只這麼傷心？」他的語氣溫和，「那就不要喜歡了，好嗎？」

桑稚不再說話，只是哭。段嘉許也沒再吭聲。

他進了宜荷大學的校門，按照之前的印象往桑稚的宿舍走。背上的人哭聲漸漸小了下來，直到沒了聲響，她似乎是睡著了。

夜間的學校很熱鬧，學生來來往往。走進宿舍大樓的那條路，燈光是暖黃色的，將細小的雪花染了色。他們像是在一瞬間進入了另一個世界，安靜下來，靜謐到能聽見雪飄落的聲音。

段嘉許突然回頭看她。

注意到桑稚已經閉上眼睛，像是哭累睡著了，但眼淚還順著往外冒。

她連睡著時看起來都很難過。

段嘉許喊了她一聲：「桑稚。」

他得到的是沉默。

她的呼吸拍打在他的脖頸處，溫熱又淺。段嘉許盯著她看了很久，忽地笑起來，用氣音說：「喜歡那樣的？」

「……」

「男狐狸精？」

「那，」段嘉許喃喃地道，「我變成那樣好不好？」

小女生沒半點反應，她被疲倦和睏意扯進夢境當中，任何話都聽不見。

「然後只對妳一個人好，好不好？」段嘉許繼續說，「那我們只只就不會那麼傷心了吧。」

「讓別人來照顧妳，我還真的有點放不下心。」

「好嗎？」

「妳不回應的話，哥哥就當妳同意了啊。」

段嘉許等了好一會兒。他的眉眼漸漸舒展開來，聲音裡含著笑：「好，我們只只同意了。」

「哥哥的條件也還可以吧，」段嘉許吊兒郎當地說，「也不窮了，長得也多帥啊。除了年紀比妳大一點。」

「我二十的時候妳就說我老，四捨五入的話，妳現在也快二十了。」他似是覺得有點道理，調笑道，「所以，我們小桑稚也老了。」

這個被他照顧了那麼多年的小女孩，如果能遇到一個她喜歡的，又永遠對她好的人，那當然很好。

可他怕她在這個過程中會受到傷害，會像今晚這樣，連喝醉的時候都不敢把心事說出來，連睡著的時候都在哭。

段嘉許想，除了她的家人之外，應該也沒有人能比他對她更好了。

「哥哥多賺點錢，讓妳能吃四千塊錢一顆的糖。」段嘉許說，「然後妳就原諒哥哥——」

「打算老牛吃嫩草的行為。」

他笑：「好嗎？」

◇

桑稚迷迷糊糊地聽到段嘉許叫她，問她住哪一間宿舍，然後被他揹上樓。他幫她泡了杯蜂蜜水，讓她喝完，似乎還叫了隔壁寢的一個女生來幫她換衣服。

之後桑稚便爬到床上睡覺了，等她再醒來時已經是第二天早上了。她頭痛得厲害，呆滯地坐了起來，一下子還有點茫然，昨晚的回憶在一瞬間湧了上來。

她說了很多話，也跟他說了自己有喜歡的人，不過她喝醉後嘴巴依然很緊，好像並沒有說什麼不該說的。

但她往他身上吐了啊！

「……」

桑稚用力抓抓頭髮，崩潰地把臉埋進被子裡。她看了一眼手機，發現段嘉許傳了幾封微信給她。她抿著唇打開來。

其餘幾個室友早就醒了，注意到她的動靜都一起看過來。汪若蘭坐在位置上，仰頭看她，八卦地問：「桑稚，昨天送妳回來的那個人就是妳之前說的哥哥朋友嗎？」

桑稚頓了一下，抬起眼：「嗯。」

虞心興奮起來：「天啊，真的好帥啊！妳之前說的時候我還不怎麼信，這也太帥了吧！」

「唉，真的，對比起來我男朋友跟恐龍一樣。」甯薇捂著心臟，「我們昨天回來的時候，還以為走錯房間了。」

桑稚忍不住問：「他什麼時候走的啊？」

「我們十二點左右回來的吧，」甯薇說，「他好像一直坐在妳的位子上，我們回來他就走了。」

汪若蘭：「應該是怕妳不舒服，就留下來照顧妳。」

桑稚點頭，低頭看手機。

哥哥二號：我請妳室友九點叫妳起床。

哥哥二號：這時間的機票都賣光了，也改不了時間。再晚也沒有機票，妳得起床，不然回不去。

哥哥二號：醒了之後多喝點水，我十點過來送妳去機場。

桑稚回了個「好」，然後看一眼時間，剛過九點。她掀開被子開始收拾床鋪，同時說著：「我這輩子再喝酒我就是狗。」

虞心好奇：「幹嘛了啊？」

桑稚說不出口。

汪若蘭笑咪咪地道：「妳酒後親他了啊？」

「怎麼可能？」桑稚猛地抬頭，「不要亂說。」

「妳酒後告白了？」

桑稚把被套拆下來，瞥了她們一眼：「那我現在就得瘋了。」

甯薇：「那妳到底幹啥了啊？」

桑稚停下動作，糾結半天，最後還是說出口：「我吐在他身上了。」

「……」

宿舍裡安靜了好半晌。

虞心輕咳了一聲：「怪不得我昨天覺得有一股味道。」

汪若蘭同情地道：「看來妳的暗戀得結束了。」

甯薇：「妳怎麼不忍一下？」

「我也不想啊。」桑稚吐了口氣，瞬間又想起昨晚那個畫面。她聞聞自己身上的味道，皺眉道：「唉，不管了，我等一下跟他道個歉吧。」

甯薇：「不過他看起來好像也沒太嫌棄。」

「他脾氣就那麼好，我要是吐在他頭上，他大概也不會生氣。」桑稚飛快地把床鋪收拾好，下了床，「我得先洗個澡。」

她拿了套換洗的衣服，進了廁所。進廁所的前一秒，桑稚還聽到室友在說：「神仙男人。」

「……」

洗完澡，桑稚拿吹風機把頭髮吹乾。因為喝了酒，她的精神狀態看上去不太好。

桑稚迅速化了個淡妝，然後便打開行李箱開始收拾東西。她也沒什麼要帶回家的，除了電腦和幾本書還有要換洗的被套床單，別的她都不打算帶回去，沒一會兒就收拾好了。

時間恰好到了十點，桑稚跟室友道別後，拉著行李箱走出宿舍。

因為到了放假時期，車子可以開進學校。桑稚剛走出宿舍大樓就看到段嘉許的車子，拖拖拉拉地走過去，思考著要怎麼跟他道歉比較合適。

很快，段嘉許下了車，走過來替她拉行李箱。

桑稚不敢看他，小聲道：「哥哥早安。」

段嘉許嗯了聲：「早安。」

她沒再說話，打算上了車再跟他好好道個歉，直接上了副駕駛座。段嘉許把她的行李箱放進後車廂裡，比她晚一點上車。聽到車門關上的聲音，桑稚看了過去，吞吞吐吐地道：「我昨天喝太多了，不太舒服……」

段嘉許看過來：「嗯。」

「所以我就忍不住，」桑稚有點難以啟齒，低下頭，「不小心吐在你身上了，很噁心吧……對不起哥哥。」

他不太在意地說：「沒事。」

話音剛落下，桑稚感覺他湊了過來。她呼吸一頓，不明所以，下意識地抬起眼，恰好跟他的目光碰上。

段嘉許垂著眼，定定地看著她，突然笑了。他身子靠得有些近，手往她側臉的方向伸過去，然後抓住她旁邊的安全帶。他卻也沒急著退回去，在原地定了好幾秒。

「怎麼了？」被他這樣看著，桑稚覺得莫名其妙又不自在，收回視線，「喔，我忘記繫了……」

段嘉許幫她繫上，視線未動，還是看著她。桃花眼微微瞇起，深邃又多情，帶著幾分勾引的意味。

用餘光感覺到他還在看著自己，桑稚忍不住說：「你幹嘛？」

段嘉許慢慢地坐了回去，低頭繫上自己的安全帶，話裡帶著淡淡的笑意：「沒什麼。」

桑稚狐疑地回：「喔。」

車子隨之發動。

桑稚瞪他一眼，覺得有點奇怪，但又說不上來。她抓抓頭，沒太在意，垂眸看了一眼登機時間：「兩點半的飛機，現在就去機場嗎？」

「先去吃個飯。」段嘉許說，「吃完再去機場。」

想到這次回去要一個月左右，桑稚猶豫了一下，還是問了句：「哥哥，你新年打算怎麼過？」

「在家看電視？」段嘉許思考了一下，「然後等小桑稚的祝福簡訊。」

「……」

怎麼聽起來這麼慘。

「也是，」桑稚抿抿唇，斟酌著用詞，「你今年也，就是，二十六了……你也該有女朋友了吧，你有空也可以──」

「哪裡來的女朋友？」剛好碰到紅燈，段嘉許停下車子，懶懶地說：「小桑稚幫哥哥介紹一個？」

桑稚覺得莫名其妙：「我幫你介紹？我認識的都跟我一樣大。」

聽到這句話，段嘉許側頭看過來，目光由上至下，輕柔又快速地掃過。他笑起來，目光曖昧又溫柔：「跟妳一樣大的？」

想來他接下來就會說「那算了，妳那群小朋友」，桑稚猜都能猜到。

她扯扯嘴角，沉默地點頭。

頓了幾秒，段嘉許的眉梢一抬，他長長地笑了兩聲。恰好綠燈亮起，他收回視線。在車子發動的同時，桑稚聽到他又冒出兩個字，聲音輕輕的，似有若無。

「也可。」

桑稚想拿手機出來玩的動作停住。她抬起眼看向他，腦袋在一瞬間變得空白，還有種自己酒還沒醒，產生幻聽的感覺。

車內安安靜靜，迴盪著舒緩的音樂。過了半晌，桑稚才回過神，遲鈍地做出反應：「啊？」

段嘉許還看著前方，側臉的輪廓立體分明，頸部有著好看的線條。聽到她的聲音，他的嘴角不由得又上揚了幾分，語氣漫不經心：「怎樣？」

桑稚小聲問：「你剛剛說什麼？」

段嘉許似是沒聽懂：「嗯？」

桑稚：「啊？」

「啊什麼？」段嘉許面色未改，看起來斯文又從容，笑了好幾聲，「我說話了嗎？」

「……」桑稚頓了一下，猶豫地問：「沒有嗎？」

段嘉許還在笑，沒有說話。

桑稚看他的眼神變得有些古怪，她慢慢收回視線，困惑地歪歪頭。她低下頭，從包包裡翻出保溫杯，猛地連灌好幾口水。

注意到她的動作，段嘉許掃了她一眼：「幹嘛？」

桑稚皺眉，繼續灌著水：「醒酒。」

「……」段嘉許眉毛稍稍一揚，神情不帶半分心虛，他溫和地說，「嗯，多喝點。」

昨天那杯酒的後勁確實有點強，桑稚到現在還覺得有點噁心，腦袋也昏昏沉沉的。她沒什麼胃口吃飯，只想吃點水果或者喝碗熱湯。

段嘉許考慮了一下，在附近找了家粵菜館。

路過一家水果店時，段嘉許進去買了兩盒草莓。在桑稚點菜期間，他起身到洗手間把兩盒草莓都洗乾淨。

桑稚翻看了半天，最後只點了一碗皮蛋瘦肉粥。見段嘉許回來了，她把菜單推到他面前：「我點好了。哥哥，你看看你想吃什麼。」

段嘉許把草莓放到旁邊，抽出一張衛生紙擦手，然後接過菜單。他隨意地掃了一眼，問道：「吃碗粥就夠了？」

「我不想吃這些。」桑稚指了指，「我想吃草莓。」

「吃點東西墊肚子再吃。」段嘉許拿起筆，按照桑稚的口味加了幾個點心，「先喝點茶，等一下我有話問妳。」

「……」

他這語氣就跟要秋後算帳一樣，桑稚頓時又想起昨天去酒吧的事情，下意識地先解釋：「昨天那個酒吧在我們學校附近。客人基本上都是學生，我們學校的學生都常去的。」

段嘉許把菜單遞給店員，抬起眼，淡淡地瞥她一眼。

「然後那個酒是我隨便點的，」桑稚老實地說，「也沒喝過，不知道酒精濃度那麼高。我覺得我的酒量也不差，點了不想浪費……」

「跟誰去的？」

「室友。」

「是嗎？」段嘉許單手撐著臉，眼眸微垂，直勾勾地盯著她，「我怎麼還聽見有男生的聲音？」

桑稚回想了一下：「那個是我室友的朋友。」

「而且那聲音還有點耳熟？」像是想起了什麼，段嘉許突然冒出一句，語氣悠悠的，「桑稚，妳有空嗎——？」

「……」桑稚愣了一下，「什麼？」

段嘉許眼尾揚起：「是這個人？」

桑稚還是沒反應過來：「什麼這個人……」她的話還沒說完，突然想起在段嘉許住院的第一天晚上，江銘傳來的語音訊息被他聽到了。那個時候，江銘說的話好像就是這句。

「……」

這老男人怎麼不去當警察？這樣都聽得出來。

感覺自己的事情他都知道，桑稚被問得有點彆扭：「怎麼了嗎？我就認識幾個朋友，又不是不好的人。我也沒做什麼壞事。」

「這男生外號是叫男狐狸精嗎？」段嘉許當作沒聽見，拿起茶壺把她的杯子倒滿，「還是叫中央空調？」

「……」提起這個，桑稚立刻心虛了起來，氣勢也隨之消了大半。她不敢看他，裝作低頭喝水，含糊地道：「不是。」

段嘉許彎唇笑：「那跟哥哥講講？」

開始套話了，這人還是一如既往地八卦。桑稚果斷地道：「不要。」

安靜片刻，桑稚悄悄看了他一眼，發現他也沒看自己，只是盯著桌面，似乎是在想些什麼事情。就當桑稚以為他要放棄八卦，準備換個話題聊時，段嘉許忽然又重複了一次，若有所思地說：「男、狐、狸、精。」

「……」

段嘉許撇頭問：「那是不是長得像個女生一樣？」

桑稚本來不想搭理他了。但聽到這句話，她忍不住看過去，目光在他臉上定了兩秒，她為他辯駁了句：「不像，是一個——」

說到這裡，她倏地停頓了，費神地思考著形容詞，半天才道：「很man的男狐狸精。」

「……」段嘉許差點被嗆到，聲音帶了幾絲不可思議，「什麼？」

她形容的人就坐在她面前，但這個人毫不知情，看起來還覺得她形容出來的形象很不可思議，根本不可能存在。桑稚覺得這種感覺有點古怪，嘀咕道：「反正我沒形容錯，就是這個樣子的。」

剛好桑稚的粥上來了，她不想再繼續這個話題，怕被他問多了真的會洩漏出什麼來。桑稚用勺子盛了半碗粥，隨口問：「哥哥，你要不要吃粥？」

段嘉許替她把碗挪近了些：「妳吃吧。」

桑稚點頭，裝作在認真吃東西的樣子，不再吭聲。但就像沒完沒了似的，很快，桑稚聽到段嘉許又開始問：「小桑稚喜歡肌肉男啊？」

「……」桑稚不想回答，不悅地說，「你可不可以不要那麼八卦？」

「這樣就八卦了？」段嘉許好笑地道，「哥哥只是沒見過這樣的人，想滿足一下好奇心啊。」

桑稚強行把嘴裡那句「你找個鏡子照照就行了」吞回去，悶聲指責：「這就是八卦，你是我見過最八卦的男人了。」

「……」段嘉許挑眉，「最？」

桑稚連眼睛也不眨：「對。」

段嘉許：「這麼嚴重嗎？」

「嗯。」

「好吧。」段嘉許的指尖在桌上輕敲，「聽妳這麼說，哥哥有點傷心呢。」

桑稚看了過去，嘴唇動了動，想說點什麼。下一刻，段嘉許抬眼，語氣不甚在意，還含著淺淺的笑意：「不過，哥哥的確很八卦。」

「……」

「所以小桑稚說給哥哥聽聽？」

「……」

向來知道這個人臉皮很厚，桑稚沒再搭理他。對於他拋出來的問題，她也只選擇性地挑選幾個回答，其餘的一律當作沒聽見。

吃完飯之後，兩人還坐了好一會兒。等時間差不多了，他們才開始動身去機場。

桑稚坐到副駕駛座上，拿出剩下的一盒草莓啃著。剛吃了點熱的東西，她整個人舒服不少，腦袋也不像之前那麼昏沉了。

段嘉許：「開過去要一小時，要不要睡一下？」

「不想睡。」桑稚搖頭，「等一下上飛機再睡。」

她低著頭，把剩下幾顆草莓的蒂頭扯掉。恰好碰到一個紅燈，桑稚隨口問一句：「哥哥，你吃不吃草莓？」

段嘉許側過頭，盯著她手中的草莓看了兩秒。他的眼角稍彎，輕嗯了聲，然後把腦袋湊過來。手上沒動作，嘴巴反倒張開了。

很明顯的暗示。

桑稚傻了：「你要我餵你？」

段嘉許：「嗯。」

「為什麼要我餵你？」桑稚有點生氣，立刻把盒子遞過去，「我都幫你把蒂頭拿掉了，你幹嘛不自己吃吧。」

「我摸了方向盤嘛。」段嘉許悠悠地說，「我手不乾淨。」

「……」

僵持了好幾秒，桑稚深吸一口氣，想到以前自己也餵過桑延吃糖，對此也不覺得有什麼不妥。她不想表現出太大的反應，不甘不願地拿了顆草莓遞到他的唇邊。

段嘉許又湊過來一些，把草莓咬進嘴裡。

她的指尖不小心碰到他的下唇。像不經意間碰到燙手的東西一樣，桑稚迅速地收回手。也許是心理作用，她覺得碰到他的那個位置似乎也開始燙了起來。

桑稚不自在地用衣服抹抹手指。

段嘉許也察覺到了。他咬破草莓，酸甜的味道瞬間彌漫整個口腔。他輕舔著唇，嘴唇被汁水染得豔紅，襯得那張臉越發妖媚。他忽然喊她：「小桑稚。」

桑稚勉強地回：「幹嘛？」

「注意一點。」段嘉許的笑容有點痞，心情似乎極為不錯，語調稍揚，「別占哥哥的便宜。」

「……」

桑稚一口氣差點喘不上來。

他怎麼可以那麼不要臉！

◇

把桑稚送進安檢閘門內，段嘉許走出機場，回到車上。他看了一眼手機，看到有一通未接來電，是錢飛打來的。他直接回撥。

錢飛秒接：『老許。』

段嘉許：「嗯？」

錢飛沉痛地道：『我結婚就不找你當伴郎了。』

「怎麼？」段嘉許好笑地道，「你對我有意見？」

『對你和桑延都有。』錢飛說，『你們兩個站我旁邊，像是來搶我老婆的一樣。』

「說什麼啊。」段嘉許說，「你打來就是要說這件事？」

『等一下，還有還有，』錢飛笑嘻嘻地說：『再來聊聊你之前說的那個小女生啊，我還是頭一次看到你發情呢。』

段嘉許：「掛了。」

『等一下！』錢飛的語氣帶了幾分譴責，『噯，是不是太久沒見，你都不把我當兄弟了！不然你怎麼都不跟我說你的事情了！』

「就為了這件事，」段嘉許氣到笑，「你最近打了多少通電話給我。」

『因為你一直沒說啊。我就是好奇啊！』錢飛說，『你別跟我扯什麼罪惡感，好像那個女生未成年似的。』

段嘉許摸摸眉心：「你怎麼這麼多話？」

錢飛：『怎麼認識的啊？你們公司的？』

「不是。」

『那我也沒聽你提起平時去哪裡玩啊。』錢飛說，『說真的，開始追了沒啊？你不會真的因為對方年紀小就沒膽追吧？』

段嘉許沉默幾秒，忽地笑了：「慢慢來吧。」

那小朋友還把他當成親哥哥呢。他一下子太過頭好像也不行。

想到今天自己做的事情，他清清嗓子：「我還真的沒做過這種事，不知道為什麼還覺得有點──」

『……』

「得心應手。」

聽到想要的答案，錢飛反而震驚了：『你前兩天不還跟我說沒這回事嗎？你說人家小女生還小，別再提這件事了，你今天怎麼回事啊？罪惡感沒了啊？』

「我都多大了。」段嘉許輕笑了一聲，「我要那玩意兒幹嘛？」

『……』錢飛捏著嗓子吼，『禽獸！』

又安靜了幾秒，段嘉許側頭，看著副駕駛座的位置。他忽地想起在醫院醒來的那個早上，小桑稚蜷縮成一團，睡在陪伴床上的模樣；想起了在他被人當眾潑水，她的第一反應是護著他的模樣；想起了她醉得連月份都不知道怎麼算，卻仍然記得他的術後注意事項的模樣；想起了剛剛她坐在副駕駛座上，臉頰鼓得像河豚，吃著草莓的模樣。

他想起她笑時唇邊的兩個小梨窩，以及，她為了別人哭的模樣。

段嘉許垂下眼，淡笑著說：「這感覺還滿好的。」

錢飛：『啥？』

「我也快三十了，還沒怎麼做過想做的事情，就想試試看。」段嘉許低聲說，「但如果嚇到她，就算了。」

『……』

「但我覺得，」段嘉許用指腹摩娑自己的唇，想起剛剛桑稚的反應，忍不住笑出聲，「我還做得滿好的？」

◇

上了飛機，桑稚找到自己的位子，在微信上跟桑延說了一聲之後便關了手機。飛機滑行著，發出轟隆隆的響聲，升上半空之中。桑稚把窗戶的擋板拉開往外看。看著宜荷市漸漸在自己的眼裡縮小，被一片白霧遮住，直至看不清楚，她收回視線，閉著眼休息了一會兒，還是沒什麼睡意，乾脆從包包裡拿出一本漫畫書，翻到自己上次看到的那一頁，卻什麼都看不進去。

桑稚吐了口氣，猛地把漫畫闔上，再次開始回想起昨晚的事情。

她坐在地上玩雪，段嘉許出現，她開始哭，說自己有個喜歡的人，然後吐在他身上。後來她又說了一堆亂七八糟的話，又哭又喊，極為狼狽。之後，被他背著回了學校，她就沒什麼印象了。

這是極其連貫的記憶，她感覺沒有缺了哪一部分。但段嘉許今天的反應，怎麼像是她喝到失憶，然後跟他說了什麼不該說的話一樣。

她這麼想好像也不怎麼對。

如果她真的說了什麼話，他也不可能是今天這個反應。

桑稚又想到，之前他被人潑了水之後的反應也是莫名其妙地在笑。然後，她昨天吐在他的身上，他今天也一副心情很好的樣子。

桑稚：「……」

這老男人是不是有點精神失常了。

到南蕪機場，桑稚下了飛機，按照指示牌的指示等著拿托運的行李。她打開手機看了一眼，看到桑延回覆她的訊息，立刻回覆：到了，馬上出來。

她等了半天，終於看到自己的行李箱，拿上之後就往外走。

桑延就站在出口外面，穿著一件黑色薄外套。他低著眼，一手插在口袋裡，另一隻手拿著手機，像是在回覆訊息給誰。

桑稚走到他面前，見他遲遲不抬頭，她忽地想起他之前在電話裡說的話，把口中的「哥哥」兩個字吞了回去，親切地改成：「桑延。」

「……」桑延的動作停住，他冷冷地抬起眼，「想造反？」

桑稚眨眼：「你叫我不要叫你哥哥的啊？」

「我叫妳別找我要錢妳聽了嗎？還有，跟我說省吃儉用，」桑延上下掃視著她，語氣淡淡的，「妳有沒有量過體重？」

「……」

「下次再裝可憐，」桑延拿過她手裡的行李箱，「記得減個肥再回來。」

桑稚很不爽：「我才四十公斤。」

「嗯。」桑延說，「那妳還真顯胖。」

桑稚忍不住嗆回去：「你看上去還只有一百五十公分呢。」

桑延無所謂地嗯了聲：「那妳有一百公分嗎？」

「……」

桑榮去外地出差了，家裡只有黎萍一個人。桌上已經放了幾道做好的菜，她還在廚房忙碌。聽到大門的聲響，黎萍立刻走了出來，手上還濕漉漉的。

桑稚跳上去抱住她。

好幾個月沒見，黎萍也格外想她，皺著眉看她，嘴上不斷念叨著「怎麼瘦了這麼多」，唇邊的笑意卻半點都藏不住。

接著，她看見後面的桑延，表情瞬間一變：「你這臭小子還知道要回來？王阿姨的女兒你是不是沒去見？人家之前在店裡等你等了一個多小時！」

桑稚還是頭一回聽說這件事，立刻安靜下來，眼珠子骨碌碌地轉，目光在兩個人身上打轉。

「妳沒事幹嘛幫我介紹對象？」桑延把桑稚的行李箱放到一邊，懶洋洋地說：「我不是跟妳說我不去了嗎？」

黎萍恨鐵不成鋼地罵了幾句，又進去廚房裡。可能是在這件事情上被說了不少次，桑延不太在意，抬腳走到沙發前坐下，倒了杯水。

桑稚立刻湊到他旁邊，好奇地道：「哥哥，你去相親啊？」

桑延瞥她：「關妳什麼事？」

「我就問問啊。」桑稚對此格外感興趣，「你沒去嗎？」

「我需要去相親？」

「但你也沒對象啊。」桑稚仔細地想一想，找到理由，「你是不是不好意思去啊？」

桑延靠在沙發上，懶得理她。

桑稚想起段嘉許要她幫忙介紹女朋友的話，猶豫了一下，還是開了口：「要不然你跟嘉許哥一起去？」

聞言，桑延的眼睛轉了轉。

「他最近好像也很想找個女朋友。你可以去宜荷找他，或者讓他來南蕪找你。」桑稚誠懇地道，「然後你們可以組隊去相親。」

「……」

「但那樣的話，」桑稚又突然覺得這件事好像行不通，「你可能就比較吃虧，因為就襯托他嘛……要不然你們再——」

桑延冷聲道：「妳可以閉嘴嗎？」

桑稚把話吞了回去，咕噥道：「算了，你孤獨終老吧。」

恰好，桑延放在桌上的手機響了一聲。他打開看了一眼，忽地扯起唇角，看起來心情大好：「小鬼，跟妳說件事。」

桑稚瞄他：「什麼？」

「最近有個女生想追我。」桑延說，「我沒時間應付別人，懂嗎？」

「……」桑稚有點懷疑自己聽到的話，心情極為一言難盡，「你是說，有人想追你？」

「所以，」桑延關掉手機螢幕，緩緩地說：「妳讓那個段嘉許一個人，用那土到掉渣的情話，快樂地去相親吧。」

桑稚：「……」

桑延大學畢業沒多久就從家裡搬出去住了。所以吃完晚飯之後，他也沒繼續待著，跟黎萍說了一聲之後就走了。桑稚幫黎萍整理好桌子，之後才回到房間，把行李箱裡的東西拿出來。

她打算送給桑榮和桑延的衣服被她分別裝在兩個袋子裡。看到這個，桑稚想起段嘉許說會補送給她新年禮物，也不知道他會送什麼。

桑稚十八歲生日時，段嘉許寄給她一套化妝品。她那個時候還在準備考大學，只跟他道了聲謝，也沒再想起這件事。之後，那套化妝品被她放在梳妝台上沒再動過。她去宜荷市的時候也沒想到要帶過去。

想到這裡，桑稚爬了起來，拿起梳妝台上的那個化妝品袋。她在裡頭翻了翻，看了眼牌子，好像還不便宜。這麼一想，他現在的經濟狀況好像比大學時好很多了。

他有車，住的地段也很好，應該也沒之前那麼辛苦了吧？

唉。

那她為什麼還總是覺得他可憐兮兮的？

桑稚坐回地上，把下巴擱在床沿，默不作聲地想著事情。她的思緒有點放空，半晌後，腦海裡莫名其妙地回想起今天坐在他車上，聽到的那兩個不知是不是她聽錯了的字眼。

——「也可。」

前面一句是——「跟妳一樣大的？」

「……」

算了。

肯定是她聽錯了，而且說不定他也只是像往常一樣說幾句話捉弄她一下。但好像也不太對，他以前好像沒說過這樣的話。

「……」

桑稚越想越煩，爬到床上滾了兩下。她拿出手機，不再想這件事，傳了封訊息給段嘉許：到家了。

想了想，桑稚補充了一句：嘉許哥，我哥好像有女朋友了。

哥哥二號：嗯。

桑稚抓抓頭，試探性地說：好像年紀還滿小的。

哥哥二號：妳哥總不會勾搭未成年。

桑稚遲疑地道：成年了就行嗎？

過了好一會兒，段嘉許傳了封語音訊息過來。桑稚心跳莫名加快，緊張地點開來。

男人低沉的聲音順著話筒過來，散漫又理所當然：『成年了，高中畢業了，上大學了，這不就是個小大人了嗎？』

又傳來一封，他的聲音帶了幾聲笑：『為什麼不行？』

段嘉許說出這樣的話，桑稚覺得極為不可思議，一整晚沒睡好。但就理性來判斷，她又覺得他是站在一個旁觀者的角度來看的。

至少在任何人看來，確實是這個道理。也不是差了太多歲，只是差了個六七歲。

但是桑稚認識段嘉許的時候是十三歲。所以，也許會有這樣的一種可能性——在他的眼裡，她永遠會是那個十三歲的模樣，沒有任何改變。

她還是孩子時就遇見他，所以在他的眼裡，她就永遠是個孩子。即使他認為他是可以跟她這個年齡層的人談戀愛的，卻並不把她包括在內。

桑稚實在睡不著，半夜爬起來，從床底下把一個紙箱扯了出來。她用美工刀把上面的膠帶割開，拿出裡面的東西，看到多年前，段嘉許說如果她想要就送給她的那個醜布偶。

桑稚把它放到床上，盯著看了好一會兒。

良久後，她嘴角一鬆，悶悶地冒出一句：「假如，我是說假如，你沒把我當小孩了——」

「我也不可能會追你的。」桑稚用手指戳戳那個布偶，強調著，「我又不是沒有人追，我這麼漂亮，而且你都幾歲了，再過幾年你大概皺紋都要長出來了。」

桑稚嘀咕道：「你想得美。」

◇

錢飛的婚禮訂在大年初八。

因為他住在南蕪，桑稚跟他也算熟悉。除了國中時他來接過她幾次，桑稚高中時，他偶爾也會被桑延帶回來家裡吃飯，所以他結婚時也邀請了桑稚。

大年初八當天，桑稚特地換了漂亮衣服，跟著桑延一起去。她被安排的位子就是錢飛大學同學那一桌，大部分都是男人。然後，桑稚還看到段嘉許。

知道他會來，所以桑稚也沒太驚訝，只是忍不住多看他幾眼。

段嘉許今天穿了件簡單的白色襯衫，外搭一件黑色西裝，看上去正經了不少，張揚的氣質也收斂了幾分。他坐在她對面，旁邊坐著一個女人，此時正跟他聊著天。

桑稚收回視線，突然覺得有點不對勁，又看了他一眼，頓時注意到他今天打的領帶正是她送的那條。

似乎是察覺到她的目光，段嘉許抬起眼朝她看來，桃花眼在頃刻間彎起。下一秒，他跟旁邊的女人說了句話，然後就站起身走到桑延旁邊，跟桑延旁邊的男人商量了一下，兩人換了位子。

桑稚就坐在桑延另一邊。

她聽到桑延笑了一聲，十分欠揍地說：「段嘉許，我才剛坐下來呢，你就趕著過來見爸爸了？」

段嘉許低著眼，換了餐具，沒太在意他的話。

「叫一聲爸爸來聽聽。」桑延靠在椅背上，伸手拿過桑稚放在桌上的紅包，嘴角歪向一側，「年過完了，爸爸也發個紅包給你。」

那紅包是桑稚出門前，一個突然來拜訪的親戚給的。桑稚看了一眼，也不好當眾搶回來，只能忍氣吞聲地當作沒看見，喝著面前的水。

段嘉許的目光極為快速地從桑稚身上掠過。他撐著側臉，看向桑延，拉長語尾說：「爸爸喊不太出口，叫哥行不行？」

桑延挑眉：「叫大哥也行。」

聞言，段嘉許再次看向桑稚，目光直勾勾的，眉眼像是含著情。他輕笑著，一點包袱都沒有，也毫不掙扎，瞬間喊了出來：「嗯，哥哥。」

這一聲極為驚人。

「……」

桑稚差點被嗆到，扯過面紙咳嗽了好幾聲。

沉默了好幾秒，桑延默不作聲地盯著他，像不認識他似的。桑延額角抽了一下，極為無奈：「你喊疊字是要噁心誰？」

「哥哥，」段嘉許把紅包拿了過來，指尖在上面敲了兩下，吊兒郎當地道，「謝了。」

桑延面無表情地說：「不用謝，拿回來。」

「紅包我就按你說的收下了。」段嘉許像沒聽見他的話一樣，把紅包放進口袋裡，笑得溫柔，「那就這麼定了，以後你就是我哥哥了。」

桑延的眼神很古怪：「你今天發什麼神經？」

「沒發神經。」段嘉許笑，沒完沒了似的，拖著尾音道，「謝謝哥哥關心。」

「……」

主持人在臺上準備著，宴會廳突然響起音樂，全場瞬間安靜下來，也打斷了段嘉許和桑延的對話。

桑延冷冷地看他一眼，從口袋裡拿出手機。

段嘉許垂眸喝了口水，笑了一下。

過了幾十秒，桑稚覺得這件事應該已經結束了。趁著這個空隙，她往段嘉許的方向看了一眼。此刻，他正往臺上看著，似是在認真聽著主持人的介紹，沒往這邊看。

桑稚收回視線，湊到桑延耳邊小聲說：「哥哥——」

她後面的話還沒說完，桑延冷不防地打斷她的話：「小鬼，別這樣叫我，我現在聽到這兩個字有點想吐。」

「……」桑稚繼續問，「嘉許哥幹嘛啊？」

桑延正看著手機。聽到這句話，他抬眼，直接把螢幕遞給她看。桑稚看了一眼，螢幕上顯示著網頁，搜尋欄是——宜荷市精神病院。

「……」

桑延嘖了聲：「我只能幫他到這裡了。」

下一秒，桑稚看到桑延又把手機遞給段嘉許，還附帶一句極為關切的話：「你回去之後可以直接申請入院了。」

段嘉許瞥了一眼，溫和地說：「不用了，謝謝哥——」

這次沒等他說完，桑延伸手勒住他的脖子，像是忍無可忍：「老子活了二十多年，還沒被一個大男人這樣叫過。」

段嘉許稍稍一愣，沒反抗。被這樣對待，他反而笑出聲，肩膀隨之顫動著，聲音帶著細碎的氣息聲：「怎麼了啊？」

桑延盯著他看了幾秒。就在桑稚以為他要把段嘉許拖出去打一頓的時候，他猛地鬆開手，扭頭對桑稚說：「換個位子。」

桑稚在一旁看戲，聽到這句話還有些反應不過來，呆呆地啊了聲：「跟我換位子嗎？」

「我再坐在他旁邊，」桑延輕飄飄地說，「錢飛大概會以為我是來砸場子的。」

「……」

坐到桑延的位子上，桑稚默默地把自己的餐具都挪了過來。她沒往段嘉許的方向看，正想往自己的杯子裡再倒點茶的時候，放在一旁的手機振動了一下。

桑稚收回手，隨意地瞥了一眼，桑榮在家裡的群組中傳了一封語音訊息。她直接點開。

桑榮：『只只，爸爸買了個巧克力熔岩蛋糕，放在冰箱裡了，妳想吃的話可以吃。我跟妳媽今天有應酬，晚一點回來。』

桑稚回了個「好」，隨後她退出聊天視窗，往下滑了滑。眼角餘光注意到段嘉許也在往這邊看，桑稚下意識地抬頭，立刻關掉手機螢幕：「你幹嘛？」

段嘉許抬眼看她，突然問：「只只是誰？」

桑稚覺得詭異：「你又不是不知道。」

段嘉許笑：「是妳哥？」

「什麼我哥？」桑稚覺得莫名其妙，「是我，我的小名。」

「噢。」段嘉許拿起茶壺，往她的杯子裡倒水，同時問著，「怎麼沒聽妳哥這樣叫過妳？」

「他偶爾也會這樣叫，」桑稚說，「很少而已。」

「都是誰這樣叫？」

「我爸媽啊，」桑稚思考了一下，「還有我舅舅、小阿姨他們……反正都是比較親近的人。」

段嘉許若有所思地嗯了聲。

過了一會兒。

「對了，」段嘉許漫不經心地道，「哥哥二號是什麼？」

桑稚的神色未改，她指了指桑延：「一號。」她又指了指段嘉許：「二號。」

「我怎麼就變成妳的二號哥哥了？」段嘉許往椅背上一靠，側頭看她，悠悠地說，「妳哥剛剛是有認我這個弟弟嗎？」

桑稚瞪他，提醒道：「我哥比你小。」

「我身分證上的年齡是假的。」段嘉許笑了一聲，說話毫不正經，「實際上我比較年輕。」

「那你實際是幾歲？」

「嗯？」段嘉許說，「一九九六年的。」

「……」桑稚被他的厚顏無恥嚇到了，瞪大眼看了他好一會兒，訥訥地道，「妳說個一九九〇年就算了，你還說個一九九六年。」

「怎麼？」

「我看你像一九六九年的。」

想騙誰，他多大了還想裝十八歲。

段嘉許挑眉：「妳這什麼話？」

聽著他現在說的話，再聯想到他剛剛十分開心地喊桑延「哥哥」的行為，桑稚很猶疑地道：「哥哥，你今天怎麼這麼奇怪？是不是最近有很多人說你老？」

「桑稚，妳哥也在，」段嘉許拿起杯子，慢條斯理地喝了一口，「妳叫我『哥哥』，妳叫的是我，還是妳哥？」

桑稚頓了一下：「你以前怎麼不這麼說？」

段嘉許：「因為以前妳哥不在啊。」

「喔，嘉許哥，」桑稚不太介意稱呼的問題，繼續問，「你是不是去相親的時候，別人說你年紀大，看不上眼？」

「相親？」提起這個，段嘉許問，「聽說妳叫我跟妳哥組隊去相親啊？」

「我就是給個意見，」桑稚一本正經地說，「這不就跟聯誼一樣嗎？有個伴也比較安心。」

段嘉許淡淡地笑著：「但妳哥不想去啊。」

沒等桑稚再開口，段嘉許的眼角稍彎，他微微俯身，湊近她一些，用氣音問：「要不然，妳跟我組個隊？」

愣了好幾秒，桑稚才稍微理解他話裡的意思：「你叫我陪你去相親？」

段嘉許的表情一頓：「……」

桑稚的心情有點不痛快：「我怎麼陪你去相親？別人會有意見的。」

「嗯？」段嘉許問，「什麼意見？」

「會說你，」桑稚慢吞吞地道，「去相親還帶女兒去。」

「……」

婚宴結束後，還有「鬧洞房」的環節。桑稚不可能跟著去，見時間差不多了，她跟桑延說了一聲，便主動去跟錢飛說了幾句祝福的話。

此時將近晚上九點，桑延喝了酒，桑稚也沒打算讓他送。這附近她熟，打算出去之後到附近搭公車回家。

她剛走出宴會廳沒多久，身後傳來段嘉許的聲音：「走那麼快幹嘛？」

桑稚回頭，隨口道：「你也要走了？」

「不是。」段嘉許把玩著手裡的車鑰匙，眉眼低垂著，淡淡地說，「這麼晚了，先送妳回去。」

桑稚看了一眼，是桑延的車鑰匙：「你沒喝酒嗎？」

段嘉許：「嗯。」

「還是不要了。」剛好電梯來了，桑稚走了進去，「我到附近坐個公車就好了。嘉許哥，你也別這樣來來回回地跑了，多麻煩。」

「還可以，」段嘉許彎起眼睛，唇角揚起一個淺淺的弧度，「送別人可能會覺得麻煩。」

「……」

桑稚抿抿唇，沒吭聲。

段嘉許扯了個話題：「打算什麼時候回學校？」

「明天，所以得回去收拾東西。」桑稚說，「後天要開學了。」

「嗯，我也明天回去。」段嘉許說，「妳訂幾點的機票？」

「我哥訂的。」說到這裡，桑稚從口袋裡摸出手機，小聲說，「我也忘了幾點了，我看看。」

電梯下到地下停車場，兩人走了出去。

「這樣啊。」段嘉許低著頭，喉嚨裡發出幾聲笑，「那妳看看？」

桑稚看了一眼：「明早八點二十的飛機。」

「我的機票——」段嘉許象徵性地拿出手機看了一眼，語氣很自然，「也八點二十。那明天我們一起去？」

桑稚看他一眼，點點頭。

找到桑延剛剛停車的地方，兩人上了車。段嘉許正想幫自己繫上安全帶，突然感覺到口袋裡有個東西。他拿了出來，發現是剛剛的那個紅包：「妳的紅包？」

桑稚看了過去，沒動：「你要還給我嗎？」

「嗯。」段嘉許笑起來，「給我們只只。」

除了上次醉酒的時候，桑稚還是頭一回聽到他這樣叫她。她的呼吸停了一下，手指無意識地玩著衣服上的拉鍊：「你幹嘛這樣叫我？」

段嘉許的語氣慵懶，他散漫地道：「妳不是說親近的人都這樣叫妳？」

桑稚不自然地喔了聲，沒拿那個紅包：「你還是拿著吧，你剛剛都那樣叫我哥了，你這樣還給我不是吃虧了嗎？」

「給我們只只，」段嘉許一動不動地看著她，頓了兩秒才收回視線，聲音裡含著淡淡的笑意，「怎麼會吃虧？」

「……」

桑稚沒再說什麼，把紅包拿了過來。她繫上安全帶，趴在窗前往外看。車子發動，車內一時靜默。半晌，桑稚主動開口：「嘉許哥。」

「嗯？」

「你看錢飛哥，以前喝醉酒的時候，還說自己找不到對象。」桑稚說，「現在也結婚了，而且他看起來也很喜歡那個姊姊。」

「嗯。」

「你看到的時候，」桑稚斟酌著字句，語氣溫吞，「就沒有一種也想找個伴的念頭嗎？」

「妳最近怎麼不是叫我去相親就是叫我找女朋友？」段嘉許覺得好笑，「算起來我也才二十五吧，急什麼。」

桑稚：「那你得等到什麼時候？連我哥都有人追了。」

她也不想一直催他，但就怕他決定乾脆不找，然後也沒有別的人催他，明年又得一個人過年，生病了也不去看醫生，做什麼都一個人。

車內放著舒緩的情歌，曲調輕輕的，悠悠哉哉地，像是為這氣氛染上了幾分旖旎。

段嘉許的五官俐落分明，外面路燈的燈光打進來，昏黃色的光讓他的表情看上去柔和不少。他看著前方，看起來不太在意。

見他一直不說話，桑稚以為自己把他說煩了，沉默了好一會兒才道：「你不要不開心。我看我媽老是念我哥，我哥也不開心。我就是不想，唉。」她不好提他家裡的事情，也不知道該怎麼說，小聲道：「我以後不說了。」

段嘉許突然道：「妳今年多大？」

不知道他為什麼問這個，桑稚愣了一下，然後想了想說：「過完生日就十九了。」回答了之後，也沒聽見他回應，她有點疑惑：「怎麼了嗎？」

隨後，桑稚聽到段嘉許笑了一聲，語氣似是意有所指。

「那再過一年吧。」

第八章　我可以追妳了嗎？

「啊？再過一年你都二十七了吧……」他的話題有點跳躍，桑稚一時間沒反應過來，很快就覺得不對勁，「不是，你突然問我的年紀幹嘛？」

「我看妳今晚一直提到這件事。」

「怎麼了？」

「我剛剛沒聽出來，」段嘉許笑，「現在聽出來了。」

「什麼啊？」

「妳這話的意思，不就是——」段嘉許的語氣鬆鬆散散，帶了幾分調侃，「看到錢飛結婚，妳也想結婚了？」

桑稚：「……」

「小小年紀在想什麼呢？」

「……」

「哥哥幫妳算年齡啊，所以現在才發現妳還沒到法定結婚年齡。」段嘉許說，「再過一年，我們只只就能嫁人了，不要急。」

「……」桑稚忍了忍，不再看他，「我懶得跟你說。」

「還有，再過一年我也才二十六，什麼二十七。」段嘉許說，「多的那一歲我可不認啊。」

桑稚忍不住反駁：「你今年二十六了，什麼二十五。」

「生日還沒過，只能算二十五。」段嘉許轉著方向盤，把車子開進桑稚住的社區裡，「我們年紀大的人對年齡很敏感的，可以有點同理心嗎？」

沉默幾秒，桑稚覺得古怪，又開始猜測：「最近是不是真的有人說你老？」

段嘉許懶懶地道：「除了妳這個小朋友，還有誰會說我老？」

桑稚頓了一下，也有點心虛：「我也沒說過幾次吧。」

「嗯，從我二十歲就開始說。」段嘉許的聲音停頓了一下，他淡淡地道，「讓我這輩子就沒覺得自己年輕過。」

「……」

恰好開到了桑稚家樓下，桑稚迅速解開安全帶，裝作沒聽見他的話：「那我回家了，謝謝嘉許哥。明天那麼早的飛機，你記得早點休息。」

「等一下。」

桑稚側頭：「怎麼了？」

段嘉許伸手鬆開脖子上的領帶，忽地從另一個口袋裡拿出一個四方形的盒子，彎著唇道：「給只只的新年禮物。」

桑稚緩慢地眨眨眼，伸手接過：「謝謝。」

桑稚回到家，往客廳看了一眼。桑榮和黎萍果然還沒回來。她直接回房間，坐在床邊的地毯上，從包包裡翻出剛剛段嘉許給的那個盒子。

很簡單的一個素色盒子，中央印著商標。

她伸手把盒子打開。裡面是一隻銀色的手鐲，樣式看上去是隻狐狸。兩端分別是頭和尾，用一條鏈子連著，以小碎鑽點綴，纏繞一圈，內側刻了她的名字縮寫SZ兩個字母。

桑稚戴在手上，盯著看了好一會兒。接著她拿出手機，猶豫地上網搜尋「送手鐲的含義」，跳出來的第一條——不同人送的含義不同。

桑稚點開來看——男人送手鐲，含義是表示喜歡，並會一生一世守護妳。

看到這一句，桑稚的心跳停了半拍，她舔著唇繼續往下看——長輩也經常把手鐲充當禮物送給晚輩，以此來表示自己永遠的關心和祝福。

「……」好吧。

桑稚的心情莫名變得有點空空的。

半晌，她吐了口氣，把手鐲放回盒子裡。她沒再想這個，起身拉過行李箱，開始收拾明天要帶回學校的行李。

除了先前帶回來的那些，桑稚看了一圈，也把段嘉許送的那套化妝品帶上了。她洗了個澡，到客廳切了塊蛋糕吃，之後便回到房間，躺到床上。

桑稚拿出手機，設了個鬧鐘，然後傳訊息給段嘉許：那明天六點出發？我們搭計程車過去。

哥哥二號：嗯。

桑稚想起一件事，又問：嘉許哥，你怎麼都不喝酒？

錢飛結婚，連她都喝了一小杯，他居然一口都沒喝。桑稚本來還以為他會被灌不少。這麼一想，她好像從沒見過他喝酒。

過了好一會兒。

哥哥二號：酒精過敏。

桑稚：喔，這樣也好。

桑稚：反正也不好喝，比我不能喝牛奶、吃牛肉好多了。

時間漸晚，桑稚抱著手機，覺得睏了，眼睛一閉，就迷迷糊糊地睡著了。徹底失去意識之前，她忽地想起段嘉許今天說的那句話。

——「給我們只只，怎麼會吃虧？」

第二天淩晨五點，桑稚就爬了起來。

天還沒亮，外頭也沒聽到黎萍和桑榮的動靜。怕吵到他們，桑稚的動作輕輕的，她進廁所裡快速地洗漱完，出來的時候，黎萍也裹著外套從房間裡出來了。

「只只，」黎萍的精神不太好，「我跟妳爸昨天都喝了酒，不能開車送妳去機場了。我打個電話叫妳哥來送妳去？」

「不用了。」吵醒她，桑稚有點愧疚，小聲說：「我跟嘉許哥一起去，他昨天回來參加錢飛哥的婚禮，今天也要回宜荷。」

「是嗎？」

「嗯，妳回去睡吧。」桑稚說，「哥哥也喝了酒，別叫他了。」

桑稚回到房間，傳簡訊給段嘉許：嘉許哥，你醒了嗎？

段嘉許秒回：醒了。

她放下心，坐在梳妝台前，飛快地化了個淡妝。桑稚換了身衣服，之後便拉上行李箱往外走。

這個時間點，外頭的氣溫比想像中的還低，如針一樣的涼意帶著微微的濕氣，順著毛孔鑽進骨子裡。

桑稚吸吸鼻子，翻出手機打電話給段嘉許。

很快，電話那頭接了起來。他的聲音聽起來不像熬了夜，順著電流傳過來，清潤又明朗：『出來了？』

桑稚嗯了聲：「我現在準備走出社區了，你在哪裡？」

『就在妳社區外面的便利商店，』段嘉許說，『買早餐，妳吃了沒？』

「還沒。」

『那想吃什麼？』

「吃個三明治就好了吧。」桑稚想了想，「還想吃個飯團。」

『好。』

桑稚掛了電話，手凍得有點僵硬。她縮著脖子，從包包拿出手套來戴上，然後繼續悠哉地拖著行李箱。她走出社區，一眼就看見不遠處拿著一個黑色行李袋的段嘉許。

段嘉許走過來，把手上的塑膠袋遞給她，順手拉過她的行李箱，把自己的行李袋放在上面。

桑稚看了一眼：「你吃了嗎？」

「沒，等一下在車上吃。」段嘉許說，「妳先喝個豆漿墊墊肚子。」

「喔。」桑稚把塑膠袋掛在手腕上，摘下手套，把吸管戳進其中一瓶遞給他，「你喝。」

段嘉許接過，笑道：「謝謝只只。」

兩人在路邊等了一會兒，攔了輛計程車。桑稚坐了上去，從袋子裡拿出三明治給他，然後自顧自地拆著另一個包裝。

桑稚正準備咬一口時，突然注意到段嘉許毫無動靜，只是側著頭看著她手上的三明治。

「……」被他這麼盯著，桑稚也不好意思，遲疑地把手裡的三明治遞給他，「你要？」

段嘉許接了過來，語氣溫柔到近似曖昧：「謝謝只只。」

桑稚：「……」

他今天有點莫名其妙。

袋子裡就剩兩個飯團。桑稚只能拿一個出來吃，同時盯著他手上的三明治，看上去有點不開心：「你要吃兩個嗎？」

段嘉許：「嗯。」

他花錢買的，桑稚也不好說什麼。但她又記得剛剛跟他說過自己要吃三明治，只能委婉地說：「那你怎麼不買三個？」

「買三個做什麼？」段嘉許似是沒聽懂，說話吊兒郎當的，「我吃不下三個。」

「……」

桑稚忍著火，繼續啃飯團。

沒多久，段嘉許吃完一個，把另一個的包裝也拆開。他的動作停住，眉梢微揚，他遞到桑稚的面前：「吃嗎？」

桑稚很有骨氣，連眼皮也沒抬一下：「不吃。」

段嘉許：「只吃個飯團會飽？」

桑稚：「不會。」

「那怎麼不吃？」

「我不吃嗟來食。」

「……」段嘉許愣了一下，忽地低笑起來，像是饒有興致那般，「怎麼就是嗟來食了？」

桑稚自顧自地喝著豆漿：「你吃不下了才給我。」

「吃不下？這麼大的三明治，」段嘉許說，「我還能吃三個。」

桑稚側頭：「那你剛剛怎麼不給我？」

「跟妳鬧著玩呢。」段嘉許的一雙眼眸深邃又明亮，直直地盯著她，從容地說：「妳跟哥哥撒個嬌，哥哥不就給妳了？」

「……」

這男人真是越老越不要臉。

桑稚忍著吐嘈的衝動：「你想得美。」

「妳要準備一下？」段嘉許把三明治放進她的手裡，「那妳準備吧，哥哥等著。」

桑稚格外認真，認真地重複了一次：「我說你想得美。」

「嗯。」段嘉許笑，「我們只只撒起嬌來真可愛。」

「……」

桑稚莫名懂了桑延昨天的感受，是真的會被他的厚臉皮氣到胸悶，卻又想不到什麼辦法回擊。她不再搭理他，把三明治吃完就戴上外套的帽子，靠著座椅闔起眼睛。

她再醒來的時候，已經到了機場。兩人去取了登機證，選了並排的兩個位子。桑稚還覺得睏，到候機大廳又找了個位子繼續睡覺。

開始登機時是段嘉許把她叫醒的。

兩人的位子那一排是連著三個座位，他們兩個坐在靠裡面的位置。段嘉許讓桑稚坐到最裡面去，提醒她把安全帶繫好。

桑稚從包包裡摸出瓶子，裡頭的水是剛剛段嘉許替她在候機大廳裝的。她打開瓶蓋，小口小口地喝著。

段嘉許跟桑稚說著話：「冷不冷？」

桑稚搖頭：「不冷。」

很快，段嘉許旁邊的那個人也落了座。

男人把身上的包包放到行李架上。接著，他坐到位子上，看了一眼旁邊的段嘉許，沒多久就收回視線。下一刻，他又像是覺得不對勁，再度看了過去，盯著段嘉許看了好一會兒：「噯，你是段嘉許吧？」

聽到這句話，段嘉許轉過頭。桑稚也順著聲音看了過去。

這是一個跟段嘉許差不多年紀的男人，戴著一副黑框眼鏡，面容白白淨淨的，穿著簡單的運動外套。

「真的是你。」男人興奮地說：「我袁朗啊，記得嗎？我們念同一個國中。」

段嘉許安靜地看著他，沒說話。

「好久沒見啊，算起來都幾年了……我們以前好像還是同班吧？」袁朗又道，「我看他們好像前陣子又辦了一次同學會，怎麼沒看到你去？我這次是因為我媽生病了才沒去。」

段嘉許收回視線，淡淡笑著說：「沒時間。」

「也是也是。」察覺到他的冷漠，袁朗打著哈哈，「聽江穎說，你現在的工作很忙，賺得應該不少吧？」

說完，注意到他旁邊的桑稚，袁朗好奇地道：「這是你女朋友嗎？不對，我怎麼聽說你跟江穎要結婚了啊？」

桑稚愣了。

「……」段嘉許明顯也覺得不可思議，撇過頭。頓了好幾秒後，他忽地扯著嘴角笑了，語氣極為不屑：「你說什麼？」

「不是嗎？我也忘了是聽誰說的了……」袁朗有些尷尬，對著桑稚說，「妳別介意，我也只是聽說。」

桑稚湊到段嘉許耳邊，小聲問：「江穎是誰啊？」

段嘉許淡淡地說：「之前在火鍋店遇到的那個女人。」

「……」

桑稚回想了一下，有點無法釐清他們之間的關係了。

旁邊的袁朗又問了一句：「所以這是你女朋友啊？」

段嘉許側過頭，低聲說了一句什麼，桑稚沒聽清楚。很快，段嘉許又轉過頭看向她。桑稚遲疑地道：「那……」

注意到她的表情，段嘉許認真地解釋：「沒那個關係，也不是前女友。」他盯著桑稚，眉眼舒展了些：「而且，我好像答應過妳。」

桑稚還沒反應過來：「什麼？」

「如果要交女朋友，」段嘉許抬起眼眸，慢慢地說：「會先給我們只只看看的。」

桑稚啊了聲，收回視線，遲鈍地點點頭，低頭琢磨這句話的意思。她以為他早就已經忘記這件事了，抑或是根本不當一回事，而且沒聽他提過交女朋友的事情，也沒見他來給她看過。

那之前在機場的那個人是誰？

桑稚又看向他，忍不住問：「那之前那個呢？」

段嘉許：「哪個？」

「就是……」不知道自己突然提起那麼久遠的事情會不會顯得怪異，桑稚玩著手指，假裝不經意地問，「我高一的時候來宜荷，跟你一起來機場的那個姊姊。」

「妳高一的時候？」

「……」桑稚糾結了幾秒，只能說得更精準一點來勾起他的回憶，「我過來找我那個網戀對象的那次。」

段嘉許想起來了：「我上司。」

桑稚抿抿唇，硬著頭皮乾巴巴地繼續問：「那她怎麼跟你一起過來？」

「那時候我還不會開車吧，」三年前的事情，段嘉許記不太清楚了，回憶了一下說：「而且那天好像通宵加班，有點不舒服。」

「……」

「妳哥打電話給我的時候，她剛好聽到了，就順便載我過去。」段嘉許側頭看向她，狀似無意地補充，「人家孩子都上小學了。」

桑稚的思緒一時間有點空白，她忽地想起自己極為難熬的那段時間，想起了被她藏進箱子裡封鎖起來的所有回憶，想起了她刻意為之的疏遠。

她想起了那段她單方面開始，又單方面結束的暗戀。

桑稚沉默地點頭，心不在焉地問：「那你怎麼一直沒找對象？」

段嘉許隨口說：「妳哥不是也沒找？」

「……」桑稚想起室友的話，臉色複雜地問：「那你總不能一直等我哥吧……」

段嘉許好笑地道：「妳在說什麼啊？」

桑稚低聲說：「我就是覺得奇怪。」

「剛畢業的時候沒時間，」段嘉許漫不經心地道，「這兩年我那位上司介紹了好幾個給我，但都不太適合。」

桑稚喔了聲，沒再繼續問。

飛機起飛，空姐在發放毛毯，桑稚要了一條，蓋到自己的腦袋上，假裝要睡覺的樣子。她將腦袋偏向窗戶的那一側，眼睛閉了又睜開，很快又閉上，像是在想事情。

半晌，桑稚稍稍低了頭。

從前覺得是傷疤的地方，在此刻都像是被人用蜜填補上。她用力抿著唇，藏在毛毯裡的嘴角仍然控制不住般地彎了起來，悄無聲息。

◇

飛機到達宜荷市。

下飛機之前，桑稚聽到那個叫袁朗的人跟段嘉許要了聯繫方式。兩人找了個地方解決了午餐，之後段嘉許把桑稚送回學校。

此時還不到一點，宿舍裡只有甯薇一個人。桑稚住的宿舍大樓沒電梯，而她住在三樓。段嘉許幫她把行李箱扛上宿舍，也沒多待，禮貌地跟甯薇打了聲招呼，又囑咐桑稚幾句話，很快就離開了。

等他走了，甯薇好奇地問：「他這是以什麼身分送妳過來的？」

桑稚蹲在地上，拉開行李箱開始收拾東西：「長輩吧。」

「……」甯薇說，「還長輩啊？」

桑稚沉默了幾秒：「其實我也不太清楚。」

聽到這句話，甯薇立刻湊了過去，眨著眼問：「發生什麼事了？」

「我現在就有點分不清楚，」桑稚思考了一下，語氣有些遲疑，「因為我覺得他以前說話好像也是這樣。」

「啊？」

「但又好像不太一樣。」

「他跟妳說什麼了嗎？」

桑稚停下動作，小聲地道：「他剛剛跟我說，這幾年他沒談戀愛，說是沒找到適合的。」

「等一下，那他以前談過戀愛嗎？」甯薇驚了，「不會沒有吧？」

「這我就不知道了。」桑稚說，「我總不好問那麼多。」

「那妳說覺得分不清楚是什麼意思啊？」

「我小時候他就這樣說話，比如他載我回家，然後還會說我偷偷笑什麼的，或者是，說我見到他就臉紅。」桑稚抓抓頭，「就滿不要臉的一個人。」

「……」

「我覺得他最近有點變本加厲。」桑稚吐了口氣，慢吞吞地說：「我就分不清楚，妳懂嗎？感覺也可能是我自作多情了……」

甯薇：「妳覺得他可能也有點喜歡妳啊？」

「沒。」桑稚立刻否認，「也不是。」

「……」

注意到甯薇的表情，桑稚跟她對視了好幾秒，突然洩了氣：「好吧，是有那麼一點。」

甯薇：「妳幹嘛連有這個想法都不敢說？妳條件又不差。」

「因為我覺得不太可能。而且，我自己滿清楚一點的。」桑稚輕聲道，「因為我喜歡他。因為有這種感覺在，所以一些對他來說覺得很正常的舉動，可能會被我曲解意思。」

「……」

桑稚笑了一聲：「我還有經驗的。」

暗戀的人，自戀，卻又自卑。

「而且，這關係本來就不太好轉變。」桑稚低下眼，繼續收拾著東西，「要是他是個陌生人，我現在說不定就去追了，追不到，大不了就不聯繫了，也沒什麼好怕的。」

甯薇不太懂她的感受，嘆了一聲，又問：「妳來宜荷之前，妳們幾年沒見了啊？」

「感覺我國二之後就沒怎麼見面了吧。」桑稚補充了一句，「國二下學期之後他就很忙了，後來就回宜荷了。」

「妳認識他的時候幾歲？」

「國一下學期。」

「妳是覺得他是看著妳長大的，不可能有那種感覺嗎？」

「差不多吧。」

「那按妳這樣算，」甯薇無辜地說：「妳國二之後就沒怎麼見過他了，一直到大一才再見面，這哪能算是看著妳長大。」

「……」

好像有點道理。

桑稚一時也不知道怎麼說，猶豫地說：「這期間也見過幾次。」

「講不講道理啊妳。」甯薇說，「我高三那個暑假，我爸抱了一條狗回來養，那一個月牠超黏我的。但我這個寒假回去，牠都不認得我了。」

「……」

「連狗這麼忠誠的動物都這樣了，妳這幾年才見幾次面，算什麼看著長大啊？」甯薇說，「頂多算個小時候認識的哥哥。」

「但他有送禮物給我啊。」桑稚說，「還有平時也會問我念書念得怎樣。」

「喔。」甯薇說，「那勉強算個網友吧。」

「……」

「我就是說說我的想法，妳聽聽就好。我弟現在也讀國中，假如我弟弟有個朋友，我認識，也會把他當小朋友。」甯薇說，「他長大之後，如果長得還很帥，來追我……」

桑稚看著她。

甯薇笑咪咪地說：「對不起，我還真的有可能……嘿嘿嘿……」

「那妳覺得，」桑稚眼巴巴地問：「我現在要怎麼辦？」

「就順其自然吧。」甯薇說，「妳也不要老覺得他比妳大什麼的，正常相處就好了。如果他撩妳什麼的，妳也撩回去啊？」

桑稚有點鬱悶地點點頭。

「話說，變本加厲是什麼意思啊？」甯薇好奇地問：「妳覺得以前的相處方式好一點，還是現在的好一點？」

桑稚認真地思考了一下：「我覺得最近的，有點……不知道怎麼形容……」她莫名想起桑延的那句「土到掉渣的情話」，不好意思說出來，只能含糊地道：「原本的就滿好。」

回到家之後，段嘉許看了一眼微信。剛剛在飛機上遇到的袁朗傳來好友邀請，他隨意掃了一眼，沒同意，直接退了出來。

段嘉許拿了換洗衣服，進廁所快速洗了個澡回到房間。他躺到床上打算補個眠時，手機在此刻響了起來。他看了眼來電顯示，接起來。

錢飛：『你到宜荷了？』

段嘉許：「嗯。」

錢飛有些憂傷：『你這次一去，我們又要好久才能見一面了。』

段嘉許笑了聲，懶洋洋地道：「要不是你結婚了，聽你這語氣，我還以為你暗戀我。」

『什麼啊？』錢飛說，『我還想著你如果動作快一點，我這次結婚時，你能把喜歡的女生帶過來讓兄弟們見一面。』

段嘉許：「哪有那麼快。」

錢飛吐嘈：『你不是說你做得滿好的嗎？』

「……」提起這個，段嘉許從床上坐了起來，心情有點難以言喻。他輕咳了一聲：「還是別提這件事了。」

『怎麼了？』

「你說這小女生喜歡的類型怎麼這麼奇怪？」段嘉許覺得有些無言，輕笑著說：「我真的沒見過這種人。」

『啊？』

「兄弟，」想到叫桑延的那一聲哥哥，以及這幾天桑稚的反應，段嘉許眉頭一皺，「雖然還挺有意思的，但我真——」

『……』

「覺得荒唐。」

『……』錢飛說，『你能不能別吊我胃口？』

段嘉許沒了睡意，起身去客廳坐下，從茶几下拿了包菸出來。用打火機點燃菸蒂，他思忖了一下，笑道：「真的有點難。」

錢飛要瘋了：『到底是什麼啊？』

「那女生跟我說了她喜歡的類型。」段嘉許咬著菸，神色慵懶，「我這段時間學了一點。」

錢飛不可思議地道：『你沒事吧？你學別人幹什麼？』

段嘉許低笑著：「這不是走捷徑嗎？」

錢飛：『有用？』

段嘉許挑眉：「確實沒什麼用。」

錢飛：『那你打算？』

段嘉許：「再說吧。」

『你就不怕人家看上別人嗎？』

「這不是很正常的事嗎？」段嘉許扯扯唇角，淡淡地說，「遇到好一點的人就好。」

『你怎麼活得像出家人似的？』

「……」

錢飛苦口婆心地諄諄教誨：『你正常來不就好了？你這樣學不就只是個替代品嗎？兄弟，我們又不是條件多差，還得這樣討好人？』

段嘉許坐直，指尖輕敲掉菸灰。他沒吭聲。

錢飛：『話說，那女生說的是什麼類型？』

這次段嘉許沒瞞著：「男狐狸精。」

『……』

「按我的理解，大概就是——」段嘉許停頓了幾秒，悠悠地道，「風騷、浪蕩、無恥的結合版。」

錢飛忍不住道：『這說的不就是你嗎？』

「……」段嘉許被菸嗆到，咳嗽了幾聲，「你這是什麼話？」

『我問你，』錢飛認真地思考了一下，誠懇地說：『畢竟我也沒見過你說的這個女生。你自己想想，她說的有沒有可能是你啊？』

段嘉許愣住了。

『女人總是口是心非的。』錢飛一副過來人的樣子，『總不能她說什麼你就信什麼。你自己得觀察一下，她說有這個人，你見過嗎？』

段嘉許把菸蒂捻熄，若有所思。

錢飛：『我大學時當備胎時也是這樣。兄弟，你記得嗎？外語系的那個，一跟男朋友分手就找我，復合了又問我有沒有喜歡的人，她幫我出謀劃策，我就按照她的性格編了一個。』

半晌，段嘉許出聲：「可能性不大。」過了幾秒，他又喃喃地道：「但也不是沒有可能。」

『算了，我懶得跟你說了，我老婆叫我了。還有，我提醒你一句，你這個人本來就那樣，你也別再刻意那樣了。』錢飛說，『不然就會有點用力過猛。』

「……」段嘉許說，「等一下。」

『幹嘛？』

「這件事你有跟別人說嗎？」

錢飛嘿嘿地笑：『沒啊，還沒來得及說啊。』

「那就別說出去啊。」段嘉許緩緩地說：「難得跟你說點心事，你總是告訴別人——」

『……』

「還滿讓人傷心的。」

『……』

掛了電話，段嘉許又在客廳坐了一會兒。他想著桑稚酒醉時說的話，又開始想著以前的事情。但都已經過了一段時間，記憶都淡了不少。

昨晚熬了夜，今天起得又早，段嘉許此時太陽穴處繃緊，還有點痛。他站起身，決定不再想這個事情。

段嘉許回到房間，聽到手機響了一聲，又掃了一眼，發現又有個好友邀請，備註寫著：我是江穎。

他把手機蓋上，趴到床上闔起眼。

吵醒他的是一連串的手機鈴聲。

段嘉許坐了起來，看到外頭的天已經暗了下來，房間裡黑漆漆的，只有手機螢幕亮著光。來電顯示是宜荷市的陌生號碼，他盯著看了兩秒，接了起來。

話筒裡瞬間響起江穎的哭聲，她像是喝了酒，聽起來迷迷糊糊的：『段嘉許，你可終於接我電話了……我找你還得用別人的號碼。』

「……」

『我聽袁朗說，你在追一個女的……真的假的？』

段嘉許的語氣不帶情緒：「妳有什麼事？」

『我過成這樣，你憑什麼當作什麼事都沒發生過？』江穎說，『我……我原諒你了行嗎？我們、我們……』

「我問妳一件事，袁朗說我們要結婚了，妳傳的？」段嘉許打斷她的話，吊兒郎當地道，「妳難不成想讓我娶妳啊？」

電話那頭沉默下來，幾秒後，江穎輕聲冒出一句：『不行嗎？』

段嘉許唇角的弧度一斂，他直接掛了電話。他站起身，找到工具把ＳＩＭ卡拔了出來，折斷，扔進垃圾桶裡。他的太陽穴隨著脈搏搏動痛著，胃也隨之痛了起來。

進了廁所裡，像是覺得極為噁心，段嘉許彎下腰吐了幾口胃酸出來。打開水龍頭，他漱了漱口，用冷水洗著臉。

良久，段嘉許抬起眼，看著鏡子中的自己，忽地笑了一下。

你相信嗎？

這年頭，還有人認為罪名這種東西是應該要連坐的。

◇

大一下學期的課明顯多了不少。桑稚的課表都是滿的，一週下來除了週末，也沒什麼空閒時間。年後，段嘉許的工作似乎也忙，他沒日沒夜地加班。

兩人各有各的事，溝通基本上都是透過訊息。

雖然甯薇是那樣說，但桑稚跟他相處起來，還是跟先前沒有什麼太大的變化。也許是隔著螢幕的關係，他也沒再像先前那樣說一些莫名其妙的話。

轉眼間，三月要結束了。兩人約好週五晚上一起吃個飯。下課之後，桑稚回宿舍把東西放好，正打算出門時，段嘉許打了電話過來。

桑稚邊接起來邊從包包裡拿出口紅，在唇上抹了薄薄的一層。

『妳現在在哪裡？』段嘉許說，『部門突然說要聚餐。』

桑稚的動作停住，她猜測道：「那我不用出門了嗎？」

段嘉許淡淡地說：『所以我來問妳意見啊。如果妳不想跟他們一起吃的話，我就不去了。我們去吃別的。』

「沒事。」吃什麼都是吃，桑稚不太介意，「去吧。」

『那妳出來吧。』段嘉許說，『我在門口了。』

桑稚掛了電話，梳梳頭髮。她又看了幾眼鏡子裡的自己後走出宿舍，往校門口的方向走。

段嘉許的車就停在校外，桑稚坐了上去，跟他打了聲招呼：「嘉許哥。」

一個月沒見，段嘉許的頭髮長長了些，微微遮蓋了眉毛。面容蒼白，眼睛下方有一層灰青色，他看上去熬了不少夜，有點睡眠不足。段嘉許嗯了聲，掃了她一眼便發動車子。

桑稚：「你們聚餐地點決定了嗎？」

段嘉許：「就上次那家火鍋店。」

桑稚點頭，她也不知道該說什麼，乾脆低頭玩起手機。過了一會兒，段嘉許主動開口道：「最近課很多？」

「對啊。」桑稚說，「週一到週五的課表都是滿的。」

「自己注意休息。」

「喔。」

又過了一會兒，段嘉許慢條斯理地問：「還有去找那個男狐狸精嗎？」

「……」桑稚不知道該怎麼回答，「你問這個幹嘛？」

段嘉許笑：「隨便聊聊。」

桑稚沒吭聲，繼續玩手機。

段嘉許：「妳說的那個人是你們學校的？」

桑稚老實地道：「不是。」

「那妳還能認識誰？」

「……」見他沒完沒了，桑稚有點怕會露出破綻，關掉手機螢幕，結結巴巴地編著謊言，「就……我在校外認識的。」

段嘉許：「這樣啊。」

桑稚鬆了口氣，看向窗外。

段嘉許又問：「怎麼認識的？」

「……」

她要窒息了。

他到底哪來那麼多問題？

桑稚硬著頭皮，中規中矩地說：「出去玩的時候認識的。」

段嘉許：「在哪裡認識的？」

「好像……好像是——」桑稚遲疑地說：「酒吧吧，我學校附近的酒吧……」

段嘉許看著前方，想到再次跟她見面是在ＫＴＶ的小門外。他忽地彎起唇角，慢慢地放出魚餌：「是嗎？我怎麼聽妳喝醉的時候說是在ＫＴＶ認識的？」

「……」桑稚愣了。

她還真的說了什麼嗎？

她真的喝到失憶了！

桑稚嚇得有點說不出話來。她不敢看他，舔舔唇，改口道：「喔，好像確實是在KTV，我記錯了。」

沉默了好幾秒，桑稚聽到段嘉許突然笑出聲。她立刻看向他，有些心虛：「怎麼了？」

段嘉許還在笑，帶著淺淺的氣息聲。他的心情似乎極好，桃花眼明亮，稍稍揚起：「沒什麼。」段嘉許勉強收斂笑意，低聲道：「就突然覺得妳錢飛哥還滿聰明的。」

「……」

他怎麼就扯到錢飛哥了？聊著聊著，他就突然覺得錢飛哥聰明。桑稚完全摸不透他的想法，只能附和般地點點頭。

她沉默著，又打開手機，在微信的通訊錄裡找到錢飛。

她想問點什麼，又感覺自己從沒找過他，突然因為這件事去找他好像有點奇怪，而且他跟段嘉許關係好，想必也不會輕易告訴她。桑稚決定自力更生，努力地思考著這幾句話的關聯。

她想了好一會兒，真的想不到有什麼關聯。

不過，桑稚突然反應過來——她為什麼要乖乖地回答他的問題？她為什麼要像犯人一樣乖乖地被他審問？

這件事好像也跟他沒什麼關係吧？她為什麼要編謊言回答，直接保持沉默的話，他也一點辦法都沒有吧？

意識到自己剛剛傻乎乎的反應，桑稚悶悶地吐了口氣，總覺得好像是掉進了一個坑裡，鬱悶之氣無法宣洩，只能自己憋著。

下一刻，段嘉許漫不經心地問：「怎麼喜歡上的？」

桑稚趴在車窗上，看都不看他。

半天都沒等到她的回應，也許是察覺到她的不悅，段嘉許沒再繼續這個話題，平靜地說：「等一下都是不認識的人，會不會覺得不自在？」

桑稚語氣硬邦邦的：「不會。」

段嘉許：「如果不想待了就跟我說。」

桑稚：「喔。」

段嘉許用餘光掃向她，問道：「話怎麼這麼少？」

「不少。」桑稚看著外面五彩斑斕的霓虹燈，憋了半天還是沒忍住，說，「還有，我不是有意見的意思，我就提醒一下，你可能沒注意到——你的話太多了。」

「嗯？」

「我真的不是有意見的意思。」桑稚板著臉，刻意重複了一遍，「你要是想繼續說也可以，我就只是提醒一下。」

「……」段嘉許又笑出聲，「我話多啊？」

「嗯。」

段嘉許虛心請教：「哪裡多？」

就這一路，桑稚被他問了幾百個問題。她有點不耐煩了，猛地轉過頭說：「你可不可以別再說疑問句了？」

段嘉許挑眉，下意識地道：「為什麼——」

桑稚盯著他，明顯要炸了。

沒等她說出話來，段嘉許又慢條斯理地補了兩個字。

「句號。」

「……」

聚餐的地點就訂在上次段嘉許和桑稚排了半天的隊，最後因為意外還是沒吃成的那家火鍋店。

其他人大部分都已經到了，三張方形的桌子拼在一起，組成一張大桌，鍋底也有三個。桑稚大概看了一下，有十來個人。

角落還空著兩個座位，應該是特意留給他們的。桑稚還看到之前在機場見到的那個女人。

一個小平頭的男人看見他們，笑嘻嘻地說：「段哥，你來得也太晚了吧？我們都開始吃了。」

段嘉許淡淡笑著解釋：「接人。」

平頭男：「女朋友啊？」

聞言，段嘉許側頭看了桑稚一眼，然後平靜地說了兩個字：「朋友。」

聽到這兩個字，桑稚愣了一下，鎮定地跟他們打了聲招呼，被段嘉許帶著走到最靠裡面的位置坐下。她伸手拆著餐具，有點心不在焉。

他居然說朋友，不是妹妹。

桑稚有點不敢相信自己的耳朵。

很快，坐在桑稚對面的男人把菜單遞了過來，笑道：「你們看看還要不要加點什麼。」

段嘉許在桑稚旁邊坐下：「妳看看要吃什麼。」

桑稚點頭，掃了一眼，隨便勾了幾道菜，然後把菜單推到段嘉許面前：「嘉許哥，我想去一下洗手間。」

「出去往左走，」段嘉許說，「找得到嗎？」

「嗯。」

「那去吧。」

火鍋店內沒有廁所，但商場的每個樓層都有一個。桑稚跟段嘉許來過這個地方，對這層樓還有點印象，沒一會兒就找到了廁所。

桑稚走進去上了個廁所，從隔間裡出來。一出來，她就看到段嘉許口中的「上司」站在其中一個洗手台前。腳步停了下來，她莫名其妙地感到一絲尷尬，但還是很快就走了過去，打開水龍頭，有禮貌地跟這位「上司」打了聲招呼。

女人抽了張衛生紙擦手，溫柔地問：「妳是桑稚吧？」

「……」桑稚點頭，「嗯。」

「我叫江思雲，妳叫我江姐就行了。」江思雲笑了笑，「我之前跟嘉許去機場接過妳，還記得我嗎？」

桑稚忙道：「記得。」

江思雲：「在這邊讀大學嗎？」

「對。」

兩人並肩出了廁所，江思雲繼續說：「我記得那時候見到妳，看起來還小小的，現在都快比我高了。」

「我發育得比較晚，」桑稚小聲說，「而且應該不會再長高了。」

江思雲：「可以了，小女生也不用長太高。」

桑稚又點點頭。

江思雲的語氣和緩，聽起來很舒服：「在機場見到的那次也沒好好跟妳打聲招呼。」

桑稚：「沒關係，本來就麻煩您了。」

「這麼一想，我當時跟過去其實不太合適，主要也沒多想，就是想幫個忙。」江思雲笑道，「因為嘉許那天有點發燒了，我本來想讓我老公送他過去，但我老公臨時要去見個客戶。」

桑稚抬眼，一時不知道該說什麼。

「這幾年他幫了公司不少忙，我和我老公都想多幫他一點。當時看他狀態不好，我就下車幫他一起找妳了。後來嘉許怕有陌生人在妳會覺得不自在，要我先走，所以我就沒繼續待著。」江思雲說，「也沒來得及跟妳道別。」

桑稚抓抓頭，又說了句：「沒關係。」

恰好回到火鍋店裡，江思雲拍拍她的手臂，兩人都坐回自己的座位。桑稚往她的方向看了眼，才注意到她跟她旁邊的男人舉止格外親密。

桑稚收回視線。

桑稚總覺得，她剛剛跟自己說的話好像是在解釋……但江思雲好像也沒必要跟自己解釋那麼多，總不會是只見了這兩次面就看出她的心思吧。

她也沒那麼明顯吧？

下一刻，段嘉許的聲音打斷了她的思緒：「發什麼呆？吃東西。」

桑稚回過神：「喔。」

吃完飯，一行人還打算繼續下一攤。

這次段嘉許沒跟著去，跟他們道別之後便帶著桑稚到附近逛逛。桑稚拿出手機問道：「嘉許哥，我們要不要去看個電影？」

段嘉許：「看什麼？」

「看杯麵啊。」

「杯麵？」

「《大英雄天團》，」聽他的語氣像是聽都沒聽過，桑稚忍不住看他一眼，「一部動畫電影。」

段嘉許拉長尾音啊了聲，懶散地道：「那部啊。」

桑稚也沒戳破他，又低頭看著最近的場次：「不知道下檔沒，我一直沒來得及去看。」

「找到了？」

「嗯。」桑稚給他看手機，「電影院在五樓，八點半有一場，我們訂這一場？」

段嘉許：「好。」

路過一家手搖店時，桑稚指了指說：「嘉許哥，我想去買杯烏龍茶喝，你有沒有想喝的？」

段嘉許：「我不喝，妳喝吧。」

「那你看電影不渴嗎？」

「我等一下去買瓶水。」

「……」

養生老土老男人，什麼都不懂，也什麼都不喝。

這家店的生意很好，店外排了不少人。兩人排了好一會兒的隊桑稚才點好，拿著號碼牌到旁邊等。她看了一眼時間，眨眨眼：「不然你先去旁邊買瓶水？不然等一下時間來不及了。」

段嘉許想了想：「那妳在這裡等，別亂跑。」

桑稚喔了聲，在手搖店旁找了個位子坐著等，段嘉許回來時她也拿到飲料了。

杯子是不透明的紙杯，拿起來還能感受到裡面的溫熱，桑稚把小吸管插進杯口，低頭喝了一口。剛入口她就覺得不太對勁，她還沒反應過來的時候，嘴裡的飲料已經吞下肚了。

她的腳步停了下來。

注意到她的動靜，段嘉許撇頭：「怎麼了？」

嘴裡還殘留著味道，桑稚舔舔唇，猶豫地說：「這杯好像不是烏龍茶，有點像……」

沒等她說完，段嘉許就接過她的杯子，打開蓋子看了眼。他的表情有了變化，皺著眉說：「這是奶茶。」

桑稚啊了聲，下意識地看他。也許是心理作用，她覺得自己的臉瞬間癢了起來：「可是我點的是烏龍茶啊……」

段嘉許抬起眼，目光一頓：「妳臉上起紅疹了。」

「……」桑稚反射性地摸摸臉，覺得喉嚨似乎也有點腫了，說話有點艱難，「我只喝了一小口。」

段嘉許喉結滾了滾，神色不太好看，他立刻拉著她往樓下走。

「先去醫院。」

◇

所幸喝的量少，桑稚到醫院打了針之後症狀漸漸減退。她甚至還有心思把電影票退掉，同時說：「嘉許哥。」

段嘉許幫她領了藥回來：「怎麼？」

桑稚眨眨眼，忍不住說：「奶茶還滿好喝的。」

「……」段嘉許覺得荒唐，「妳難道還想喝？」

「不敢喝。但是因為我沒喝過嘛，就發表一下我的想法。」桑稚搖搖頭，嘀咕道：「我上次喝牛奶後吐了一整個晚上，我哪敢再喝。」

說起這個，段嘉許想起一件事情，似是而非地問：「我以前是不是買過牛奶給妳？」

桑稚頓了一下，含糊地嗯了聲。

段嘉許沉默了幾秒：「妳喝了？」

「沒有。」桑稚連忙道，「給別人喝了。」

她不能喝牛奶的事情，段嘉許還是某次在桑稚家時聽黎萍說的。他站在她前面，覺得不太對勁：「妳不能喝怎麼不跟我說？」

桑稚小聲說：「反正我也沒喝啊。」

段嘉許盯著她，像是在回想什麼，半晌後才又開口：「妳以後在外面喝這些飲料之前，自己要先打開蓋子檢查一下。」

桑稚的臉上還有紅疹，她不想讓他看到，頭一直低著：「嗯。」

兩人出了醫院，並肩往停車場的方向走。桑稚的臉上還有點癢，她總是不自覺地想伸手去抓。最後段嘉許乾脆直接扣住她兩隻手，牽著她往前走。她站在他身側，盯著這個動作，總覺得自己像是條狗，在被他遛。

走到一半，桑稚突然想起今天他跟同事介紹她，說是「朋友」的這件事。她抿抿唇，內心掙扎了半天還是問了出來：「嘉許哥，你今天怎麼跟他們說我是你朋友？」

頓了一下，她又補了一句：「你以前不是都說我是你妹嗎？」

聽到這句話，段嘉許回過頭去看她。

靜謐的夜，刺眼的白光，空曠的停車場。

桑稚用圍巾遮著半張臉，稍稍抬起頭來，注意到他微微揚起、帶著幾分繾綣的眉眼，以及彎起小小弧度的嘴唇。她的心跳莫名開始加快。

極為短暫的沉默過後，刺骨的寒風吹過，在耳邊嘩嘩響著。下一刻，段嘉許開了口，低沉的話語順著風刮進桑稚的耳朵裡——

「還真的把我當成妳哥了？」

這話像煙火一樣瞬間在桑稚腦子裡炸開，炸得她暈頭轉向。她的嘴唇張了張，卻因為茫然失措，一句話都說不出來，心臟像要從身體裡撞出來。

怦通、怦通，幾乎要蓋住那呼嘯的風聲。

桑稚甚至覺得自己的手心在冒汗——在這刮著寒風的天氣裡。

她還來不及想到要怎麼回應，段嘉許便不動聲色地放開她的手腕，轉過身，默不作聲地在她面前站定。

距離在一瞬間拉近，桑稚猝不及防地錯開視線。

段嘉許稍稍俯下身，那雙狹長的桃花眼微彎，帶著不知名的情緒。他與她對視了兩秒，然後伸手把她的圍巾往下扯，露出她整張臉來。

桑稚五官精緻秀氣，嘴角不自覺上揚，唇邊兩個梨窩深陷。一雙眼亮晶晶的，不自在地別開，很快又看向他。因為過敏，她的臉上有點腫，臉頰帶著紅疹。這麼一看，反倒像是臉紅了。

段嘉許的眸色暗了些，喉結緩慢地滾動了一下。放在她圍巾上的手往上抬，用指腹極輕地摸了一下她的梨窩。

桑稚的後脊一僵。

僅僅是一瞬間的事情，段嘉許就收回了手，姆指和食指下意識地摩娑著。他站直，喉嚨裡發出一聲笑聲：「怎麼又臉紅了？」

「……」

他拖著尾音說：「還偷笑。」

桑稚腦袋發愣，把圍巾又扯了上去。她強裝鎮定，垂著眼含糊不清地說：「你不也在笑。」

段嘉許饒有興致地道：「那妳說我為什麼笑？」

「我怎麼知道，你又不是第一天這樣笑。」桑稚繞過他，繼續往前走，自顧自地說著，「別在這裡站著了，好冷。」

盯著她的背影，段嘉許在原地站了幾秒，忍不住又笑出來，很快就抬腳跟了上去。

上了車，桑稚仍沒有把圍巾取下來。段嘉許沒急著開車，側過頭，吊兒郎當地說著：「小朋友，在車裡還不解下圍巾啊？不怕悶？」

桑稚面不改色地解釋：「我遮臉上的東西。」

「我已經看到了。」段嘉許好笑地問：「還遮什麼？」

桑稚頓了一下，覺得有點道理，伸手把圍巾摘了下來。她沒再吭聲，低頭玩了一會兒手機，又轉頭看向窗外。

藉著等紅綠燈的時間，段嘉許隨意地往她的方向瞥了眼，只能看到她的側臉。他注意到她似乎是在發呆，指尖無意識地在窗沿上敲打著，眼角下拉，嘴角上揚，情緒藏都藏不住。

沒多久，像是注意到了什麼，她伸手摸摸自己的嘴角，表情僵了一下。也許是怕被他看到，下一刻，她很刻意地收斂了幾分。

段嘉許收回視線，眼眸垂下，也笑了起來。

因為隔天是週末，此時宿舍裡只有甯薇一個人，其餘兩人大概是去參加社團活動，或者跟男朋友約會去了。注意到門開了，甯薇看了過來。看到桑稚的臉時她嚇了一大跳：「妳的臉怎麼了？」

「不小心喝到奶茶了。」桑稚把手上的東西放到桌上，「我對牛奶過敏。」

「啊？沒事吧，去醫院了嗎？」

「去了，打了一針。」

「那就好。」甯薇嘆了一聲，「妳也太慘了吧，牛奶過敏的話，妳有很多東西不能吃吧？」

桑稚想了想：「也還好，有些加工過的還是可以吃。」她脫下外套，隨口問道：「妳今天怎麼沒出門？」

「我有出去啊，不過吃了個飯就回來了。」甯薇拆了包洋芋片，「我男朋友今晚要趕作業，沒時間陪我。妳呢，跟妳那個哥哥約會怎麼樣啊？」

聽到這句話，桑稚安靜了下來，突然湊到她旁邊蹲下。甯薇側過頭，把洋芋片遞給她：「妳要吃啊？」

「我不吃，我剛吃飽。」桑稚像條小狗似的，眼睛又圓又亮，彷彿在說什麼天大的祕密一樣，聲音壓得極低，「甯薇，我偷偷跟妳說喔。」

「怎麼了？」

「我哥哥那個朋友，」說著說著，桑稚伸手揪揪她的衣襬，笑眼彎彎的，「好像有一點喜歡我。」

「妳看起來怎麼跟中了樂透一樣？」甯薇被她逗笑了，「怎麼發現的？」

「他跟同事說我是他朋友，還跟我說，」桑稚學著他的語氣，拉長語尾說：「還真的把我當成妳哥了？」

「欸，這話怎麼像在叫妳別亂認親戚一樣？」

桑稚眨眨眼：「妳覺得他這樣說是要跟我撇清關係嗎？」

話說出口之後，甯薇也覺得自己說得不太對，怕影響她的心情，忙道：「不是，我就隨便說說。」

「應該不是。」桑稚又回想了一下剛剛的事情，很認真地說：「他的意思應該就是沒再把我當妹妹了，但也不是疏遠的意思。」

「那他知不知道妳也喜歡他啊？」

「不知道吧。」桑稚笑咪咪地說：「我沒表現出來。」

「妳可以先裝作對他沒那個意思，讓他追妳一段時間。」甯薇說，「畢竟男人都這樣，要是他告白妳立刻就答應了，他可能會覺得太輕易到手，就不好好珍惜。」

桑稚愣住，訥訥地問：「那他不追我怎麼辦？」

「……」甯薇說，「應該不會吧？」

「而且我也不是非常確定。」桑稚嘀咕道，「不知道他為什麼喜歡我……我還覺得滿奇怪的。」

「這能有什麼原因？」甯薇問，「那妳為什麼喜歡他？」

桑稚老實地道：「長得帥。」

「……」甯薇說，「妳怎麼這麼膚淺？」

「還有，人好，對我也好。」桑稚表情認真地細數著，「成績什麼的也都很好，除了有點老，沒什麼不好的地方。」

甯薇嚼著洋芋片說：「那妳不也差不多嗎？除了年紀比他小一點，沒什麼不好的地方。」

「那……」桑稚輕咳了聲，「我就等他來追我了？」

「好。」

「那如果果他不追我的話，」桑稚心裡還是沒什麼底，結結巴巴地說，「我要不……要不然就去追他吧。」

「……」

◇

把桑稚送回宿舍後，段嘉許回到車上，正想開車回家時，突然接到一通電話。他掃了一眼來電顯示後接了起來，很快便掛了電話。他發動車子，開往市裡的療養院。

療養院裡十分安靜，除非必要，段嘉許很少來這個地方，也很少來見他這個在病床上躺了十一年的父親段志誠。

醫生：「你父親最近的狀態不太好。」

段嘉許嗯了聲。

「已經臥床十年了，身體機能和抵抗力都很差。」醫生說，「最近肺積水有點嚴重，我的建議是做個小手術把水抽出來，不然可能會引起肺部感染，到時候就嚴重了。」

「醫生，」段嘉許似是不太在意這些事，淡淡地問：「您覺得他會醒嗎？」

醫生沉默幾秒，非常官方地說：「只要活著，總會有奇跡的。」

段嘉許只是笑，沒發表言論。

哪裡有那麼多奇跡。

段嘉許其實一點都不期待段志誠能夠醒來，都過了那麼多年，連恨意都不剩半點，殘留的情緒也只剩下疲倦了。

他低下頭，看著段志誠的模樣。

因為臥床多年，段志誠的樣子有了很大的變化，整個人毫無意識，躺在那裡就像個死人一樣。

其實段嘉許還頗想知道他到底後不後悔的。

很快，段嘉許收回視線，溫和地說：「那麻煩你們了。」

段嘉許繳了手術以及接下來兩個月的費用之後，離開療養院。這件事情對他的心情影響不大，很快就被他拋諸腦後。

他回到家傳了封簡訊給桑稚，提醒她記得擦藥。然後段嘉許從冰箱裡拿了瓶冰水，想著桑稚今天的反應，又慢慢回想著她酒醉時說的話。

——『我有一個好喜歡的人……但他就是不喜歡我。』

——『只只不開心。』

——『他人很好，對我也很好。但他對誰都好，他對誰都好……』

該不會，讓她這麼傷心的人真的是他吧？

段嘉許總覺得不太對。

這麼多年不見，她如果真的在這段時間的相處裡對他有了哥哥之外的情感，那麼那句「他就是不喜歡我」是怎麼得出的結論？就因為他之前那幾句把她當成小孩的話？

段嘉許思索片刻，打了通電話給錢飛。

電話只響了幾聲錢飛就接起來，直截了當地道：『給你一分鐘時間，說完我要洗洗——』

「你之前說得滿對的，」段嘉許灌了一口水，慢慢地說：「那女生說的那個男狐狸精好像確實不存在。」

『對吧？我太厲害了，我真的是戀愛高手。』

「也可能存在，」段嘉許說，「有很大的機率是我。」

『對吧！』錢飛激動了起來，『一聽風騷、浪蕩、無恥，我就知道是你！』

「……」

『那你直接上不就成了？還在這裡猜個屁。』

「不行。」段嘉許笑，「得追。」

『……』錢飛覺得莫名其妙，『你不是都說她喜歡你了嗎？你還追什麼？』

「我家女孩就是覺得我不喜歡她。」段嘉許抬眼，慢條斯理地道，「我得跟她攤牌，讓她開心一下。」

『啥？怎麼就是你家女孩了？』錢飛無奈，『還有，這女生知道你知道她對你有意思嗎？』

「不知道。」段嘉許低笑了聲，「我也裝不知道。」

我得給我家小孩留點面子。

錢飛莫名有點酸溜溜的：『你還真有情趣。』

段嘉許：「好了，一分鐘到了，掛了。」

『等一下，』錢飛好奇地道，『你打算怎麼攤牌啊？』

段嘉許挑眉：「還沒想好。」

◇

桑稚的十九歲生日是她頭一次沒跟家人一起過的生日。

生日那天恰好是週日，段嘉許提前跟她約好當天要出去慶祝一番。桑稚安排了一下，中午跟室友吃飯，之後回宿舍等到約定好的時間，再出門去找他。

段嘉許沒開車過來，就在宿舍樓下，穿著她之前送給他的黑色T恤和修身長褲，站在那裡就像是個大學生。

桑稚正想走過去，一旁突然有人叫住她：「桑稚。」

她下意識地回頭，注意到江銘就站在另一側的樹下，手裡拿著個袋子，笑容清爽明朗：「我有傳訊息給妳，妳看到了嗎？」

桑稚摸摸手機說：「我沒看。」

「沒別的事，」江銘說，「只是過來給妳禮物。」

桑稚猶豫地接過：「謝謝。」

江銘：「妳等一下有事嗎？」

餘光察覺到段嘉許若有似無的視線，桑稚莫名覺得有點尷尬。她勉強笑了一下，指指段嘉許的方向：「嗯，跟人約好了。」

「這樣啊。」江銘掃了段嘉許一眼，似乎是有點遺憾，摸摸鼻子說：「那就不打擾妳了，我先走了啊。」

桑稚揮揮手：「嗯，再見。」

說完，江銘就往另一個方向走。

桑稚走到段嘉許面前問道：「我們要去哪裡？」

段嘉許用指尖輕輕勾了一下那個袋子，桑稚手一鬆，袋子瞬間落入他的手中。他笑起來，很自然地說：「我幫妳拿。」

「……」桑稚喔了聲，「那給你拿吧。」

兩人往校門口走著，段嘉許漫不經心地問：「那男生是那個男狐狸精？」

就知道他會問，桑稚沉默幾秒，打起十二分精神認真應對：「不是。」

段嘉許若有所思地嗯了聲。

過了半晌，他一直沒出聲。桑稚忍不住看了過去，在這個時候，段嘉許恰好停下腳步：「那妳看看。」

桑稚：「啊？」

下一刻，段嘉許的唇角彎了起來，眉目稍斂，俯身與她平視。幾秒後，他站直身，話裡帶了幾分調笑的意味：「看完了嗎？」

桑稚傻了：「什麼？」

「妳看我長得像不像——」段嘉許的語氣不太正經，略顯浪蕩，「妳說的那個男狐狸精？」

桑稚一時沒反應過來，嘴裡的答案差點就要順著他的話脫口而出。她呼吸一滯，抬眼默不作聲地看著他。

按她的想法，這句話好像能理解成兩個意思——要嘛就是，我是不是就是妳說的那個人；要嘛就是，我能不能成為妳說的那個人。

不管是哪一個意思，她如果承認了，就等同於是她先表露了心思吧？但她如果不承認，他因此知難而退了怎麼辦？

桑稚在心裡天人交戰。

段嘉許也很有耐心地等待著她的答案，完全不催她。後來，桑稚下定決心，果斷地吐出兩個字：「不像。」

段嘉許啊了聲，拉長音調，像是有些遺憾。

沒等他說出什麼話，桑稚垂下眼，一本正經地補充了句：「你別提這個詞了，我已經不喜歡這個人了。」

段嘉許眉梢一挑：「這樣啊。」

桑稚鎮定自若地點頭。怕他不信，她想了想，又硬著頭皮編謊話：「你不是說這個人是渣男嗎？就沒聯繫過了。」

「……」段嘉許的笑容收斂了點。

桑稚撇得乾乾淨淨，認真地說：「我現在沒有喜歡的人。」

段嘉許沉默三秒，眼中的情緒有點難以言喻，像是挖了個坑讓自己跳下去了一樣。他收回視線，不甚在意地問：「這個人，中央空調？」

桑稚遲疑地說：「有一點。」

現在才想起了她當時還說了這個詞，段嘉許又好氣又好笑，一字一句地問：「妳知道這個詞是什麼意思嗎？」

聽到這句話，桑稚的神情古怪：「你不知道嗎？」

「……」

「你怎麼什麼都不知道，你都不上網的嗎？」桑稚也沒嫌棄，慢吞吞地解釋給他聽，「中央空調就是有很多女性朋友，對所有的女生都很好，但就是沒有女朋友的男性的意思。」

段嘉許垂眸，上下掃了她一眼，淡淡地嗯了聲：「這三點符合一點，就算中央空調了？」

桑稚理所當然地道：「當然要三點都符合。」

話題終止於此。

兩人並肩往校門口的方向走。

路過一群正在玩鬧起鬨的大學生時，桑稚似有若無地聽見段嘉許好像說了一句話，語氣不可名狀，帶了幾分涼意。

「還真會誣賴人。」

桑稚先前想看的《大英雄天團》在大多數電影院已經下檔了，只剩下一家還有最後一個場次，位置在市中心的一個商圈裡。

段嘉許提前訂了票。

兩人搭上火車。因為是週末，人很多，桑稚和段嘉許恰好趕上，就擠在門旁的位置。

怕她被別人擠到，段嘉許把她拉到自己身前。周圍都是人，找不到一個能讓她支撐的東西，桑稚忍不住說：「我站這裡就沒東西能扶了。」

段嘉許垂下眼睫，鬆開手，指指他原本握著的吊環：「那妳握著這個。」

桑稚伸手，乖乖地抓住，回頭看他：「那你呢？」

段嘉許輕鬆地抓住上面的橫杆。過了幾秒，像是注意到了什麼，他忽地低笑了聲，懶懶地說：「有點高，難抓。」

「……」桑稚正想說點什麼。

下一刻，他的手往下挪，握住她的手腕：「這裡比較好抓。」

桑稚還保持著原來的姿勢，眼睛瞪大，骨碌碌地盯著他，顯然對他這個行為格外不恥：「你握那上面哪裡難抓了？」

「真的難抓。」段嘉許笑容不變，悠悠地說，「不然妳握一下試試？」

「……」桑稚有點不自在，伸出另一隻手抓住橫杆，沒多久就鬆開嘀咕道，「你好意思拿你的身高跟我比。」

但她也沒把他的手扯開，視線忍不住往上飄。桑稚看著他修長的手指扣在她的手腕上，帶著溫熱的觸感，極其真實，無法忽視。

段嘉許其實很少會跟她有肢體接觸，包括在她年紀還小的時候，他最多也只是揉她的腦袋，或者捏一下她的臉，看似親暱，卻也有所把持。

她垂下腦袋，又開始摸自己的嘴角。

段嘉許往前看，盯著窗戶裡映著的她，然後垂下眼，稍稍側頭，不動聲色地看著她此刻的模樣。

兩個人各做各的事。

一個在努力裝作若無其事，另一個正沉默地盯著她，看著她偶爾會不經意彎起的唇角。

然後，他也莫名其妙地笑了起來。

到商場時，電影還有半個小時才開場。

兩人不急著取票，桑稚往四周看了一眼，忍不住指指不遠處的手搖店：「我要買杯飲料喝，你喝不喝？」

段嘉許：「不喝。」

桑稚：「那你等一下看電影不渴？」

「我去買——」話還沒說完，段嘉許突然覺得這對話跟歷史重演似的。眉心動了動，他改口：「妳這次喝之前，得先看看裡面裝的到底是不是妳點的。」

「喔。」手搖店前沒有別人排隊，桑稚走到櫃檯看了一眼菜單，沒糾結多久就決定了，「凍檸茶加珍珠。」

「……」段嘉許頭一次聽見這種搭配，「可以這樣喝？」

桑稚瞪他：「當然可以。」

段嘉許皺眉：「而且今天才幾度？還喝冰的。」

桑稚：「室內不冷啊。」

段嘉許：「不要喝太多。」

桑稚有點不滿，咕噥道：「你幹嘛一直管我？」

聞言，段嘉許側過頭看她，盯著她有點鬱悶的樣子。他眉眼舒展開來，語調稍揚，玩味地說：「覺得我煩？」

店員剛好遞來她的飲料，桑稚接過，把吸管戳進去喝了一口。她不好太直白，只是含糊地說：「我也沒這麼說。」

段嘉許笑：「妳這不就是這個意思。」

桑稚就當沒聽見，自顧自地咬著珍珠。

過了幾秒，段嘉許扯了一下唇角，意有所指、緩慢地吐出四個字：「早點習慣。」

桑稚的動作停頓了一下，沉默地把嘴裡的珍珠吞下去。

兩人到電影院取了票。

還有幾分鐘才開始驗票，他們找了個位子坐著等。雖然喝起來不覺得，但拿久了桑稚還是覺得這杯東西確實有點冷。

察覺到她一直換手拿飲料，段嘉許直接伸手替她拿著。

桑稚瞥了他一眼，沒說什麼。快入場時她還是忍不住指指那杯飲料說：「我想喝。」

段嘉許把飲料遞過去，卻不是要還給她的意思，只把吸管口放到她的唇邊，眼睫稍抬，面不改色地看著她。

桑稚沒那個臉皮就著他的手喝，想接過來。沒等她碰到那個杯子，段嘉許就出聲散漫地說：「喝飲料就喝飲料，怎麼還想趁機摸哥哥的手？」

「……」桑稚忍住了，板著臉說：「誰要摸你的手，我自己喝。」

段嘉許：「不冷？」

桑稚：「不冷。」

段嘉許還給她：「不喝了我再幫妳拿著。」

「不用。」桑稚往他的手掌看了一眼，小聲說，「你也會冷啊。」

聽到這句話，段嘉許勾著唇角把手伸到她面前，不正經地說：「那妳幫我暖暖？」

桑稚沒動作，只是喝著飲料。他卻也不覺得尷尬，收回手淡然地道：「走吧，入場了。」

兩人站了起來。過了幾秒，桑稚突然從包包裡翻出一個暖暖包遞給他：

「我只帶了一個，給你用。」

段嘉許一愣。

桑稚低聲解釋：「我的手是冷的，沒辦法幫你暖。」說完，她故作鎮定地看他一眼，又道：「而且……牽手也不太合適。」

段嘉許撇頭看她，頓了幾秒，附和般地說著：「是不太合適。」

「……」

兩人找到位子坐下。

段嘉許把幫桑稚拿了一路的袋子放到腿上，撕開暖暖包的包裝，聲音斯文又溫和：「也沒個名分。」

「……」桑稚大腦空白，把手裡的飲料放下。

與此同時，段嘉許把暖暖包放進她的手裡。電影也開始放映，背景音樂響起，止住了她所有的話。

電影結束後，已經到了晚餐時間。

雖然看電影時，桑稚大部分的時間都在想他的那句話，但過了一個多小時，她也不好再提起。

兩人在外面找了個餐廳吃飯，之後回到段嘉許的住所附近，在一家蛋糕店取了蛋糕。

到了段嘉許家，桑稚脫了鞋，注意到鞋架上多了一雙新的女性拖鞋，恰好是她的尺碼。她往段嘉許的方向看，沒主動拿來穿。

倒是段嘉許把鞋子放到她面前，平靜地說：「買給妳的。」

他把蛋糕放到餐桌上，接著便進了廚房。桑稚慢慢地穿上鞋子，走過去，把蛋糕盒拆開。

她剛把蛋糕拿出來，段嘉許也從廚房裡出來了，手裡捧著另一個蛋糕。

桑稚的動作停住：「怎麼有兩個？」

「這個是我做的，沒加牛奶，自己做比較安心。」說到這裡，段嘉許低頭笑了一下，「其實我也跟蛋糕店那邊說了不要加牛奶，主要還是怕我做得不好吃，就又訂了一個。」

桑稚眨眨眼：「你還會做蛋糕。」

「以前在咖啡廳打工，有學過。」段嘉許邊往蛋糕上插著蠟燭，邊漫不經心地問：「想用哪個當生日蛋糕？」

桑稚指著他做的那個：「這個。」

「插幾根？」

「插一根就好了吧。」

段嘉許的眉梢一抬，話裡帶著拒絕的意思：「十九根。」

桑稚無奈：「插這麼多怎麼吹？」

「小孩，」段嘉許吊兒郎當地說：「妳得認清妳的年齡。」

蛋糕店給了兩包蠟燭，一包有十二根，所以還夠用。桑稚忍不住吐嘈：「那你生日的時候，還得跟別人多要一包蠟燭。」

「我生日的話，」段嘉許很雙標，「插一根就行。」

「……」桑稚很不爽，非常計較地說，「我到時候一定幫你插滿二十六根。」

段嘉許只是笑著，把蠟燭插好之後，到茶几上拿了打火機，還有一個粉色的袋子。他垂著眼，慢慢地點燃所有蠟燭。

桑稚跑到玄關處關燈，回來時段嘉許已經點好了。他的面容被燭光染上暖色，燭光忽明忽滅，看不太清楚他的神情，卻顯得格外繾綣柔和。

算起來，這也是桑稚第一個跟他一起過的生日。

段嘉許開口幫她唱生日歌，低啞溫柔的聲音在客廳裡迴盪著。最後一段歌聲落下後，桑稚許了個願，用力吹蠟燭，卻只吹熄一半。

她嘴角一抽，又吹了幾下才全部吹熄。

看著她的舉動，段嘉許笑出聲來，胸膛起伏著，連帶著肩膀都在抖。然後他起身開了燈，把那個粉色的袋子遞給桑稚：「生日禮物。」

桑稚接過來，禮物並不輕。她說了句「謝謝」，忍著好奇心，拿著蛋糕刀開始切蛋糕。

她只切了一下，段嘉許就接過蛋糕刀，幫她切了一小塊出來。他瞥了一眼放在一旁的袋子，突然問：「要不要看看別人送給妳的禮物？」

桑稚看了一眼，搖搖頭：「回去再看吧。」

段嘉許沒強求，又問：「這男生在追妳？」

桑稚想了想：「應該吧。」

段嘉許輕笑了一聲，拖長語尾問：「很多人追？」

想到先前在醫院吹的牛，桑稚也不知道該怎麼回答，只能含糊地說：「還可以。」

很快段嘉許又問：「要追妳有什麼條件嗎？」

桑稚覺得莫名其妙：「哪有什麼條件，又不是選對象。」

「那說說，」像只是隨便聊聊一樣，段嘉許的語氣很淡，「妳有可能看得上眼的，要什麼條件？」

桑稚抬眼，猶豫地說：「長得帥。」

段嘉許：「嗯。」

「脾氣好。」

「嗯。」

「得比我高一顆頭。」

「嗯。」

「為人正直。」

「嗯，還有呢？」

桑稚拿著叉子，咬了一口蛋糕：「沒了。」

「妳說的這些條件，我都符合。」段嘉許用手指抹了層巧克力醬，輕點到她的臉頰上，「所以，問妳一件事。」

「……」

彷彿期待已久的事情終於要發生，帶著極為強烈的預示感。

桑稚撞上他的目光，幾乎能猜到他的下一句話是什麼，心跳卻仍是漏了半拍，她緊張到有點喘不過氣。

她把唇角的蛋糕殘渣舔掉，訥訥地看他：「什麼？」

段嘉許笑了一聲，目光曖昧卻又顯得認真。這次他沒再像先前一樣有所掩飾，也不再說什麼模棱兩可的話，直截了當地跟她攤牌。

「我可以追妳了嗎？」

第九章　教妳怎麼接吻

室內的光是清冷的白色，打在段嘉許臉上，輪廓清晰又更明亮了。他的眼眸低垂，又密又長的睫毛襯得那雙棕色的眼眸越發深邃，帶著細碎的光。

段嘉許還在盯著她，不帶任何壓迫感。他向來極具耐心，不催促，也沒表露出著急的模樣，安靜地等待著她的答覆。

在這個關頭，桑稚還莫名其妙地想起初次見到他時的情景。

他斜坐在沙發裡，神情疏淡又玩味，對她那極其離譜的猜測也只是一笑而過，不正經地附和著：『整得好看不就得了？』

過了那麼多年，他也長了那麼多歲，卻似乎沒有多大的變化，只是變得更成熟了點，但還是她喜歡的那個模樣，讓她在恍惚間突然有種時間其實是會等人的錯覺。

兩人一站一坐。

只有十幾秒的光景，桑稚猛地回過神，她的尾音隱隱發顫，卻裝作平靜地問：「你這句話是我理解的那個意思嗎？」

「嗯？」段嘉許收回手，輕舔了一下指尖上的巧克力醬，「這句話還能找出第二個意思？」

桑稚沉默了一下，輕聲問：「你不是說我是小孩嗎？」

「妳要是願意的話，」段嘉許彎著唇，話裡帶著些許笑意，「妳九十歲了我也能這樣叫妳。」

「……」桑稚低下眼，繼續嚼著蛋糕。

「就只是一個稱呼。」段嘉許笑了一下，語速慢慢悠悠，「不然，妳之前叫我哥哥，也是真的把我當成妳親哥哥？」

桑稚有點彆扭，故意跟他作對：「就是把你當親哥哥。」

「這樣啊。」段嘉許瞥她一眼，也沒拆穿她，用商量的語氣說，「那哥哥從今年開始洗心革面，不做人了，好不好？」

「……」

段嘉許不甚在意地補充一句：「改當個畜生。」

桑稚咳嗽了兩聲，忍不住說：「也沒那麼嚴重。」

「那妳給我一個答覆，好嗎？」段嘉許的指尖在桌上輕敲著，語氣略顯散漫，「再不說，我這裡就要緊張得喘不過氣來了。」

我也沒見到你緊張啊。桑稚在心裡嘀咕著。

「哪裡有人在追別人之前，」桑稚想想，還是忍不住吐槽他，「還先來問說『我可不可以追妳』的？」

「我不問的話，」段嘉許拉了把椅子在她旁邊坐下，「妳不就把我那些表現當成長輩的關愛了嗎？」

安靜三秒。

「那隨便你。」桑稚收回視線，故作無所謂的樣子，「這是你的事情，我又管不著。」

段嘉許低笑著：「那妳對我有沒有那個意思？」

想著甯薇的話，桑稚非常嚴肅地否認：「沒有。」

過了幾秒，她又擔心會打擊到他，刻意補了一句：「但你追我一陣子，我說不定就有了。」說完，桑稚抬起頭，往段嘉許的方向看了幾眼。

「好啊。」段嘉許單手撐著臉，問道：「不過，妳能不能先透露一下，我大概得追多久？」

「透露什麼？」桑稚皺眉，覺得有點沒面子，「你說得好像我一定會被你追到一樣。」

段嘉許挑眉：「還有追不到的道理？」

桑稚：「當然，我很難追的。」

段嘉許：「那我們簽個合約吧，訂個期限。」

桑稚有點彆扭：「這種事還要簽合約？」

段嘉許嗯了聲，神態漫不經心又理所當然：「我們這個年齡的人呢，做事比較喜歡安安穩穩、妥妥當當。」

「……」桑稚把最後一口蛋糕吞進肚子裡，站起身來，「我才不簽。」

「好。」段嘉許懶懶地說，「那我有點耐心，追妳追個十年八載。但妳到時候要是跟別人跑了，我就上門找妳爸媽告狀。」

桑稚：「你告什麼狀？」

段嘉許想了想，歪著頭，語氣像是在詢問：「就告——妳找我冒充妳哥去見妳老師的事？」

桑稚的心情一言難盡：「這都幾百年前的事情了。」

她不再理他，走到洗手間漱了個口，抬頭看到鏡子，這才注意到自己臉頰上沾了一點巧克力醬。

桑稚頓時想起段嘉許剛剛的動作，她用水把巧克力醬洗掉，很快便走了出去：「嘉許哥，你怎麼在我臉上抹東西？」

段嘉許收拾著桌子：「怎麼了？」

「我有化妝。」桑稚不太高興，「你把我的妝弄掉了。」

聞言，段嘉許抬頭掃她一眼，眉梢揚起，語氣騷包又輕佻：「來見哥哥還化妝，還說對哥哥沒意思？」

「……」桑稚為自己澄清，「我不管跟誰見面都會化妝。」

「妳怎麼總是打擊人？」段嘉許把蛋糕放回盒子裡，笑道：「妳對我沒意思，難道我不能讓自己高興一下？」

桑稚很計較：「那你就別說出來。」

段嘉許懶散地說：「我不說出來，妳不就不知道了嗎？」

「……」桑稚走過去把兩個袋子提起來，掛在手腕上。她看了眼桌上那個段嘉許做的蛋糕，還剩了一大半，正經地喊他：「嘉許哥。」

「嗯？」

「就是，你現在也不算跟我告白了，你就是問可不可以追我，我說可以，我也沒拒絕你。」桑稚小心翼翼地說：「那這個蛋糕我可以拿回去嗎？」

段嘉許垂眸看她，故作疑惑：「那我現在跟妳告白，妳是不是就會接受了？」

桑稚一噎：「當然不是。」

「那算了，」段嘉許溫柔地拒絕，「我還是留著自己吃吧。」

桑稚指指買來的那個：「你不能吃這個嗎？」

段嘉許：「不行。」

桑稚忍住：「你又不喜歡吃甜的東西。」

「現在喜歡了。」

桑稚氣炸了，忍了半天的話終於脫口而出：「你幹嘛這麼小心眼？我又沒提多難的要求，你總得追我一下吧！」

她瞬間沉默。

桑稚反應過來自己剛剛說了什麼，立刻不自在地辯解幾句：「我的意思是，你總得追我一下，我才能知道我對你有沒有那個意思。」

段嘉許清了清嗓子，似是在忍笑：「沒事。」怕真的把她逼急了，他點到為止，沒再逗她：「妳要是沒那個意思，我就多追幾下。」

「……」

段嘉許伸手捏捏她的臉，溫和地說：「幫妳裝在盒子裡，回去跟室友們分著吃。喜歡的話，以後天天做給妳吃。」

◇

桑稚拿著東西回到宿舍。

此時汪若蘭還沒回來，虞心正站在甯薇旁邊跟她聊著八卦。見她回來了，甯薇笑咪咪地朝她揮揮手：「小桑桑，約會開心嗎？」

桑稚把手上的東西放到桌上，認真地問：「今天有門禁嗎？」

「有啊。」虞心說，「十二點。」

桑稚：「現在幾點？」

虞心：「才十點，怎麼了？」

桑稚打開衣櫃：「我想出去跑個步。」

「……」甯薇覺得有點莫名其妙，「妳不冷啊？」

「我有一點，」桑稚看向她們，「有一點點激動。」

虞心：「妳這哪像一點點。」

桑稚摸摸臉，平復著心情，又莫名其妙地開始傻笑：「我忍笑忍了一整晚，我覺得我的臉都要抽筋了。」

甯薇也跟著她笑，猜測：「跟妳告白了啊？」

「應該算吧。」桑稚說，「他說他要開始追我了。」

甯薇好奇地問：「妳打算讓他追多久？」

桑稚眨眨眼，不太清楚：「一般追多久比較好？」

甯薇：「我跟我男朋友，一個多月吧。但我還有點後悔這麼早答應他，男人只有追妳的時候對妳最好。」

「噢。」桑稚抓抓頭，「那多久比較好？」

虞心：「妳自己看呀，妳覺得好的時候就可以了。」

桑稚：「我覺得現在就滿好的……」

「……」

桑稚突然有點憂鬱，吐出一口氣：「但我有點擔心他這個喜歡是一時興起的。可能就一直沒女朋友，然後身邊突然多了個年齡還算合適的人，就覺得看對眼了。」

甯薇：「可我覺得照妳說的那樣，你們這樣的關係，他應該也是下定決心才來跟妳說的吧？」

桑稚一愣，認真想想，又笑了起來：「也是。」

她跟室友分了蛋糕，回到位子上，拆開段嘉許送的那個袋子。裡面是一個傻瓜相機，純黑色的，款式偏復古。

桑稚打開相機，試著拍張照。然後她打開相簿，看看拍出來的效果如何，下意識往右滑了一下，發現裡面還有別的照片。

是段嘉許的自拍照。

「……」

這張照片是近距離拍攝的。他極其「直男」地給了自己一個特寫，能清晰地看到五官。照片上的他似是剛洗完澡，頭髮半濕，那雙桃花眼璀璨明亮，嘴唇染著水色，目光盯著鏡頭，笑容感覺有點痞痞的意。

下一刻，桑稚的手機響了起來。那頭的人像是算準了時間，傳了兩封訊息過來。

哥哥二號：裡面的照片才是禮物。

哥哥二號：記得當桌面。

桑稚：「……」

桑稚「高冷」地回覆：不。

隨後，她點開段嘉許的資料，把他的備註改回「段嘉許」，唇角翹了起來。她又看看段嘉許剛剛傳來的訊息，忍著打滾的衝動，想了想，又改成「追求者」。

手機又振動了一下，桑稚退出去看了一眼。

桑延轉了八千塊給她，附帶一句：想買什麼自己買。

桑稚收了錢。想到今天的事情，她莫名有點山雨欲來的壓迫感，猶豫著，準備循序漸進地告訴他這件事，傳給他：哥，我可能要談戀愛了。

哥哥：？

哥哥：妳是去上大學還是去相親的？

桑稚：上大學談戀愛不是很正常嗎？

哥哥：隨便妳，自己注意點，別被人騙。

桑稚：喔。

冷場片刻。

桑稚：年紀有點大。

哥哥：？

哥哥：總不能比我大。

桑稚：……

這次桑延直接傳語音訊息過來，語氣不太好：『真的比我大？小鬼，妳去哪裡認識的人？』

桑稚不敢坦白，瞎編著：我們學校的研究生。

桑延：妳給我好好念書，才幾歲而已，學人談戀愛。還有，我告訴妳，比我大一天都不行，我可受不了一個比我老的男人叫我哥。

桑稚：你怎麼這麼多毛病。

桑稚：叫你哥還不好？

哥哥：？

哥哥：你記得段嘉許嗎？

桑稚：……

另一邊，段嘉許從廁所洗完澡出來。他用毛巾擦著頭髮，從冰箱裡拿了瓶冰水，順便看了一眼手機，發現桑延傳來幾封訊息。

段嘉許眉梢一抬，點開看了一眼。

桑延：我妹好像有對象了。

桑延：她一個人在外面，你幫我看著點。

桑延：別讓她被人騙了。

段嘉許悠悠地笑了一聲，眉眼間無半點愧意。他打開瓶蓋，慢條斯理地喝了口水，然後回覆：好啊。

洗完澡，桑稚坐回位子上，又玩相機玩了好一會兒。她把段嘉許的那張照片傳到電腦裡，新建了個資料夾放進去，又把上次去段嘉許家時拍的那張合照也放了進去。

她想了一下，找到一個私密相冊，翻出她以前偷拍段嘉許的照片。

三張照片的色調和解析度都不一樣，放在一起看時有很明顯的時間感。

桑稚愣愣地看了好一會兒，突然想起高三那個階段。

那段時間，她的狀態莫名其妙地變差，向來考得很好的物理也經常犯一些粗心的錯誤，整體成績直線下降，在年級的排名也一直倒退。

她收到段嘉許送來的成年禮物那天，南蕪市第一次模擬考的成績也出來了，那是她整個高三階段考得最差的一次。

也因此，當天自習結束後，她被老師叫去談話了。

班導有注意到先前她和隔壁班體育生的事情，她的成績一下滑，就覺得她是因為談戀愛才影響到成績，所以說話也格外不留情面。

桑稚默默聽完她的教訓，只是又重複了一次「我沒談戀愛」，之後便回教室拿好書包坐車回家。

那天恰好是她的生日。

黎萍和桑榮正在廚房裡做飯。也許是因為她的生日，桑延破天荒地也在家，正坐在沙發上看電視，見到她回來了，也只是抬抬下巴，冷淡地說：「段嘉許寄了快遞給妳，放在妳房間了。」

桑稚點頭，沉默地回房。她關上房門，把笨重的書包放在桌上，垂眸看著快遞箱上的寄件人。然後她緩慢地拆開箱子，看到裡面有一整套化妝品，還附帶一張賀卡。

桑稚把賀卡打開。

男人的字跡大氣又俐落，賀卡上只寫著一行字。

『祝小桑稚成年快樂。』

這好像是她很久之前就期待著的話。

所有情緒一湧而上，高三帶來的壓力、老師不由分說的指責以及難以克制的委屈感。

桑稚盯著這句話，眼眶漸漸發紅，半晌後，喉嚨裡忍不住發出一聲哽咽，伴隨著不斷向下掉的眼淚。

她覺得難熬至極。

她不敢讓任何人聽見，蹲在地上，用盡全力地忍著哭聲，全身都在發抖，然後開始抽抽噎噎著，像是要喘不過氣來。

在那一瞬間，桑稚真切地意識到，真正地長大是怎樣的感受。

是再也不敢肆意大哭，把訴說當成一件丟臉的事情。

是再也不敢把任性當成家常便飯，清楚地明白什麼該做，什麼不應該做。

是再也不敢做天馬行空的夢，不敢把童話當成生活，讓日子變得規矩而又寡淡。

長大是一件根本不值得期待的事情。

手機響了一聲，打斷桑稚的思緒。她回過神，用力眨了一下眼，伸手把手機拿起來看了一眼。

——追求者傳來一封訊息。

桑稚點開看。

追求者：明天有空？

桑稚想了想：沒有。

追求者：後天呢？

桑稚：也沒有。

追求者：大後天？

桑稚：沒有。

追求者：晚上也沒有？

見狀，桑稚翻翻課表，回：週三晚上沒課。

追求者：好巧。

追求者：我也有空。

桑稚：但我要寫作業。

追求者：我陪妳？

桑稚彎起唇角，打了個「好」，很快又刪掉，很矜持地改成「再說吧」。她放下手機，到廁所裡洗漱，然後回到床上。

已經到了熄燈時間，宿舍的其他人也都已經上了床，只剩下手機螢幕亮著光。

起來。

桑稚跟段嘉許聊著聊著，不知不覺就睡著了。也許是一直沒收到她的回覆，良久後，螢幕又亮了起來。

追求者：晚安。

手機上顯示的時間已經過了十二點，桑稚迎來新的一天，告別了她的十八歲。在十九歲的那天，她重拾了她十三歲時的夢想，卻又跟上回不太一樣。

那次是無望的。這次，她卻一定能夠實現。

◇

隔天早上的課結束了。

桑稚跟室友一起到學生餐廳吃飯，聽她們聊天：「我看群組裡在說，最近學校要舉辦第五屆數位媒體藝術大賽，妳們要不要參加？」

汪若蘭：「是不是得組隊？」

甯薇：「嗯，一組不超過六個人。」

虞心：「別的系也能參加嗎？」

甯薇：「對啊，這是全校性的活動。」

汪若蘭：「妳們要參加嗎？」

虞心沒什麼興趣：「算了，我懶得參加。」

「我看看，」桑稚拿出手機，打開群組聊天室看了一眼，「參賽的作品類別有動畫短片、微電影、遊戲設計、互動設計……」

甯薇：「動畫短片好像不錯，主題是什麼？」

「有好幾個，紀念宜荷大學建校百年、宣傳宜荷民俗文化……」桑稚滑滑手機，又掃了一眼，「遊戲設計就不用符合這個主題。」

汪若蘭：「但遊戲設計的話，是不是得找軟體工程系的一起組隊？」

甯薇：「也不用吧？可以先問一下老師。」

汪若蘭：「這怎麼參加呀？」

桑稚：「得先找個指導老師，然後組隊報名。」

幾個人又扯了幾句這件事情，很快，話題自然而然地就扯到別的地方。

桑稚秉持著有比賽就參加的態度，恰好聽說社團裡有個同科系的學長梁俊也打算參加，她便跟他說了一聲，兩人組成一隊。再加上甯薇、梁俊的一個同學以及班上的一個女生。

總共五個人。

遷就各自的時間，梁俊定了週三晚上五個人一起吃晚餐，順便討論一下作品的事情。所以，她跟段嘉許之前算是說好的事就這麼取消了。

知道她有自己的事情，段嘉許也沒多說什麼，只跟她又約了週末的時間。

這比賽從報名到提交作品有兩個月的時間。小隊定好主題，也找了指導老師，打算做一個動畫短片。

創意類的東西，他們一時也沒有好的想法，無法決定。討論了一番，隊上還有人有課，梁俊也沒再浪費時間，幫每個人分了工，讓大家都回去想想。

甯薇沒跟桑稚一起回宿舍，散會之後就去找她男朋友了。

桑稚看了一眼時間，剛過八點半，還算早。她從口袋裡翻出手機，慢吞吞地傳訊息給段嘉許：你在幹嘛？

追求者：加班。

桑喔：喔。

下一秒，段嘉許的電話就打來了，問道：『有空了？』

「剛結束，」桑稚說，「你的工作怎麼老是加班？」

『沒別的事情就加個班。』段嘉許的聲音帶著淡淡的笑意，『妳要是有空的話，那我就下班了。』

最近宜荷的天氣開始升溫，但夜間仍帶了幾分涼意。桑稚把另一隻手塞進口袋裡，踢踢腳前的小石頭，提醒道：「現在都八點半了。」

段嘉許：『宿舍有門禁？』

桑稚：「有。」

『幾點？』

「十二點。」

『那不是還有三個半小時嗎？』

「喔。」桑稚小聲說，「但我不要那麼晚才回去。」

段嘉許那頭有了窸窸窣窣的動靜，他悠悠地說：『帶妳去吃個宵夜就送妳回宿舍，可以嗎？』

桑稚考慮了兩秒：「吃什麼？」

段嘉許：『妳想吃什麼？』

桑稚：「還沒想好。」

『那我過去再決定，妳找個地方坐一下，』段嘉許說，『我現在開車過去。』

段嘉許走進停車場，找到自己的車，意外地看到幾個月沒見的江穎。他掃了她一眼，立刻收回視線。

見到他，江穎走過來站在他的車前。她從包包裡翻出錢包，把錢包倒轉往下，認真地說：「我沒錢花了。」

段嘉許解鎖車子，上了車。

江穎站在原地不動，盯著坐在駕駛座裡的他，極為理所當然地說：「你給我點錢花花。」

她沉默幾秒。

「段嘉許，你是不是真的找到女朋友了？」江穎又主動說話，「就上次火鍋店的那個大學生？果然還是大學生，很好騙啊。」

段嘉許垂眸看了眼手機，回覆著桑稚傳來的訊息。

江穎自顧自地說：「我已經跟別人說了你要娶我，我也跟我媽說了，她同意。」

「……」

「你也別想找別的女人，我跟你這輩子沒完沒了。你明知道我從國中開始就喜歡你，」江穎抬手指著他，紅著眼說：「你還敢找女朋友！你竟然敢！」

聽到這句話，段嘉許抬起眼。

他想起國中時的江穎。跟那時候相比，眼前的女人褪去稚氣，變得成熟，帶了幾分老氣。可她的模樣又像是沒有任何變化，她仍是像現在這樣歇斯底里，帶著滿滿的恨意。

她在任何人的面前指責他，說他是殺人犯的兒子。她見到他的時候，永遠都是激動、憤怒的，眼裡全是怨毒，彷彿他就是段志誠一樣。

最嚴重的一次，是她直接從教學大樓二樓的樓梯口把他推下去。她看著他撞到流血的額角，沒有半點不安，反而露出近似扭曲的笑容。

「你爸把我爸撞死了，所以你也得死。」

段嘉許把車窗降了下來，彎起唇角：「我跟妳說一件事。」

江穎死死地盯著他。

「這件事妳要是覺得還沒結束，妳去找段志誠。」段嘉許的情緒很淡，他無波無瀾地說：「妳要他娶妳，當我後母，我也一點意見都沒有。」

江穎被這番話噁心到了，立刻走到駕駛座旁邊氣極地說：「你瘋了？你是不是有毛病？」

下一刻，段嘉許發動車子，語氣溫和地說：「那提前祝妳新婚愉快。」

他從樓梯上摔下來的那次其實不太嚴重。

並沒有任何的徵兆，段嘉許連江穎在自己附近都不知道。因為她是從身後突然把他推下去，他沒有任何防備，身體順勢往前傾，摔了下去，所幸只有額角受傷。

那時身旁都是同班同學，有些人退避三舍，有些人站在原地跟旁邊的人竊竊私語，還有幾個人上前來勸江穎別太過分了。

旁邊的袁朗把他扶了起來。

注意到這頭的動靜，班級幹部立刻跑上樓去找班導。

那一年，段嘉許還未滿十五歲。

少年年紀尚小，情緒上無法輕易地調整和偽裝。就算他真的因為父親犯下的罪孽有了些許愧意，也因這種遷怒的行為瞬間蕩然無存。他用手背抹去額角的血，抬眼看著江穎，強行按捺著怒火：「妳是不是應該跟我道歉？」

江穎抱著雙臂站在原地，紅著眼，說出來的話卻惡毒至極：「你沒死我跟你道什麼歉，我每天都在祈禱你跟你媽早點死。」

聽著這句話，段嘉許慢慢掙開袁朗的手。他的牙關漸漸收緊，臉上的肌肉不受控地抽搐了一下，眼神冷到極點。

段嘉許默不作聲地往上走。走到江穎面前時他又重複了一次，咬著牙說：「妳是不是應該跟我和我媽道歉？」

江穎盯著他，聲音尖厲起來：「我哪點說錯了？你不該死嗎？」

段嘉許火氣往上湧，失去所有理智。他氣極反笑，伸手抓住她的手臂，力道極重，想以其人之道還治其人之身。

班導恰好趕到。

在這個時候，段嘉許還聽到周圍的某個同學小聲地說：「他怎麼好意思叫江穎跟他道歉啊……」

段嘉許的動作一停，他也在頃刻間被班導攔住。然後，他看到本來是加害者的江穎在看到班導的同時突然開始哭，肩膀一抖一抖的，看上去可憐到了極點：「我爸爸死了……嗚嗚，我爸爸……」

班主任反倒安慰起她，也因剛剛段嘉許的行為厲聲指責他：「段嘉許！你幹什麼！你都不會羞愧嗎？」

——段嘉許，你都不會羞愧嗎？

在這一刻，在四周人群的眼裡，他似乎才是那個加害者。

班導逼段嘉許跟江穎道歉，他卻只是一聲不吭。他也沒站在原地接受教訓，直接轉頭離去，到廁所用水洗了傷口，在上課鐘聲響了之後才回到教室。

恰好是班導的課。

看著段嘉許走進教室，班導停下講課的聲音，冷笑起來：「連尊重老師都不會，看你以後會成為怎樣的人。」

段嘉許坐回位子上。

袁朗小聲說：「這老太婆最近吃錯藥了吧？」

他從抽屜裡拿出書，沒說話。

「你就忍忍吧，」袁朗忍不住說，「畢竟你爸爸真的害死了她爸，你也算欠她的……不過她可能就是一時想不開，以後就好了。」

段嘉許翻開書，臉上未乾的水順著下頜滑落，滴在課本上。聞言，他平靜地看了袁朗一眼，良久後，自嘲般地笑了一聲。

段嘉許突然明白，他不能表現出一點怒火，也不能為自己受到的傷害表達出一絲不滿，不然，所有人都會認為他和他父親是同一類人。

他得對所有人溫和，永遠都得笑。

他得當一個看起來一點攻擊性都沒有的人。

那一年，「道德綁架」這個詞尚未出現，段嘉許卻已經清晰地感受到自己被綁架了。

◇

掛了電話，桑稚走進旁邊的便利商店裡逛了一圈，最後只拿了一條軟糖。店裡空蕩蕩的，除了店員沒看見別的人。

桑稚找了個位子坐下，拿出手機，在微信上跟段嘉許說了自己的具體位置。她怕影響他開車，之後也沒再說什麼，找了本最近在追的漫畫看了起來。

室內的溫度比室外高一點，她坐久了就覺得有點悶。

桑稚看完最後一話，百無聊賴地抬起眼，透過玻璃窗往外看，突然注意到外面有個小攤子。此時兩個女生剛離開，手上拿著蓬蓬一大團白色的東西，看起來像雲朵。

是個大叔在賣棉花糖。

桑稚來了興致，走出便利商店，也到攤位前點了一個。她很久沒吃了，看著大叔的製作過程，還時不時地問幾句話。

看著漸漸變大的白色棉花糖，桑稚看到旁邊罐子裡五顏六色的糖，忍不住提了個要求：「外圈一層可以撒點粉紅色的糖嗎？」

大叔笑呵呵地說：「可以。」

下一刻，身後突然傳來段嘉許的聲音：「為什麼撒粉紅色的？」

桑稚猝不及防，下意識地回頭。

段嘉許不知道從什麼時候開始就站在她身後了。他的身子微微俯下，腦袋稍側。兩人對上視線後距離瞬間拉近，只有二十公分左右。

隨後，段嘉許彎起唇角，吊兒郎當地說：「是不是要見到哥哥，所以心情都變成粉紅色了啊？」

「……」

大叔在此刻也出了聲：「好了。」

桑稚收回眼，接過棉花糖：「謝謝。」

她拿著小雲朵在手裡轉了一圈。桑稚覺得很漂亮，也捨不得吃，又扭頭看他：「你說話怎麼這麼土？」

段嘉許揚眉：「土嗎？」

「土。」

「還可以吧？」段嘉許笑，「我怎麼覺得聽起來還滿浪漫的？」

「……」桑稚聽不出他是認真的還是開玩笑的，想了想，也沒打擊他，扯開了話題，「你是開車過來的嗎？」

「嗯。」

桑稚：「你把車子停在哪裡了？」

段嘉許指了指：「那邊。」

「喔。」想到他加班的事情，桑稚隨口問，「你晚餐吃什麼？」

「外送。」

「那你現在想吃什麼？」桑稚伸手，盡可能地保持原來的形狀，小心翼翼地撕了塊棉花糖，然後鬆了口氣，「我剛吃完沒多久，我不餓。」

頓了一下，桑稚又平靜地補了句：「但我可以陪你去吃。」

盯著她的舉動，段嘉許沒回話，眼裡帶了幾絲玩味。

注意到桑稚把手抬起來，想把那塊棉花糖塞進嘴裡，他忽地垂頭，咬住她剛撕下來的那一小塊棉花糖。

他的舉動來得突然，桑稚一愣，呆呆地看著自己手指上僅存的小殘渣，然後慌張地看向他：「你幹嘛？」

段嘉許舔舔唇，很自然地說：「想吃棉花糖。」

「不行。」桑稚很護食，「這是我的。」

段嘉許看了她兩秒，反倒笑出聲來，接著從口袋裡拿出面紙，邊替她把手指擦乾淨邊抬眸看她，調侃道：「小氣鬼。」

桑稚皺眉：「你才小氣。」

「快吃吧，」段嘉許不逗她了，「等一下就化掉了。」

桑稚又撕了一塊，緩緩塞進嘴裡：「那你要吃什麼？」

段嘉許：「去吃碗麵吧。」

「那去那家？」桑稚往附近指了指，「還滿好吃的。」

「好。」

兩人走進那家店，找了個位子坐下。段嘉許簡單點了碗招牌麵，也沒點別的東西，隨口問：「最近在忙什麼？」

「我們學校最近要弄一個數位媒體藝術大賽，我打算參加。」桑稚老實地說：「我跟別人組隊，決定要做動畫短片了，但還沒想好要做什麼內容。」

段嘉許嗯了聲。

桑稚又道：「本來是打算弄微電影，但感覺應該很多隊都會選這個。然後遊戲設計的話，又不會程式設計。」

段嘉許悠悠地說：「我會。」

這語氣怎麼像是在炫耀一樣？

「……」桑稚瞪他，「你又不能幫我比賽。」

段嘉許半開玩笑地說：「妳退出那一組，我們組一隊。」

桑稚提醒：「必須是大學生。」

段嘉許漫不經心地道：「嗯？我看起來不像嗎？」

「……」

很快，段嘉許點的麵上了。

桑稚手裡的棉花糖也吃了一大半，剩餘的在室內的溫度下漸漸化了。她把竹籤扔進垃圾桶，拿面紙擦手。

段嘉許的食欲似乎不佳，吃東西的速度很慢。

桑稚拿出手機玩，時不時抬頭看他幾眼。見那碗麵半天都沒少一點，她忍不住問：「你是不是不想吃？」

「不是，」段嘉許面色不改地說，「我在拖時間。」

「……」

「吃慢一點，拖兩個小時再送妳回去。」

聽到這句話，桑稚頓了一下，又低頭看手機，裝作不在意的樣子：「等一下麵都泡爛了。」

段嘉許低笑了聲，沒說話。

她又隨口說了幾件事情，段嘉許都正常地回應著。一開始沒察覺，但時間久了，桑稚總覺得有點不太對勁。她覺得他今晚笑的次數特別多，但看上去心情卻沒有很好的樣子，情緒很淡，唇角生硬地向上拉扯，帶了幾絲疲倦。

桑稚放下手機，遲疑地問：「嘉許哥，你心情不好嗎？」

段嘉許抬眼，像是覺得很有趣：「怎麼發現的？」

桑稚啊了聲：「真的不好啊？」

段嘉許溫和地道：「一點點。」

桑稚回想了一下，突然有點後悔，乾巴巴地問：「因為我剛剛沒給你吃棉花糖嗎？那我現在去買一份給你？」

段嘉許把最後一口麵吃完，抽了張面紙擦嘴。他挑眉，覺得有點好笑：「妳在想什麼？」

桑稚：「那你為什麼心情不好？」

段嘉許淡淡地道：「可能加班多了，有點累。」

兩人站起身，走出麵館。

桑稚沒懷疑：「那你就別加班了呀。」

段嘉許：「嗯。」

桑稚思考了一下，忽地從口袋裡摸出自己剛剛在便利商店買的那條糖，撕開，遞了一顆給他：「請你吃糖。」

段嘉許接過，眉眼略微舒展開來：「哄小孩啊？」

桑稚貶貶眼：「哄老小孩。」

「……」

見他沒動靜，桑稚拿了一顆，把包裝紙撕開，遞到他唇邊：「這個糖好吃，我哥也喜歡吃。」

段嘉許頓了一下，就著她的手，低頭把糖含進嘴裡。

桑稚把剩下的都塞進他手裡：「都給你吧。」

段嘉許盯著手裡的糖，眼底的陰鬱散去，低著頭笑了起來：「我還是第一次被人這樣哄。」

說完，段嘉許的視線莫名其妙地往下滑，停在她的嘴唇上。幾秒後，他喉結滑動了一下，啞著嗓子問：「我能不能得寸進尺一下？」

「但我只有這一條。」桑稚誠實地說，「你還想要的話，可以再去買。」

「不是糖。」段嘉許看著她，眼眸帶光，深邃又勾人。他抬手，用指腹摩娑著她的唇，淡淡笑著問：「我可以親妳一下嗎？」

「……」桑稚還沒反應過來，「啊？」

他收回手，沒重複，仍然盯著她。

桑稚有種自己出現幻聽的感覺，血氣往上湧，耳根瞬間變得通紅，一句話都說不出來。

段嘉許等了一會兒，很紳士地又問一遍：「可以嗎？」

桑稚回過神來，立刻拒絕：「不可以。」

段嘉許遺憾般地啊了聲，退而求其次：「那牽牽小手？」

桑稚有點招架不住，往後退了一步，很正經地說：「沒在一起就做這種事情，你就是在耍流氓。」

段嘉許順著說：「那在一起？」

桑稚覺得內心搖搖欲墜，覺得只要他再說一句，她就無法再堅持自己的立場，直接同意了。她抿抿唇，掙扎了半天，最後也只硬著頭皮說：「你都沒怎麼追我。」

沉默幾秒，段嘉許喃喃地說：「說得也是。」

「那，」他的眼尾一挑，語氣略顯輕佻，說出來的話又像是十分尊重地在徵詢她的意見，「我能當個流氓嗎？」

「……」桑稚的眼睫動了動，她不自在地退後一步說，「你怎麼好意思說這種話？」

段嘉許緩緩站直，氣定神閒地道：「我就是想當個有禮貌的流氓啊。」

「……」

「妳要是不喜歡聽，」段嘉許彎起唇角，重新彎下腰，往她的方向湊，「那我就直接——」

桑稚繃著臉，緊張地抓住衣服的下襬：「直接什麼？」

距離僅剩幾公分，段嘉許忽地停住動作，視線向上滑，與她對視。

小女生的眼睛大而圓，澄澈明亮，裡頭裝的全都是他。也許是從沒經歷過這種事情，她表情有點僵硬，似乎連呼吸都快忘掉，卻還是裝作自己不為所動的樣子。

段嘉許直起身，輕輕笑了聲：「算了。」

桑稚瞬間鬆了口氣，又莫名有一點點的小失落。

「還是有禮貌點好了。」段嘉許抬起手，輕抹了一下她的眼角，聲音低啞，曖昧又繾綣，「怕妳哭。」

此時已經十點多了，桑稚不想影響到室友的作息，打算早點回去洗漱。

段嘉許送她到宿舍樓下。

桑稚轉過身，正想跟他告別，突然發現他正在看著別處，定了幾秒。她順勢看去，發現是一對情侶，正依依不捨地擁抱和接吻。

「……」

這個時間點，女生宿舍樓下有一堆剛約會回來的情侶。夜晚光線暗，根本也看不清楚他們的臉，所以他們全都親暱得旁若無人。

桑稚見過很多次，也早已見怪不怪了。但此時段嘉許在旁邊，還若有所思地往那邊看著，讓她破天荒地又覺得尷尬了起來。

「那我回去了。」桑稚輕咳了一聲，生硬地把他的注意力拉回來，「嘉許哥，這麼晚了，你開車小心一點。」

段嘉許收回目光，突然問：「追三天了，真的不能牽個手？」

「……」桑稚面無表情地看他，忍不住說：「你這哪算追？」

「嗯？」段嘉許抬眼，「不算嗎？」

「我就是提醒你一下，你這樣的追法，一般來說是追不到人的。」

段嘉許啊了聲：「那怎麼辦？」

「你怎麼還問我？」桑稚很不給他面子，皺著眉說，「你難道還要我手把手地教你怎麼追我嗎？」

段嘉許頓了一下，臉皮很厚地問：「不行嗎？」

「……」

「我剛剛提醒你的話，就算是幫你開了後門，你不要得寸進尺。」桑稚一本正經地說，「你可以上網查，或者是問一下別人。」

段嘉許好笑地說：「我哪裡做得不對？」

「這三天就是，平時微信聊幾句，偶爾打個電話。」桑稚暗示道，「在我這裡，三天沒見到面的追求者就沒戲唱了。」

段嘉許：「妳不是沒空嗎？」

桑稚：「那你這樣跟網友有什麼區別？」

「……」

桑稚繼續補刀：「你都這麼大把年紀了，還想學別人網戀嗎？」

聽到這句話，段嘉許的眉心動了動，他想起她以前的事情。他看向她，似笑非笑地道：「你說我學誰？」

「……」

桑稚也想起了自己編出來的那個「網戀對象」，頓時心虛起來，立刻跟他揮手，往宿舍大樓走：「反正我就點到為止了，管你愛聽不聽。」

段嘉許回到自己車上，沒急著開車。他琢磨著桑稚的話，拿起手機，傳訊息給她：明天有空？

只只：沒有。

每次都是這麼俐落的兩個字。

段嘉許輕笑了一聲，自言自語道：「我現在懷疑妳在騙我。」

段嘉許：把妳的課表給我看看。

那頭秒發了一張圖片過來，上面密密麻麻地擠滿課程，像是很不滿他的說辭，桑稚補了文字：我就是滿堂。

段嘉許掃了眼：還真的滿堂。

桑稚不回。

段嘉許笑：冤枉我們只只了。

桑稚還是沒回。

他把手機扔到一旁，發動車子。

夜晚人少，馬路上的車也少。段嘉許把車窗降下來一半，想到此時正在宿舍跟他鬧彆扭的桑稚，嘴角的弧度又上揚了一些。

段嘉許的思緒漸空，他又回想起今晚見到的江穎。

偶爾，他甚至會覺得他是不是精神出問題了。江穎這個人可能只是他偶爾疲憊過度時會出現的幻覺。

不然怎麼會有人能這樣十年如一日地糾纏著另一個人不放，時不時地出現在他眼前，說著相似而偏激的話，情緒沒被歲月沖淡半分，反而愈演愈烈。

她把那些所有不該由他承受的仇恨都發洩在他的身上。

被江穎從樓梯上推下來之後，有幾個同學來安慰過他，叫他儘量遠離她一點。沒多久，這件事情包括班導說的話都傳到了校長耳中。

後來，班導受到處分。

考慮到江穎和段嘉許的關係，學校把他調到另一個班。

再後來，其實也有很多人跟段嘉許說，叫他不要在意班導的話，也不要太在意江穎。但其實比起班導的話，更讓段嘉許覺得難堪的是那個同班同學脫口而出的那句話。

──『他怎麼好意思讓江穎跟他道歉啊……』

那是段嘉許第一次覺得尊嚴被踩到地上。就算江穎在班上的人面前用言語對他進行多次諷刺和攻擊，他也從不在意，聽過就算了。

因為段嘉許認為，其他人應該也都跟他抱持著一樣的想法，都認為這件事情其實跟他一點關係都沒有。但江穎剛失去父親，覺得痛苦，因此言語上偏激，口不擇言，把他當成遷怒的對象，所以他只能盡可能地理解和遷就。

但在那個同學說出那句話之後，段嘉許才知道原來並不是這樣的。原來在暗地裡，也有人覺得他父親造下的孽他也應該償還，不管是多數還是少數。

但那句話確實對段嘉許造成很大的影響，讓他在後來的一段時間裡，對江穎的各種刁難也都逆來順受。

他想讓自己對此變得麻木不仁。

他不想讓別人影響自己的生活。

段嘉許只能強行讓自己理解江穎見到自己，等同於傷疤再次被揭開的心情，所以他也盡可能地不出現在她的面前。

可江穎的想法卻跟他完全不同。

如果她覺得自己痛苦，就一定要讓他也活得不痛快。

轉班之後，段嘉許所在的班級在五樓。原本的班級在三樓，隔了一大段的距離，可江穎依然時不時地過來找他碴。

當時已經臨近大考。許若淑聽說這件事情，問了他的意見之後，跟學校申請了讓他回家自習。

再後來，段嘉許考上宜荷一中。

江穎的成績不佳，她沒能跟他考上同一間學校，他才漸漸地開始得以喘氣。

不知不覺，車子開回社區裡。

段嘉許熄了火，拿起手機看了一眼，發現桑稚就在兩分鐘前回了句：我睡了，掰掰。

他也回了句：我到家了。

那頭立刻回了個：喔。

段嘉許莫名其妙地笑了起來，然後從口袋裡把她之前給的那條糖拿出來，塞了一顆進嘴裡。

◇

桑稚覺得，自己暗示段嘉許的那些話就像是石沉大海，沒半點回應。接下來的幾天，他跟先前沒有任何區別。兩人只有周末時會一起出來吃個飯，看個電影，然後又變回原來的狀況。

她感覺，如果他們談了戀愛，大概也會過得像遠距離戀愛一樣。

按理來說，桑稚說自己沒空，但她總不能不吃飯吧。他就不能在吃飯時間過來約她吃個晚飯？

別人追人都會故意製造偶遇的機會。只有他，追人還在擺架子。

可能是她最後說完那句「反正我就點到為止了，管你愛聽不聽」，他就在心裡默默地回答：「我不聽。」

桑稚越想越火大。

她吐掉口裡的牙膏泡沫，用洗面乳把臉洗乾淨。走出廁所後沒見到虞心還沒起床，桑稚敲敲她的床問：「妳不去上課嗎？」

過了幾秒，虞心含糊地說：「我昨天熬夜看小說，現在睏死了。妳幫我簽到吧，我不去了。」

桑稚點頭。她其實也很睏，有點懶得化妝，最後還是畫了眉毛、塗了層口紅。她整理了一番，很快就出了門。

這節課是跨系的選修，在大教室裡。桑稚來得很早，大部分位子都還是空的。她中規中矩地在靠窗的那一列找了個四排的位置坐下。

看了一眼手機，桑稚打了個呵欠，正準備趴下來補眠時，突然用餘光注意到自己旁邊有人坐下。她下意識地抬起眼，目光瞬間停住，神情發愣，露出傻乎乎的模樣。

眼前的人穿著簡單的白襯衫和黑色長褲，氣質清潤又乾淨。他側著頭看她，彎著眉眼，唇角一如既往地勾著：

「好巧，妳也上這堂課啊？」

「……」桑稚還沒反應過來，差點忘了要呼吸，「你不用上班嗎？」

「調休。」

桑稚抓抓頭：「那你怎麼知道我在這裡上課？」

段嘉許笑：「不是跟妳要了課表嗎？」

「喔。」桑稚收回視線，小聲說，「你要跟我一起上課嗎？」

段嘉許言簡意賅：「偶遇。」

「……」

就不提你大學根本不念宜荷，你一個畢業快四年的人，到底哪來的臉說出這兩個字？

距離上課還有十分鐘的時間。

桑稚嘀咕：「還穿得像個大學生。」

段嘉許挑眉：「年輕？」

桑稚：「還可以吧。」

段嘉許：「可以，那我以後都這麼穿。」

「……」

桑稚還因為他這突如其來的出現而有點難以保持平靜。她拿出書，趴到桌上，決定按照他來之前的計畫執行，順帶平復一下心情：「我好睏，我要睡十分鐘。不然等一下上課睡著了，這老師會點我起來回答問題的。」

段嘉許盯著她看了兩秒，笑著說：「我一來妳就睏啊？」

桑稚辯解：「我本來就睏。」

段嘉許：「好，妳睡。」

桑稚闔起眼，又因為他強烈的存在感，睡意早就消失得無影無蹤。也許是她的錯覺，她總覺得此時段嘉許正盯著她看。

半晌，她猶豫著要不要換個方向趴，又怕會顯得刻意。

桑稚突然想起今天沒怎麼化妝。

唉，他怎麼也不提前說一下？那她就不會偷懶了嘛。

段嘉許撐著臉，盯著她露出來的側臉。她的五官小巧，皮膚光滑細膩，嘴唇埋在臂彎裡。過了幾秒，她的眼睫輕顫著。

段嘉許頓了幾秒，桃花眼彎起。

裝睡的小朋友。

段嘉許的眼裡帶了幾絲玩味，他忽然直起身，然後慢慢地湊近她，用指腹觸碰著她的臉頰，嘴唇同時貼近，在自己的手背上親了一下，發出淺淺的聲響。

下一刻，他看到桑稚睜開眼睛，抬起頭來，盯著他還未遠離的臉，她的嘴唇動了動，無法置信地看著他。

段嘉許調笑道：「怎麼醒了？」

桑稚回過神來，臉頰包括耳根的一片彷彿都在燒，腦海裡被「偷親」這兩個字占據。她惱羞成怒般地叫：「段嘉許！」

頭一回聽到她這樣叫自己，段嘉許愣了一下，笑出聲來，不可思議地問：「妳叫我什麼？」

「……」

「桑稚，注意一下禮貌。」段嘉許慢條斯理地提醒，「我們現在這樣的關係，妳就這樣叫我——」

「不太合適吧？」

桑稚覺得彆扭，也無法像他這樣不知廉恥地當作什麼事情都沒發生。她用手背抹抹臉頰，板著臉問：「你剛剛幹嘛？」

段嘉許像是沒聽懂：「怎麼了？」

桑稚盯著他，強行讓自己冷靜下來，委婉地暗示：「我沒睡著，你幹什麼我都知道。」

段嘉許笑得浪蕩：「那我幹什麼了？」

看著他這副永遠不正經又鎮定的樣子，桑稚真想把他的嘴巴撕爛。在這個時候，她突然想起兩個室友都曾經給她的建議。

——他撩妳的話，妳也撩回去。

臉上不斷往上升的熱度彷彿沖昏了她的腦袋，桑稚有個極其衝動的想法，她抬起眼，淡淡地說：「你過來。」

她這副模樣氣勢洶洶的，像是下一秒就要給他一巴掌。段嘉許卻沒半點抵抗，很聽話地湊了過去：「怎麼？」

桑稚：「再過來點。」

段嘉許：「要跟我說悄悄話啊？」

桑稚沒吭聲。

兩人的臉距離十公分左右時，桑稚猛地仰頭，自暴自棄般地快速啄了一下他的側臉。然後，她盯著他因為完全沒預料到而瞬間變得有些僵硬的模樣，面無表情地說：「你剛剛就是這樣。」

「……」

恰好上課鐘響起，老師已經站在講臺上，桑稚旁邊的空位也坐了幾個剛跑進來的學生。

桑稚收回視線，心跳快得像要從身體裡蹦出來。她理智回來之後，比起後悔，更多的是終於扳回了一局的痛快感。

用餘光能感受到段嘉許的目光還放在她的身上，桑稚裝腔作勢地拿起水杯喝了口水，擺出一副根本沒把剛剛的事情放在心上的大氣模樣。

過了好一會兒，段嘉許笑了起來，說話帶著淺淺的氣息聲，似是心情極好，又覺得不敢相信，自顧自地說：「還有這種好事。」

「……」

這話說得像是她擺出了什麼態度一樣，桑稚猛地回頭，很刻意地說：「我剛剛做出的那個行為，不代表我對你有那個意思。」

「這還不代表？」段嘉許挑眉，「那妳不是耍流氓嗎？」

桑稚理直氣壯：「你先的。」

「那以後都這樣？」見到她真的被騙到了，段嘉許也沒解釋，拖著語尾說，「我耍流氓的話，妳也耍？」

桑稚頓了一下，看了他好幾秒。不想被他發現其實她覺得是自己占了便宜，她思考了一下，很冷酷地說：「你要是敢再這樣，我就告訴我哥。」

段嘉許：「叫妳哥來打我啊？」

桑稚：「嗯。」

「好，妳叫他來吧。」段嘉許不甚在意地說，「我們遲早得公開，那不如早一點。」

桑稚忍不住說：「我又沒跟你在一起。」

「我知道。」段嘉許悠悠地道，「我是在給妳洗腦啊，」

「……」

桑稚不理他了，裝作在認真聽這節她從來沒認真聽過的課。臉頰和唇部都在發燙，她很想從包包裡拿出小鏡子看看自己此時的模樣，但他在旁邊，她又覺得做出這樣的舉動有點沒面子。

沒多久，段嘉許又主動開口：「我們來談一下，妳剛剛叫我全名的事。」

「你不讓我叫，那你也別叫我的名字。」桑稚脖子很硬，一字一句地說，「我也覺得不太合適。」

段嘉許：「好。」

桑稚低哼了聲。

段嘉許靠到椅背上，輕笑道：「妳不叫我哥了，就代表我們的關係更近一步，那我就當作妳在跟我調情了。」

桑稚愣了一下，覺得荒謬：「我叫你名字就是在跟你調情？」

「嗯。」段嘉許說，「我比較喜歡自作多情。」

「……」

這節課下課之後，桑稚用手機看了一下課表，帶著段嘉許去另一間教室。這節是系上的必修課，此時坐著的大多是桑稚的同班同學。

甯薇和汪若蘭都到了，此時正坐在第二排的位子，幫她和虞心占了位子。看到跟在桑稚後面的段嘉許，她們瞬間理解，只是拋了幾個眼神給桑稚。

桑稚當作沒看到。那一排只剩兩個位子，她也不好意思帶著段嘉許過去坐，所以乾脆直接坐到另一排去。

過了一會兒，有個男生在段嘉許旁邊坐了下來。他跟桑稚的關係還算不錯，看見段嘉許，隨口說了一句：「桑稚，妳男朋友陪妳來上課啊？」

桑稚看了段嘉許一眼，沒解釋也沒否認。

男生當作兩人默認了，很自來熟地問：「你哪個系的啊？」

段嘉許：「軟體工程系。」

男生：「也大一嗎？」

段嘉許嗯了聲。

桑稚：「……」

他真是裝嫩裝上癮了。

那男生也沒半點懷疑，轉過頭跟其他人說話。段嘉許扭頭看桑稚，勾著唇說：「我們同年級。」

桑稚：「你要不要臉？」

段嘉許像是有點睏。他把雙手交疊放在桌上，腦袋也擱了上去：「我睡一會兒，妳好好聽課。系上的課不要偷懶。」

桑稚喔了聲。

「如果妳想的話，」段嘉許忍著笑，又補了一句，「可以偷親。」

「……」桑稚忍不住，拿了本書蓋在他臉上，「你想得美。」

兩人坐的位子比較靠前，況且這間是小教室，所以段嘉許在桑稚旁邊趴著睡覺的舉動在老師眼中格外醒目。上課沒多久，他就成為老師的眼中釘。

老師的年紀不算大，他笑得和藹：「那邊那個睡覺的同學，起來回答一下問題。」

段嘉許沒動靜，桑稚也裝作不認識這個人。

老師又道：「旁邊的同學幫忙叫一下。」

桑稚不能再裝作沒事了，只能推推他：「嘉許哥。」

段嘉許抬眼：「嗯？」

桑稚硬著頭皮說：「老師叫你回答問題。」

段嘉許睜著惺忪睡眼，站了起來，沒半點慌亂。聽著老師的問題，他沉吟片刻，很快也鎮定地回答了。

桑稚覺得很神奇，等他坐下之後，忍不住問：「你怎麼知道答案的？」

段嘉許指指她的書：「隨便照著念了幾句。」

桑稚看了半天，也沒在書上找到他剛說的答案。跟桑稚同班的那個男生在此刻也湊了過來，小聲問：「同學，你不是來陪女朋友上課的嗎？你怎麼知道答案的？我都不知道。」

「學了一點。」段嘉許淡淡地說：「以後能幫女朋友補補習。」

男生對他豎起大拇指。

桑稚也湊過去，小聲問：「你真的學了？」

「也沒有。」段嘉許輕笑了一聲，吊兒郎當地說，「我沒睡著，剛剛有聽課。」

「……」

這節課下課之後就是午休時間。為了讓他再次真實地體驗校園生活，兩人沒離開學校，直接去學生餐廳。

宜荷大學的學生餐廳並不對外開放，段嘉許要點菜的話，只能用桑稚的學生證。兩人吃東西都不太挑，隨便點了個套餐。

找了個位子坐下後，段嘉許拿起筷子，自然而然地說：「改天輪到我請妳。」

「……」這才幾塊錢。

桑稚：「不用。」

段嘉許抬眼：「免費？」

桑稚被他請吃過的東西也不少，總不能這點都跟他算：「嗯，請你的。」

「好。」段嘉許坐得端正，斯文又客氣地說，「那我下次還要來。」

「……」

有了陪上課這個藉口，之後段嘉許來找她的次數也多了不少。但他白天要上班，大部分都是晚上的時候過來找她。桑稚有事的時候，也會提前跟他說一聲。

除了上課，桑稚還在忙比賽的事情。因為這件事，桑稚也經常找指導他們的老師劉淼溝通，一來一往地也就熟了起來。

轉眼間，連假到來。桑稚參加了社團的活動，晚上回到宿舍時，恰好聽到室友們在討論暑假回不回去的事情。

「我應該不回去吧，我想找份實習。」甯薇說，「在老家那邊我一定不會找，閒著也是閒著，還不如給自己找點事情做。」

虞心：「啊？妳大一就實習了嗎？」

桑稚也有點驚訝。

「我是這麼打算的。」甯薇笑道，「我社團社長也是大一暑假找了份實習，我聽他那樣說，就也不想閒著嘛。而且我男朋友也不回家。」

桑稚被她說得有點心動。但她覺得她要是跟桑榮和黎萍這麼說，一定會被他們反對，說不定還會派桑延過來把她綁回去。

桑稚試探性地傳了一封簡訊給桑延：哥。

哥哥：？

桑稚：我暑假不想回家。

哥哥：？

桑稚斟酌了半天，也掙扎了半天，才打出一大段很官方的話：我打算在這邊找份實習，充實一下我的大學生活。我不想浪費我的青春，想趁著年輕，什麼都儘量拚命去做。所以，你能幫我跟爸媽說一下嗎？過年的時候，媽媽如果還催你結婚，我也會幫你說話的。

桑延沒耐心打字，直接傳了語音訊息過來，語氣明顯是不相信她說的任何一個字：『妳那個研究生男朋友也不回家？』

「……」

『放假了就給我滾回家來，說什麼鬼話。』桑延冷笑，『隔著螢幕我都替妳臉紅。』

「……」

桑延這一番話加之他毫不客氣的語氣，明顯在向她表示這條路行不通。桑稚被他說得有些不爽，忍不住想跟他吵架的衝動，直接打了電話過去。

手機響了一聲，桑稚心情還很彆扭，氣勢洶洶地在內心醞釀了幾千字的長篇大論，正想開口時，那頭直接掛斷。

桑稚：「……」

下一刻，桑延又傳了語音訊息過來：『沒事不要打電話給我。』

桑稚忍了忍，也開始傳語音訊息：『我說的是實習，我哪有說談戀愛。而且，我找個年紀比你大的談戀愛不行嗎？我又不是找比爸爸大的。』

她十幾秒的語音訊息剛傳過去一秒，桑延立刻回：有事打字。

「……」

207 11/1 206

他很明顯連點都沒有點開。

桑稚很不爽，依然傳語音訊息：『你不也發語音嗎？』

她等了好一會兒，桑延沒回覆。

桑稚：你不能因為你自己大學沒談過戀愛，也不能因為你到現在都還沒有女朋友就心裡不平衡，對我起了嫉妒之心。

他依然沒回。

桑稚心裡燒著一把火，卻不想就這樣中止對話，因為這樣根本等於什麼都沒說。她抿著唇，只能忍氣吞聲地用文字重傳一次。

這次桑延回覆得很快：『我百忙之中抽空回覆妳一下，還想要我打字給妳，作夢。』

桑稚：……

桑延的語氣很騷包：『還有，妳哥哥我呢，有女朋友了。』

桑稚：？

桑延：『沒辦法，人家追我追太久了，再不同意的話，她得……』

桑稚一點都不想聽他自戀到欠揍的話，又傳了語音訊息，強硬地中斷他的話：『掰掰。』

桑延又傳來一封語音。很短，只有一秒的時間。

桑稚盯著看了兩秒，遲疑地點開。

桑延嗤笑一聲：『小屁孩。』

桑稚氣炸了。

還沒等她回什麼，桑延又道：『我最後跟妳說一次。妳別談個戀愛就跟沒了腦子似的，妳高中那次去宜荷找網友的事情，我就當妳年紀小，叛逆期。』

這事是桑稚理虧，她立刻熄了火。

桑延的語氣淡淡的：『這次，別的我懶得跟妳說。戀愛，妳要談就談，暑假不回家這件事，妳試一下，我直接飛到宜荷打斷妳的腿。』

「……」

算起來，從小到大，管她最多的人其實也是桑延。桑稚仔細一想，也想不起來桑延是不是有幫她在父母面前說幾句話，畢竟他除了欺負她之外就是教訓她。

桑稚覺得自己一開始的方向就錯了，決定不再從桑延這邊下手。反正距離暑假還有兩個月的時間，她也不急。

連假過後沒多久，就迎來段嘉許的二十六歲生日。

兩人的生日隔得不遠，只差了半個月。所以桑稚的生日還沒過多久，她就已經準備好要送給段嘉許的禮物。

下了課之後，桑稚沒回宿舍。她算了一下時間，這個時間段嘉許應該還沒下班，但她還得去拿蛋糕，加上路程的時間，也差不多了。

桑稚還沒走出校門，突然收到梁俊的訊息，說要找她出來說一下影片的事情。

這個比賽梁俊雖然是隊長，但實際上桑稚比較用心，花的時間也多，所以隊上有問題的人除了在群組裡發問，都是私下來找桑稚溝通。

看了一眼時間，桑稚回了句：我今天有事，你有什麼問題在微信上說吧。

桑稚：或者明天？

梁俊：沒事，微信上說吧。

桑稚邊跟他傳訊息邊上了火車。

她選的這家蛋糕店是網路上推薦的，不在宜荷大學附近，也不在段嘉許的家或公司附近。桑稚先前在網路上預約訂做，此時得專門跑一趟。

那家蛋糕店在一個大商場裡，桑稚不太認得路，順著指示牌找了半天才找到位置，走了進去。店員把她訂的蛋糕拿出來，給她看了一眼。

牌子上是她特地請店員寫的一行字。

——祝二十六歲的段嘉許生日快樂。

桑稚的嘴角翹了起來，眼裡帶了幾絲幼稚的報復。她抱著蛋糕盒走出去，思考著要不要再去買點東西，抑或是等一下跟段嘉許一起去買。

她上回去他家時，發現冰箱裡都是空的，除了飲料之外沒別的東西，但她拿著那麼多東西也不好買。

桑稚沒糾結多久就決定作罷。看時間還早，她走進附近的精品店逛了一圈。正準備走的時候，她隱隱聽到外面好像有人在吵架。

店裡的幾個顧客也因為聽到聲音而好奇地走出去查看。桑稚對湊熱鬧不太感興趣，她只是提著剛買的東西走出店外，但外頭吵架的聲音越來越大聲，聽著內容像是一對母女，年輕的聲音聽起來還有點熟悉。

一個在罵，另一個在小聲地哭。

年長的女人聲音又尖又厲，火氣十足：「妳再跟我提一次這件事情試試看！妳是不是腦子有問題，一天到晚瘋瘋癲癲的！妳要找那畜生的兒子要錢，妳去找他麻煩，這都隨便妳。妳要跟他結婚？妳是想把我氣死嗎？妳對得起妳爸？」

「我就是想折磨他一輩子！」年輕的女人的話裡帶著哭腔，「這又怎麼了嗎？」

兩人的語氣都很凶，桑稚覺得有點嚇人，也沒往那頭看，沉默地走向電扶梯。

年長的女人還在罵：「妳到底有多噁心？天底下沒別的男人了？妳要是真的想跟那個段什麼的結婚，可以啊，我以後就當作妳也死了！」

年輕女人歇斯底里地喊：「那就要讓段嘉許當作什麼事情都沒發生嗎？他想跟別人過得痛快，門都沒有！」

聽到這句話時，桑稚正好踏上電扶梯，她的呼吸停頓了一下，下意識往聲音的方向看，立刻看到那個年輕女人——就是之前在火鍋店見到的那個江穎。

也許是感應到她的目光，江穎忽地看了過來，與桑稚對上視線。她的眼睛被淚染紅，眼中的委屈漸散，目光稍稍下挪，定在桑稚手裡的蛋糕盒上。

電扶梯往下移動。

桑稚對這個女人沒什麼好感，主動別開視線。她下到二樓，繼續往下走，聽著這尖銳的爭吵聲漸遠，直至沒了聲響。

好心情在一瞬間散了大半。

桑稚回想著江穎母親說的話。

——『畜生的兒子。』

她再聯想到段嘉許之前說的江穎身分。

——『我爸的債主。』

桑稚隱隱猜到了什麼。

大概就是，段嘉許的爸爸做了什麼事情害了江穎的爸爸，然後她們就遷怒到段嘉許的身上？

但這跟他有什麼關係？父債子償嗎？法律也不是這樣規定的。

桑稚忍不住吐出一句「有毛病」，心裡瞬間覺得悶悶的。想到先前在火鍋店，江穎潑到段嘉許身上的那杯水，她悶悶地吐了口氣。她沒再想這個事情，上了火車，按照印象，去到段嘉許的公司樓下。

看時間也差不多了，桑稚摸出手機，問他：你下班了嗎？

追求者：準備了，怎麼了？

桑稚：喔，沒什麼。

桑稚在大樓外等了幾分鐘，就見段嘉許從裡頭走了出來。他穿得休閒，簡單的襯衫和西裝褲，站在那裡看起來瘦高又顯眼，此時他正漫不經心地看著手機，也因此他沒注意到桑稚，逕自往停車場的方向走。

桑稚眨眨眼，跟在他後面。過了半晌，手裡的手機又振動了一下。

追求者：妳今晚好像沒課。

桑稚：但我有別的事情。

追求者：什麼事情？

桑稚想了想：接個人。

她又補一句：然後帶他去過生日。

下一秒，桑稚前面的段嘉許突然停下腳步，像是在回想些什麼。接著，他回過頭，目光定在她身上，眼尾一挑：「來接我啊？」

「妳走路怎麼一點聲音都沒有？」段嘉許瞥了一眼她手裡的蛋糕盒，伸手接過，低笑道，「我都忘記生日這件事了。」

桑稚走到他旁邊，嘀咕著：「我都跟著你半天了。」

桑稚理解：「年紀大了都不喜歡過生日。」

段嘉許散漫地道：「是不小了。」

第一次聽到他直接回應，桑稚側頭看他。

「希望妳能讓我在……」段嘉許回想了一下自己的年齡，慢悠悠地說，「二十七歲之前結婚。」

桑稚忍不住說：「你二十七歲之前，我大學都還沒畢業。」

「好，妳沒拒絕。」段嘉許用車鑰匙解了鎖，淡淡地說：「我就當妳同意了。」

桑稚坐上副駕駛座，覺得委屈：「你要不要臉？」

「追小女生，」段嘉許神色自若，邊發動車子邊說：「還是個彆扭的小女生，怎麼可以要臉？」

桑稚說不過他，不再跟他說這個話題。她拿出手機，隨口問：「我哥還有錢飛哥他們沒跟你說生日快樂嗎？」

「那幾個人連自己的生日都不記，還記別人的啊？」段嘉許好笑地道，「不過我同事倒是有幾個記得，我今天忙起來之後也忘了。」

桑稚喔了聲，上微信找桑延：你知道今天是什麼日子嗎？

恰好梁俊又來找她說短片的事情，桑稚順手回了起來。注意到她的手機一直在振動，段嘉許掃了一眼，語氣似是不太在意：「在跟誰聊天？」

桑稚老實地道：「我社團裡的一個學長。」

「嗯。」過了幾秒，段嘉許又問，「找妳做什麼？」

桑稚：「說比賽的事情。」

段嘉許悠悠地吐出三個字：「長得帥嗎？」

「……」

「為人正直嗎？」

「……」

「比妳高一顆頭？」

桑稚扭頭看他：「人家有女朋友。」

「我以前跟妳說過吧，」段嘉許的語調平穩，聽起來像是在闡述一件很正經的事情，「不要太早談戀愛。」

「……」桑稚覺得莫名其妙，「我早就成年了。」

「成年就能談戀愛？這是哪裡來的道理？」段嘉許說，「我說的太早談戀愛的意思是，兩個人年紀加起來沒四十五就是早戀。」

「……」

段嘉許拖長氣息笑了一聲，故作驚訝：「我們加起來剛好四十五。」

桑稚沉默幾秒：「那我再等幾年吧。」

「嗯？」

「再過三年半，我就能找個同年齡的男生了。」桑稚理所當然地道，「我幹嘛非得找一個比我老那麼多的？我又不急著談戀愛。」

「……」

下一刻，段嘉許的手機鈴聲響了起來。桑稚幫他看了一眼，說：「我哥的電話。」

段嘉許嗯了聲：「幫我接一下，直接按擴音吧。」

桑稚照做：「喔。」

桑延的聲音在狹小的車內響了起來：『突然想起來，你今天生日啊？恭喜啊兄弟，都快三十了都沒有女朋友，跟你說一件事，我有——』

桑稚：「……」

明明是她提醒的，他還說什麼突然想起來。桑稚無語到想當作不認識這個人，一聲都懶得吭。

段嘉許懶懶地說：「掛了。」

桑延又道：『問你一件事，我妹送你禮物了吧？』

段嘉許：「嗯。」

桑延：『那份是我送的。』

桑稚：「……」

『沒別的事了，就來問候你一下，我掛了。』桑延頓了一下，又突然提起另一件事情，『對了，我妹的男朋友你見過了沒？』

桑稚的視線一頓。

用餘光察覺到桑稚的動靜，段嘉許的嘴角扯了起來，他刻意地道：「男朋友？」

桑延嘖了聲：『我不是跟你說過嗎？好像是個研究生。』

段嘉許裝作剛想起來的樣子，笑道：「好像見過。」

『人怎麼樣？』桑延涼涼地說：『這小鬼還滿痴情，為了這麼一個人今天還想打電話跟我吵架，非要暑假留在宜荷——』

見他一副沒完沒了、要把所有事情都說出來的樣子，桑稚猛地出聲打斷他：「哥哥！」

冷場兩秒，這頭和那頭都瞬間沒了聲響。桑稚緩慢地看向段嘉許，尷尬到只想順著電話線過去把桑延揍一頓。

下一刻。

『我是不是聽到我妹的聲音了？』桑延頓了一下，像是想到了什麼，話裡帶了幾分若有所思，『你們在一起？』

外頭暖黃色的燈光灑進來，將段嘉許的臉染上明暗不一的光。他輕咳了一聲，像是在忍笑，很有深意地嗯了聲。

桑稚硬邦邦地補了一句：「你該掛了。」

『等一下。』桑延的聲音輕了些，聽起來捉摸不透，『段嘉許，你年紀比我大吧？』

段嘉許平靜地道：「怎麼了？」

桑延：『我妹的男朋友也比我大。』

「嗯。」段嘉許轉著方向盤，視線都不飄一下，「跟我一樣大。」

沉默片刻，桑延似乎是氣到笑出來：『你別告訴我——』

像是猜到他接下來要說的話，桑稚的頭皮發麻，一時間也完全沒有坦白的勇氣，她連忙打斷：「不是，絕對不是。哥哥，你不要亂猜！」

桑延冷聲說：『我什麼都還沒說妳就說不是。』

桑稚勉強平復心情，很不爽地說：「你這樣說，誰猜不到你要說什麼。」

桑延：『你們一起出去吃飯？』

桑稚理直氣壯：「是啊，嘉許哥生日，我就找他去吃飯了。總不能像你那樣，一點感情都沒有，還好意思說我買的禮物是你送的。」

段嘉許在一旁安靜地聽著兩兄妹吵架。

桑延嘲諷：『大男人是要過什麼生日。』

「……」

或許也覺得自己的猜測有些離譜，桑延沒再提剛剛的事情：『那你們去吃飯吧。還有，小鬼，記得早點回學校。我掛了。』

車內瞬間安靜下來。

不知是不是桑稚的心理作用，沒了桑延的聲音，一時間，她覺得這尷尬的氣氛像是升到最頂端。

桑稚裝死般地窩在椅子上，抱著手機玩。

按照他們剛剛說的話，應該是她每次跟桑延說了什麼，他一轉頭就告訴了段嘉許。這老男人在她面前還裝作什麼都不知道，想必每天都在心裡嘲笑她的裝模作樣。

可惡！

果然，沒多久，段嘉許的話裡帶了疑問，慢條斯理地道：「什麼男朋友？」

桑稚不想沒了氣勢，坐直身子，認真地解釋：「我跟我哥說的是『可能』要談戀愛了，沒說已經談了。」

「研究生？」段嘉許輕笑了聲，「我現在去考還來得及嗎？」

桑稚覺得丟臉，繼續裝死。

「不考的話，那以後在你哥那邊要怎麼說？」段嘉許尾音稍揚，語氣不太正經，「說妳跟那個研究生男朋友分手，後來跟我在一起了，行不行？」

桑稚想了半天才擠出一句：「我幹嘛跟你在一起？」

段嘉許笑：「都跟妳哥攤牌了，還不承認對我有那個意思？」

桑稚：「我就不能真的是看上一個研究生嗎？」

聞言，段嘉許的眉梢抬起，悠悠地道：「我真的只有大學學歷。」

「……」

每個字都在暗示妳看上的人，就算妳形容出來的長相、年齡、身世、背景跟我不符合，那個人還是我。

所以是妳形容錯誤。

桑稚直直地盯著他，突然有點喪氣，低聲道：「你是不是早就知道了？」

段嘉許瞥她一眼：「知道什麼？」

桑稚沒出聲。

趁著等紅燈時，段嘉許又往她的方向看了幾眼。她低著頭，唇角略微下拉，眼睛也看著下面，看不出來她在想什麼，但很明顯地能感覺到她有點不開心。

她表現得那麼明顯，他還得裝作沒發現的樣子，段嘉許覺得好笑：「問妳一件正經事。」

桑稚小聲道：「什麼？」

段嘉許：「真的對我一點意思都沒有？」

桑稚扭頭看他，眉眼稍稍舒展開來。沉默了好幾秒，她看向窗外，這次終於鬆了口，含糊不清地說：「有一點。」

「好。」

桑稚語氣古怪：「只有這個反應？」

段嘉許：「嗯？」

「你怎麼不說我？」桑稚也覺得自己有點做作，咕噥道，「明明對你有意思，也不同意，每天就等著你來追我。」

「你不是說只有一點嗎？」段嘉許不太在意，替她想著理由，「那大概就是還沒到可以在一起的地步吧。」

桑稚沒說話。

車子不知不覺就到了段嘉許家附近的一個超市，他找了個位子停車，順帶調侃道：「我們只只第一次談戀愛，顧慮多，哥哥理解。」

桑稚忍不住說：「那我要是一直不同意呢？」

段嘉許替她解開安全帶，挑著眉道：「那妳就每天等著哥哥來追妳。」

「……」

段嘉許思索了一下，淡淡地笑著說：「妳這一輩子大概也只談這一場戀愛了。」

桑稚沒否認，表情有點不自在。

段嘉許目光下滑，與她對視，眼睛彎成漂亮的月牙。然後，他開了口，聲音很輕，像是在哄她：

「所以，別的女生有的——」

「……」

「我們只只也得有。」

兩人進了超市。

段嘉許本來只是想買點蔬菜和肉，晚飯就在家裡隨便煮來吃。他往生鮮區的方向走去，桑稚卻沒跟他一起走，自顧自地到零食區抱了一堆吃的，然後再回到他那邊扔進購物車裡，就這樣來來回回好幾次。

桑稚第四次出現在段嘉許面前時，購物車裡已經裝了一大半的東西，還大部分都是她挑的。他把剛拿的一盒雞翅放進購物車裡，隨口道：「妳這是要住在我家？」

段嘉許接過她手裡的果凍：「幫我買的？」

桑稚一愣：「我幫你買的。」

「你平時嘴饞時可以拿來吃。不吃的話，也可以放著，我有空來幫你吃。」桑稚厚著臉皮說，「我也喜歡吃這個，就不會浪費。」

段嘉許笑出聲：「也？」

「幹嘛？」桑稚理直氣壯地說，「我又沒看過你吃零食，也不知道你喜歡吃什麼，那我只能拿我喜歡吃的嘛。」

段嘉許低下眼，掃了一圈，評價：「小女生吃的東西。」

桑稚安靜兩秒，不甘不願地說：「那我放回去。」

段嘉許推著車，往蔬菜區的方向走去：「放回去幹什麼？」

桑稚像個小尾巴一樣跟著他，嘀咕道：「你不是說這是小女生吃的東西嗎？」

段嘉許平靜地說：「嗯，我家剛好養了一個。」

桑稚一愣，腳步瞬間停了下來，耳根莫名地發燙，很快又跟了上去。她沒再跑到零食區，跟著段嘉許一起挑蔬菜。

段嘉許抬眼問她：「不挑零食了？」

桑稚：「沒有要買的了。」

「那去結帳了？」

「嗯。」

桑稚看著購物車裡的東西，問道：「嘉許哥，你會做飯嗎？」

段嘉許：「會一點。」

桑稚想想：「我等一下幫你煮壽麵吧。」

「妳還會煮這個啊？」

桑稚無辜地說：「把水煮開，再把麵扔下去不就好了嗎？」

段嘉許眉頭一皺：「這樣會好吃？」

「這不就是吃個儀式，哪是吃味道。」桑稚自認為很有道理，轉身往另一個方向走，「你先去排隊，我去買壽麵。」

「……」

出了超市，兩人回到段嘉許的住所。

怕蛋糕壞掉，桑稚換上室內拖鞋之後，連忙把蛋糕盒放進冰箱裡。段嘉許整理了一下剛買回來的東西，然後走進廚房，洗米煮飯。

桑稚跟進去幫忙。

段嘉許：「餓不餓？」

桑稚搖頭：「還好。」

段嘉許洗了一盒小番茄，塞了一顆到她嘴裡，然後把手裡的水果盤給她：「抱著這個，自己去外面看電視。」

桑稚拒絕：「我要做壽麵。」她拿出手機，上網查食譜：「你做你的，不用管我。」

「……」

盯著她一本正經的模樣，段嘉許沒再攔著，彎起唇角，忍不住笑了幾聲。

兩人各做各的事情，桑稚只占了廚房裡的電磁爐，偶爾會用一下砧板和刀。段嘉許要過來幫忙，還會被她很不悅地趕走。

煮個麵的時間不需要多久，但桑稚從沒下過廚，從小到大，連包泡麵都沒煮過。她磨蹭了半天，切菜的時候也小心翼翼的，唯恐在這好日子裡見了血。

等飯煮好，段嘉許的三菜一湯也做好了，桑稚才極為狼狽地做完一碗看起來味道不太好的壽麵。她自己沒嘗味道，惴惴不安地把麵端到段嘉許面前。

段嘉許眼角微彎：「飯幫妳盛好了，快吃吧。」

桑稚不敢想像這碗麵的味道，猶豫地說：「這個麵你不要吃好了，就當個儀式感。就……我聽我同學說，你們這裡過生日好像都會做這個來吃……」

段嘉許溫和地道：「我試試，不好吃就不吃了，好不好？」

桑稚坐到椅子上，勉強同意：「好。」

狹小的客廳，冷白色的燈光，顯得溫馨至極。

桑稚吃了口飯，一直盯著段嘉許，想看他吃麵之後的表情。她看著他把麵夾起來，吃進嘴裡，斯文地咀嚼著，表情沒多大的變化。

片刻後，段嘉許笑道：「還滿好吃的。」

桑稚完全不相信，狐疑地道：「真的假的？」

段嘉許嗯了聲。

桑稚：「那我也吃一口。」

段嘉許揚眉：「間接接吻啊？」

「……」桑稚無奈地道，「我拿一雙新的筷子吃。」

「不行，」段嘉許溫柔地拒絕，「別占哥哥的便宜。」

「……」

飯後，桑稚把蛋糕從冰箱裡拖出來。她拆開裝著蠟燭的包裝袋，笑咪咪地說：「嘉許哥，你自己把蛋糕拿出來，上面有字。」

段嘉許把蛋糕拉出來，照著念：「祝二十六歲的段嘉許生日快樂。」

桑稚眨眨眼：「我還特地跟店員多要了一包蠟燭。」

「喔，對了，」桑稚拿起另一個塑膠袋，「還有送生日帽，給你戴。」

段嘉許好笑地道：「什麼東西？」

桑稚看了一眼就往他腦袋上戴：「這個形狀像個皇冠，你今天當段皇后。」

「嗯？」段嘉許笑出聲，順著說，「怎麼不是段公主？」

桑稚打擊他：「你這年紀怎麼當公主？」

蛋糕上已經寫了「二十六」三個字，桑稚也沒堅持要插二十六根蠟燭。她點燃蠟燭，按照流程幫他唱生日歌，然後認真地說：「你許個願。」

段嘉許想了一下，淡淡地說：「明年也這樣就好。」

接著他便吹熄了蠟燭。

桑稚還沒反應過來，眼前就陷入一片漆黑：「什麼也這樣？」

段嘉許起身把燈打開，吊兒郎當地道：「明年，妳也來接我過生日。」

「那算什麼願望，我總不能當作不知道你生日。」桑稚覺得他這願望有點莫名其妙，把準備好的禮物遞給他，「給你的禮物。」

段嘉許接過，桃花眼揚起：「謝謝。」

安靜幾秒，桑稚的動作停住，忽地想到一種可能性，她抬起頭，乾巴巴地說：「嘉許哥，我問你一件事。」

「嗯？」

「假如，我是說假如，我們真的在一起了，如果覺得不合適，然後分手了，」桑稚輕聲問，「之後應該也不會再聯繫了吧？」

聽到這句話，段嘉許陷入思考之中。

很快，桑稚反應過來，覺得這場合說這種話不太合適，連忙補了一句：「我只是隨便問一下。」

段嘉許切著蛋糕，聲音清潤明朗：「信不過我？」

「……」桑稚安靜了一下，「不是。」

段嘉許：「是我平時的樣子太不正經了？」

桑稚沒吭聲。

段嘉許反倒笑了：「看來是的。」

桑稚訥訥地道：「我不是這個意思。」

「桑稚，妳要是覺得我們以後會分開，那確實不太適合。妳如果不答應，我也沒辦法逼妳。」段嘉許垂眸與她平視，「但如果妳答應了卻還要提分手——」

「……」

他聲音停住，眼尾微勾，笑得像個妖孽：「有沒有看過哥哥發脾氣？」

桑稚手掌抓著衣角，抬眼看他。

段嘉許壓低聲音，親暱地捏了捏她的臉。

「很可怕的。」

這個話題就終止於此。

之後段嘉許沒再提起，桑稚也當作自己沒問過這件事情。像是一段激不起什麼水花的小插曲，沒有人在意。

見時間差不多了，段嘉許把桑稚送回學校。

桑稚洗漱完，回到位子上繼續做著自己的事情。她的思緒有點放空，無法集中精神，她回想著自己突然浮現的那個念頭。

她其實很清楚自己的顧慮是什麼。

桑稚一點都不擔心段嘉許會對她不好，她知道他是怎麼樣的人。可是她會擔心，他也許並不會喜歡她很久。

就算不喜歡了，段嘉許大概也不會跟她提分手，只會把他們兩個的關係當成一種責任來對待，會演變成讓雙方都很痛苦的一個結果。

她是不是想太多了？

跟他在一起這件事，桑稚明明已經期待很久了，可等到真的要發生時，她又患得患失，不安到了極致，不安到連接受的勇氣都沒有。

◇

桑稚努力地拋開自己的這些想法，依然按照之前的方式跟段嘉許相處。很多時候，她終於下定決心打算跟他在一起了，可話到了嘴邊又收回去。

段嘉許似乎察覺到她的不對勁，來找她的次數也因此比先前多了不少。

桑稚不知道要怎麼跟他說自己的想法。畢竟，她也不願意告訴他自己從十三歲就開始喜歡他的事情，她也不知道要怎樣才能不再去鑽這個牛角尖。

轉眼間就到了五月底。

週五結束後，晚上七點，桑稚跟社團的人約出去聚餐。她正跟社團裡的一個女生挽著手說話，一出校門，就注意到站在樹下的江穎。

桑稚愣了一下，疑惑地盯著她，恰好跟她的目光對上。很快，桑稚就收回視線，完全沒有「她是過來找自己」的想法，只覺得莫名其妙。她繼續跟社團的朋友聊著天，往校外的一家烤肉店走去。

這個時間點，再加上明天就是週末，店裡的人並不少。社團裡有人提前來占了座位，桑稚走過去坐下。過了好一會兒，她注意到有一個兩人桌被清理乾淨，然後，坐上去的顧客只有一名。

是江穎。

兩人再次對上視線。

桑稚猶疑地看著江穎，在此刻才有種江穎是專門過來找她的感覺。但江穎來找她幹什麼？而且江穎是怎麼知道她在這裡的？

桑稚想不通，也沒再管她，低頭喝著杯子裡的水。

江穎似乎只是過來吃飯，也沒主動來找她麻煩。但目光倒是時不時地放在她的身上，帶了幾分打量，讓人覺得不太舒服。

桑稚乾脆跟對面的朋友換了位子，漸漸地就忘了這個人的存在。

吃完晚飯，桑稚起身走進洗手間。她只是想進來洗個手，補個妝，也沒別的事情。

還沒等她走到洗手檯前，就透過鏡子看到跟著進來的江穎。桑稚瞪她一眼，沒說話，擠了點洗手乳到手上。

江穎從包包裡拿出口紅，果然主動搭話：「妳就是段嘉許的新對象？」

桑稚沒出聲。

「也是，大學生可真好騙。」江穎笑著說，「剛好在這裡碰到妳，我就提醒妳一句，他之前相親幾百次，妳知道為什麼都沒成功嗎？」

桑稚面無表情地道：「不是剛好，妳就是主動來找我說這些話的。」

「我不想看一個這麼年輕的小女生誤入歧途啊。」江穎的語氣很平靜，「妳知道他有個現在還躺在醫院的植物人爸爸嗎？」

桑稚手上的動作停住。

「看來他根本沒跟妳提過啊，」注意到她的反應，江穎的唇角勾了起來，「再告訴妳一個祕密，他爸爸還是個酒駕撞死人的畜生。」

「……」

「他一年要用將近四十萬的醫療費養著一個畜生，」江穎說，「哪個女生那麼有錢能跟他熬下去，連房子都沒有。」

桑稚這才抬起頭，完全沒被她的話影響，理所當然地說：「我有錢啊。」

「……」顯然不敢相信她會有這反應，江穎的表情瞬間變得不太好看，「他爸爸撞死人了，是殺人犯，妳沒聽見嗎？」

桑稚語速慢吞吞的：「我又不是要嫁給他爸。」

「……」

桑稚不想再跟她說話，連補妝的心情都沒有，抽了張衛生紙就往外走。

江穎無法維持住表面的平靜，猛地把手上的口紅丟到她身上：「妳聽不懂人話？妳腦子有問題？跟妳好好說話的時候聽不懂？」

口紅體積小，丟到身上並不痛，但瞬間點燃了桑稚的火氣。

桑稚的眼一垂，盯著地上滾動著的口紅，又抬眼看向她。她冷笑一聲，把身上的包包扯下，用力扔到江穎的臉上。她活動了一下脖子，語氣極為不客氣：「誰由得妳在這裡放肆？」

江穎被扔得往後退了一步，沉默幾秒後，反而笑了：「妳說是誰由得我這樣？」

「……」

「是段嘉許啊。」

桑稚的眼珠黝黑，直直地盯著她：「阿姨，他要是真的容許妳這樣，妳今天還需要過來找我？」

「……」

「有這閒工夫來幹這種事情，」桑稚把地上的包包撿起來，語氣刻薄地道，「還不如花點時間在保養上，不然妳跟段嘉許站在一起，我還以為妳是他媽媽的朋友呢。」

說完她便走出廁所。

江穎氣極了，立刻跟著她出來。她抓住桑稚的手臂，抬起手，氣得直發抖。

恰好梁俊也過來上廁所。見到這個狀況，他愣了一下，立刻抓住桑稚的手把她護到自己身後，怒喝道：「妳幹什麼！」

「……」

江穎沒出聲，死死地盯著桑稚，沒多久便轉身回到自己的位子上。

梁俊問了幾句，桑稚含糊地編了幾個理由。她也回到位子上，心不在焉地看了一眼手機，腦海裡不斷迴盪著江穎剛剛說的話。

結束這場聚餐之後，社團裡的人決定到附近的一家酒吧續攤。桑稚沒有意見，跟著一起過去。但她無法集中精神，莫名地回想起段嘉許到她家住的那個晚上，他一個人在陽臺抽菸的畫面。

她想起他的那句：『小桑稚以後賺的錢，要幫自己買好看的裙子穿。』

她想起他大學時，一個接著一個的打工。

她想起他生病了不去醫院，逢年過節都一個人過。

她想起他最近的生活，過得似乎明朗了起來。

她想起他彎著眼，縱容般地笑著對她說：『別的女生有的，我們只只也得有。』

一直過不去的那一關，在此刻豁然開朗起來。桑稚忽地站起身，跟其他人道別：「我有點事，我先走了。」

她到段嘉許家樓下時，恰好有人打開樓下的大門。

桑稚跟著進去，腦子裡一片空白，她進了電梯，來到段嘉許家的樓層，然後站定在他家門口。她吐了口氣，按下門鈴。

門很快就打開了。

段嘉許似乎是剛洗完澡，頭髮還淌著水，身上散發著極為濃郁的薄荷香氣。他表情有點傻，似乎完全沒想到這個時間她會過來。

盯著她的表情，段嘉許彎下腰，遲疑地問：「怎麼過來了？」

桑稚也盯著他，沒有回答他的問題，像是衝動，又像是忍了很久的話終於說了出來，她異常直白地冒出一句：「你可以一直喜歡我嗎？」

反正，本來就是我先喜歡你的。

本來也是我更喜歡你。

所以我想一直陪著你。

就算你以後真的不喜歡我了，我也好像不吃虧。

段嘉許還有些沒反應過來，甚至有種自己正在做夢的感覺。他垂下眼，下意識地說出了自己的想法：「可以。」

桑稚吸吸鼻子：「那就——」

「等一下，」段嘉許笑了，「妳幹嘛？」

不等桑稚再說話，段嘉許就已經扯住她的手腕，把她拉進屋子裡：「先進來。」

「……」

「跟我說說，」段嘉許有耐心地道，「怎麼了？」

「就是覺得今天適合，」桑稚低聲說，「所以不想等了。」

段嘉許的呼吸停了一下，他這才意識到她似乎並不是在開玩笑：「喝酒了？」

桑稚：「沒有。」

段嘉許：「同意跟我在一起？」

「嗯。」

他沉默幾秒。

段嘉許突然捏住她的下巴，把她的臉往上抬。

他的眼眸深邃，盯著她清澈又緊張的眼，喉結上下滾了滾，他再次確認：「想好了？」

桑稚沒別開視線，也盯著他，又嗯了聲。

他終於得到肯定的答案。

近在咫尺的距離，不斷升溫的曖昧氣氛，像是夢境一樣的場景。段嘉許的眸色暗了下來，他盯著她的唇，忽地開口，啞聲道：「張嘴。」

桑稚沒反應過來，啊了聲，嘴唇順勢張開。下一刻，他的聲音落下，伴隨著極其熱烈又溫熱的觸感。

「哥哥教妳怎麼接吻。」

第十章　我也是第一次

他的這句話和這個舉動都來得猝不及防。桑稚回過神的時候，段嘉許的唇已經覆蓋下來，舌尖探入她的唇齒中，帶著薄荷的清冽氣息，卻又莫名其妙地顯得滾燙，像是帶著電流，並且不斷地升溫。

桑稚的眼睛瞪大，她下意識往後退了一步，背抵著門，又瞬間被他扯回去。她的腦袋被迫仰起，手腕被他抓住，固定在他的胸膛前。

在這一刻，桑稚再也感覺不到其他的事。她的所有感知，全部視野都被眼前這個男人占據。

桑稚毫無經驗，被動地承受。連眼睛都忘了閉上，呆呆地盯著他濃密的眉、極為清晰的眼睫毛以及挺直的鼻梁。那雙總是疏淡又顯得多情的桃花眼，在此刻才像是真正地染上情意。

她的意識變得有些迷糊，身體卻顯得僵硬。也許是注意到她的不知所措，段嘉許似乎笑了一聲，帶著細碎又性感的氣息聲。

他的手掌往上抬，覆住她的眼睛，極其強勢，又帶著極致的溫柔。

他搭在肩膀上的毛巾掉落到地上，發出悶沉的聲響。髮梢還滴著水，在空氣的浸染下變得冰涼，滴到桑稚的脖頸處。

桑稚忍不住瑟縮了一下。

段嘉許的動作終於停了下來，他又親了一下她的唇瓣。然後腦袋一側，嘴唇貼在她的耳際，聲音低沉又沙啞，繾綣多情：「喜歡妳。」

桑稚覺得自己的耳朵像是麻掉了。

下一刻，他把手向下挪，露出她被遮蓋住的眼，用指腹輕輕地摩娑著她的臉頰。

兩人的目光對上。

段嘉許的眼眸低垂，微微彎起，染上淺淺的光。他的嘴唇紅豔，帶著水光，勾勒著淺淺的弧度。他的目光像是挪不開似的，直直地盯著她。

桑稚也愣愣地盯著他，像是被他眼裡的光吸住，意識還有些混沌。

「認真地跟妳說一件事。」段嘉許聲音顯得低沉，話裡不帶半點窘迫，依稀含著笑意，「其實我也不會。」

桑稚下意識地問：「什麼？」

「但總是被妳說年紀大，感覺這麼誠實地說出來，」段嘉許摸摸她的眼角，繼續說，「我有點沒面子。」

「……」

「我也是第一次談戀愛。」過了幾秒，段嘉許壓低聲音，又補了一句，「我也是第一次這麼喜歡一個人。」

「……」

「所以，妳可別想甩了我。」段嘉許彎腰平視著她的眼睛，認真地說：「已經親過了，妳得一輩子對我負責。」

他的這句話又讓桑稚瞬間回想起剛剛的事情。她的臉轟地一下變得通紅，嘴唇還麻麻的，觸感極為真切。

桑稚用手背抵著唇，盯著他，才表現出一副被占了便宜的模樣，結結巴巴地道：「我、我就剛答應，我才……你、你……」

「我有點太開心了，」段嘉許輕咳了一聲，語氣斯文，表達的意思卻像個敗類一樣，「所以忍不住。對不起，我下次注意一點。」

桑稚覺得極為不可思議：「哪有人第一次……第一次就……」

段嘉許忍著笑：「我以後注意一下流程。」

「……」

「循序漸進，」段嘉許說，「這次就當是演習，行不行？」

桑稚這回真的忍不住了，湊上去把他那張總是不正經的臉捏得扭曲，惱羞成怒地說：「你要不要臉！」

段嘉許任由她捏，還異常配合地彎下腰。很快，他又站直了身，提醒道：「妳還是別靠我這麼近了。」

桑稚不開心地說：「我偏要。」

段嘉許挑眉，很直白地說：「妳靠這麼近，我想親妳。」

「……」桑稚表情一頓，這才有些不自然地收回手，別開視線，嘟囔道，「我話說完了，我要回學校了。」

「等一下，」像是想起了什麼事情，段嘉許忽地俯身，仔細盯著她的嘴唇，「我剛剛牙齒是不是撞到妳的嘴巴了……」

「……」

桑稚不敢相信地看向他。

他到底是怎麼做到面無表情地說這種話的……啊！

沒等他說完，桑稚猛地伸手捂住他的嘴巴，幾乎要崩潰：「沒撞到，沒撞到！沒有！你別說了！」

段嘉許愣了一下，盯著她漲得通紅的臉，笑出聲來。溫熱的氣息噴在她的掌心上，弄得她有點癢：「好，不說了。」說完，他又朝桑稚的嘴唇上看了幾眼，喃喃地道：「看來是沒有。」

「……」

趁段嘉許回房間換衣服的時間，桑稚從冰箱裡翻出一瓶柳橙汁，又從電視櫃裡拿出一包魷魚絲，坐在沙發上。她撕開包裝，抽了一條咬進嘴裡，想起先前在宿舍聊天，室友所得出的結論：「二十五歲還沒有性經驗的男人，是變態啊！」

桑稚在心中嚴肅地糾正，已經二十六了。她真的有一點無言，說著正經事，他就突然親上來，還說要教她，自己親得明明也不怎樣。

但想起段嘉許剛剛的話，桑稚心裡小小的鬱悶瞬間散去，唇角莫名其妙地又彎了起來，她擰開瓶蓋，小口小口地喝著柳橙汁。

段嘉許在這個時候從房間裡出來，走到桑稚旁邊坐下。他的頭髮還半濕著，隨意地垂在額前，這使他看起來多了幾分少年氣。

看著她像倉鼠一樣咬著零食，段嘉許莫名想笑。

桑稚的視線未動，似乎是覺得不自在，她突然冒出一句：「你可不可以不要一直看著我？」

「可以。」段嘉許順從地收回視線，拿起桌上的水杯喝了一口水，問起了最開始的問題，「為什麼突然覺得今天合適？」

桑稚思考了一下，不知道該不該說。

段嘉許笑：「妳還打亂了我的計畫。」

桑稚看他：「你還有計畫？」

「嗯，準備後天晚上去妳們宿舍樓下告白。」段嘉許平靜地道，「點個愛心蠟燭，捧個花，還準備了臺詞……」

「土。」

「這樣很土啊？」段嘉許說，「現在不是都流行這樣告白嗎？」

桑稚回想了一下，在學校見到的次數似乎確實不少。她勉強同意，小聲問道：「你準備的臺詞是什麼？」

段嘉許突然叫她，語速緩緩的：「桑稚。」

桑稚：「啊？」

「我喜歡妳，請妳跟我在一起。」

「……」桑稚眨眨眼，猶疑地道，「這麼正經嗎？」

「這種場合當然得正經。」段嘉許懶懶地癱坐在位置上，淡淡笑著說，「我會幫妳補回來的，下次是什麼時候就不告訴妳了。」

「不用補了，」桑稚嘀咕道，「都在一起了，幹嘛還要再告白一次？」

他吐出三個字：「儀式感。」

桑稚側頭：「你還在意儀式感？」

「我不在意。」段嘉許想起上回他生日時，桑稚特地幫他做的那碗麵，慢條斯理地道，「但我家只只在意。」

桑稚沒否認，唇邊的梨窩深陷，她繼續喝著柳橙汁：「嘉許哥，你真的是第一次談戀愛啊？」

段嘉許：「嗯。」

「喔。」

「怎麼了？」聽出她若有所思的語氣，段嘉許撇頭，「瞧不起人啊？」

桑稚也不知道他沒談過戀愛是怎麼長成這個樣子的，也有可能是她以貌取人了。她忍不住想笑，這次也沒再憋著，自顧自地笑著：「沒有。」

段嘉許看著她笑，也不惱，跟著笑了起來。

注意到牆上鐘錶的時間，桑稚抽了張衛生紙擦手，指指桌上的魷魚絲：「我吃不完，可不可以帶回去吃？」

「嗯，想帶什麼就拿吧。最好——」段嘉許替她把果汁的瓶蓋蓋好，「把我也帶回去。」

「……」桑稚正色道，「我只對吃的有興趣。」

「嗯。」段嘉許笑得曖昧，「我也滿好吃的吧？」

「……」

桑稚收拾著東西，站起身來：「我要走了。」

看著她準備離開的模樣，段嘉許還坐在原來的位子上，一動也不動。他忽地嘆了一聲，眼眸略微垂下，淡淡地說：「突然想起來，好像沒跟妳說過我家裡的狀況。」

聽到這句話，桑稚停下動作，想起今晚江穎的話。隨後，她輕聲道：「你不想說也沒關係。」

「不是不想說。」段嘉許的表情帶了幾絲無所謂，語氣很平靜，「母親過世，父親植物人，酒駕撞死人。沒房，有車，積蓄有一點。」

桑稚盯著他，一時也不知道該說什麼。

「妳不必覺得不自在，就是覺得，」段嘉許吊兒郎當地道，「我們都變成這種關係了，還是得跟妳交代一下。」

桑稚搖頭：「我沒覺得不自在。」

段嘉許又笑了一下：「嗯，走吧。送妳回學校。」

「段嘉許，」桑稚覺得他有些不對勁，湊到他面前，盯著他的臉，「提這件事你是不是不開心？」

「沒有不開心。」段嘉許的喉結滾動著，平靜的表情瞬間瓦解，「有點緊張。」

桑稚愣了：「緊張什麼？」

段嘉許自嘲般地笑了一下：「怕妳介意。」

她愣愣地看著他，突然覺得有些荒唐。

這樣的一個男人。

一個讓桑稚在遇見了他之後，再也無法愛上任何人的男人，真切地因為自己的父親造下的罪孽而感到自卑。

「……」桑稚安靜了幾秒，低聲坦白今天的事情，「我今天遇到江穎了，她跟我說了你爸爸的事情。」

段嘉許的目光一頓：「她來找你？」

「應該吧。」桑稚說，「你別被她的話洗腦了，她說的話沒有道理。下次如果再見到她，你記得建議她去醫院看看腦子。」

段嘉許還想說些什麼。

桑稚睜著圓眼，輕輕拍拍他的腦袋，一本正經地哄著他：「其實我覺得房子不是生活的必需品，但如果你想要的話，你再等我幾年。」

「……」

「等我畢業賺錢了，買給你。」

◇

把桑稚送回宿舍，段嘉許回到車上，想著她的話，自顧自地笑了起來。他想了想，拿出手機傳了封訊息給桑延，然後打電話給錢飛。

電話響了幾聲，錢飛接起來：『我真的好奇。』

「嗯？」

『你為什麼總是喜歡深夜打電話給我？』

「也沒很晚吧。」段嘉許好脾氣地道，「想跟你說件事。」

『追到了？』

段嘉許笑：「嗯。」

『恭喜啊兄弟。』錢飛興奮地道，『是吧，真多虧了我，要不是我，你追得到嗎？要不是我！你得好好感謝我！』

段嘉許順從地道：「謝謝兄弟。」

『不用客氣，你最好比桑延早結婚，我真的是受夠他了……』

「兄弟，有件事我沒跟你坦白。」段嘉許說，「這個女生你其實認識。」

錢飛有了不好的預感：『啊？你在宜荷認識的人，我在南蕪怎麼認識，你瘋了嗎？』

段嘉許：「不是在宜荷認識的。」

錢飛猜測：『我們大學同學？誰去了宜荷工作嗎？』

段嘉許：「不是工作，是過來讀大學。」

錢飛：『……』

冷場半晌。

錢飛的聲音發顫：『你不要告訴我，是桑稚。』

段嘉許語氣含笑，嗯了聲。

『……』錢飛沉默幾秒，『我掛了。』

段嘉許重複了他剛剛的話，悠悠地道：「真的多虧你。」

『多虧個屁！』錢飛怒吼，『我沒有！我從來沒有幫過你！段嘉許，你真的是禽獸，那個女生十幾歲你就認識了，你——』

段嘉許眉梢抬起：「你不是說成年了就可以嗎？」

『……』錢飛說，『我說過這種話？』

「嗯。」

『你跟桑延說了嗎？』

「還沒呢。」

『你打算怎麼說？』

「還沒想好。」

『你會不會被桑延打死？』錢飛似乎覺得很有趣，很快就嬉皮笑臉地道，『對不起，我居然還挺期待他的反應。』

「我剛跟他說我有對象了。」

『然後呢？』

「我還跟他說，」段嘉許漫不經心地道，「是你教我怎麼追的。」

『……』錢飛沉默下來，像是不敢相信，又像是在按捺著怒火，良久後，他終於開了口，語氣裡的幸災樂禍收了回去，『你還是不是人？』

「你是大功臣，我可不能忽視你的功勞。」段嘉許語速很慢，似是極為正直，「人不是應該要知恩圖報嗎？」

『你給我閉嘴！』他這顛倒黑白的能力把錢飛氣死了，『你要是早告訴我是桑稚，我幫你個屁！』

「嗯。」段嘉許笑道，「要不是你，我還真的追不到。」

『……』

「我以後會在大舅子面前多謝謝你的。」

『……』

另一邊，錢飛掛了電話，一眼就看到桑延傳來的訊息。

桑延：段嘉許沒事吧？找你幫忙追人？

桑延：絕了。

錢飛：……

錢飛：滾吧。

桑延：他怎麼不找我幫忙？

桑延：噢。

桑延：我也不會追人呢。

桑延：對不起，我是被瘋狂追求的那一個。

錢飛：有病吃藥。

桑延：說來聽聽，你怎麼幫忙的？

錢飛垂死掙扎，激動地打了一大串話過去：我沒幫，我知道個屁，你別聽他胡說，我怎麼幫？我老婆我都追了大半年，我還能幫他什麼？

桑延：你激動什麼？

錢飛：我真的不知道。

桑延：錢老闆，你有點奇怪啊。這件事夠你吹噓三年了，你居然否認？

「……」

錢飛都想哭了：我真的不知道，真的。

桑延直接傳語音訊息過來，冷笑了一聲：『你們兩個好樣的，排擠我是吧？好。』

錢飛：「……」

他真的想衝到宜荷去把段嘉許殺了。

◇

路過超市時，段嘉許下車，進去買了桑稚剛剛拆開的魷魚絲和柳橙汁。他回到家，把東西補回原來的地方，然後坐到沙發前，把茶几上的殘渣收拾乾淨。

房子裡變回原來的樣子，卻似有若無地殘存著桑稚留下的氣息。

段嘉許在客廳待了一會兒。他從口袋裡摸出他生日時桑稚送的打火機，然後從菸盒裡拿了根菸咬進嘴裡。頓了兩秒，沒點燃，很快他又放下，低聲笑了起來。

段嘉許懶洋洋地靠著椅背，用指腹摸摸嘴唇，笑容多了幾分春心蕩漾和風騷。良久後，他起身回到房間。

床頭櫃上還擺放著兩人幾年前的合照。旁邊放著個月球樣式的立體小夜燈，也是桑稚送的。他關了房間的燈，打開夜燈。

室內安靜，光線昏暗。昏黃色的光，少了幾分冷清的味道。

手機上還有桑延傳來的訊息。

連錢飛剛聽到時反應都這麼大，段嘉許大概也能猜到桑延會是什麼反應。他想了想，回覆一句：過段時間我會去南蕪一趟。

段嘉許：到時候當面跟你說。

接著，段嘉許傳了訊息給桑稚：睡了？

可能是睡了，也可能是沒看到，桑稚沒立刻回覆。這個時間點，段嘉許也睡不著，他起身打開電腦，想把剩下的工作做完。

在這個時候，手機鈴聲響了起來。

段嘉許目光淡淡的，輕掃著螢幕上的陌生號碼，正想掛斷時，他忽地想起桑稚今天的話，一直揚著的唇角也慢慢收斂起來。

江穎之前其實也做過類似的事情。

有一段時間，江思雲經常幫段嘉許介紹對象。他對這方面其實沒有什麼興趣，特別是剛畢業時，只想把精力都放在工作上。但他不好意思拒絕江思雲的好意，同時也覺得自己似乎沒有拒絕的理由。

有幾個相親對象覺得合眼緣，會約他再見一次面。段嘉許禮貌性地赴約，但之後，都會莫名其妙地斷了聯繫。他曾透過微信聽其中一個對象含糊地說過，有個女人找過她，說了一些事情。

段嘉許很快也猜測到那個女人是江穎，之後就放棄了。江思雲再介紹，他也只以沒時間為藉口，委婉地拒絕。

這其實是一件很現實的事情。畢竟結婚不是一件小事，也不只跟兩個人有關係，段嘉許很了解。因為江穎並沒有做出激烈的舉動，也沒有太影響到對方，只是把他家裡的真實情況說了出去，所以段嘉許也不太把這件事情放在心上。事情過了那麼久，他也早已忘了江穎的這個行為，也沒想到她會主動去找桑稚。

段嘉許的眼神平靜，看不出是什麼情緒，只帶了幾絲不耐，然後接起電話。

果不其然，電話那頭傳來江穎的聲音，也不知道她是怎麼弄到他的新號碼的。像是不敢相信他會接，江穎似乎是愣住了，聲音遲疑地問：『段嘉許？』

段嘉許直接問：「妳今天去宜荷大學了？」

『怎麼？』江穎反應過來，嘲諷地道，『你那個小女朋友跟你告狀了啊？看你這段時間整天往那邊跑，很勤快呢。』

段嘉許從口袋裡拿出打火機，在手上把玩著，沒有出聲。

江穎：『早知道大學生這麼好騙，之前就應該都找大學生，是吧？你現在心裡可爽了吧？那個大學生像是被洗腦了一樣，你是不是早就睡過人家了啊？』

段嘉許仍然沒出聲。

江穎的音量提高：『你啞巴啊？』

段嘉許：「說完了？」

『……』

「妳跟我說這些話，說實在的，我真的覺得不痛不癢。」段嘉許的語氣很淡，笑容沒什麼溫度，「相較之下，妳的聲音更讓我難以忍受。」

江穎沉默了幾秒，聲音變得更加尖銳：『很好，那我就讓你更難受。』

「妳想怎樣就怎樣吧。」段嘉許不太在意，「我呢，原本覺得這都是小事，懶得管。但現在覺得有點煩了，自己處理不太方便，所以也只能麻煩一下人民保母了。」

『我做什麼了你要報警？啊？』

「雖然不知道有沒有用，」段嘉許輕笑了一聲，「但總得試試看啊。」

『段嘉許！』江穎的呼吸聲很重，聲音也漸漸帶了哭腔，她歇斯底里地提醒著，『你自己想！要不是你爸，我爸爸會不會死！』

段嘉許：「妳也說是我爸。」

江穎：『你是他兒子！』

「聽妳這樣說，我爸開車撞死人，所以我作為他兒子，也算是撞死人嗎？」段嘉許溫和地道，「那妳父親發生意外，妳作為他的女兒，怎麼不跟他一起死呢？」

江穎愣住了，像是沒想到他會說這樣的話：『你說什麼？』

意識到這話說得不太好聽，段嘉許扯扯嘴角，壓低聲音，最後說了句：「妳說呢？我說的對嗎？」

他掛了電話。

江穎沒再打過來。

段嘉許封鎖了她的號碼。

桑稚洗完澡，從廁所裡出來。看到段嘉許的訊息，她笑咪咪地回覆：還沒，打算睡了。

想了想，她又補了一句：但如果你想跟我聊天，我可以勉強不睡。

追求者：不會聊著聊著就睡著？

桑稚很老實：應該會。

看著備註，桑稚點開他的視窗，想了一大堆的稱呼，最後還是正經地改成「段嘉許」。

段嘉許：我是來幫妳助眠的啊？

桑稚皺眉：那你也可以早點睡啊，幹嘛一直熬夜？對身體不好。

桑稚：你這樣會老得很快。

甯薇坐在位子上擦乳液，隨口問：「桑桑，妳今晚去哪裡了？那麼晚才回來。我剛剛還遇到妳們社團的人在聚會，也沒看到妳。」

桑稚抬頭：「我去找段嘉許了。」

甯薇：「約會去了啊？」

桑稚眨眨眼：「我跟他在一起了。」

聽到這句話，虞心轉過頭來：「這麼快？」

「不快吧。」桑稚還覺得自己拖了很久，「他之前是不知道我也喜歡他，但他知道了，我幹嘛還讓他追，那不就很奇怪嗎？」

虞心：「好像也是。」

桑稚低下頭，繼續跟段嘉許聊天。

段嘉許：老就老吧，反正也有女朋友了。

桑稚：？

桑稚：我介意！

段嘉許：好吧。

段嘉許：那我早點睡。

桑稚看了一眼時間：我們還可以聊半小時。

過了半小時。

也許是因為今天的事情，桑稚到現在還沒半點睏意，精神十足。她抱著手機縮在被子裡，沒半點要睡覺的意思。

倒是段嘉許主動提起：半小時了，睡覺？

桑稚打了個滾，不太情願：感覺還能再聊半小時。

這次段嘉許過了好幾十秒才回，重複了她剛剛的話：這樣我會老得很快。

桑稚的嘴角翹了起來，她也重複了他的話：老就老吧，反正也有女朋友了。

◇

轉眼間，六月份來臨。

桑稚小隊的作品已經完成了，只差小幅度的修改，很快就交件了。

考試週也即將到來，桑稚把比賽拋到一邊，開始忙考試的事情，也趁著這個時間跟甯薇一樣，做了份履歷，找了合適的公司投履歷。

考慮了很久，桑稚打電話給黎萍，緊張兮兮地提了暑假不回家的事情。

聽了她的想法後，黎萍意料之外地沒有反對，只是叫她自己要注意安全，然後國慶連假時就必須回家。

桑稚同意了。

課程陸陸續續上完了，桑稚想拿獎學金，所以格外重視學業成績，大多數時間都窩在圖書館裡，跟段嘉許見面的次數也少了些。

段嘉許提過幾次要去陪她，但桑稚還是拒絕了。她覺得段嘉許在她旁邊，她一定無法集中精神。而且，他待在圖書館一定會覺得很無聊。

這天，桑稚洗漱完，從廁所裡出來。她爬上床，臨睡之前，聽到汪若蘭在說：「明天好像會全校停電耶。」

甯薇：「啊？」

汪若蘭：「說是維修配電房，然後只有幾棟宿舍有電，別的都沒有。」

甯薇：「我們宿舍有嗎？」

汪若蘭：「沒有。」

虞心：「停多久啊？」

汪若蘭：「從早上七點到晚上九點，停一天。」

虞心：「也不說別的，現在那麼熱，沒電我會中暑。」

桑稚倒不覺得有什麼大礙，打算明天起床之後直接去校外，找個安靜的咖啡廳待一整天。但讓她猝不及防的是，在考試週和停電的雙重影響下，平時校外那些沒什麼生意的店也全都客滿，她一大早來卻找不到一個位子。

桑稚看了一眼時間，走進火車站裡，打算坐火車到市立圖書館念書。

這個時候，段嘉許剛好打電話來，聲音順著電流傳來，低沉悅耳，帶著熟悉的笑意：『女朋友，今天有沒有空出來吃個飯？』

桑稚想了想：「我現在要去市立圖書館。」

『市立圖書館？』

「嗯。」桑稚說，「我們學校停電，我過去那邊找個地方念書。」

段嘉許提醒：『那個圖書館空間不大，現在去應該也沒位子。』

桑稚找了半天的位子，本以為這次一定能找到地方念書，此刻聽到他這句話，她頓了一下，鬱悶到有點想發脾氣：「怎麼想找個地方念書都這麼難……」

恰巧是週末，段嘉許剛好在家，此刻也沒別的事情。他低笑著，慢悠悠地拋出了個提議：『來我家。』

「……」桑稚有點心動，但又猶豫，「你會不會影響我？」

『不會。』

桑稚不想再浪費時間，也沒再糾結：「那我現在坐火車過去。」

下了火車，走出閘口，桑稚低頭看著手機，在此刻才注意到段嘉許傳來的訊息，說在火車站裡等她。她抬眼，往四周看了一眼，一下子就看到他就站在不遠處。

段嘉許穿著黑色短袖和長運動褲，一手插在口袋，另一隻手拿著手機低著眼。他身材高大清瘦，看上去清俊又冷淡，在人群中格外顯眼。

桑稚正打算走過去，在這個時候，有個女人走到他面前，臉頰紅潤，帶著羞怯的笑意。一眼就能看出她是要跟他要聯繫方式。

桑稚的表情瞬間不好看了。她沉默地走過去，就定定地站在他們兩個旁邊，也沒主動說話。她聽到女人開了口，語氣帶了幾分不好意思：「您好，能、能加個微信嗎？」

聽到聲音，段嘉許抬起眼，恰好注意到一旁板著臉不吭聲的桑稚。他的目光一停，饒有興致地盯著她看了好幾秒，然後別過頭，他對著女人說：「不能。」

「讓我女朋友知道的話——」頓了幾秒，段嘉許再次看向桑稚，輕笑了一聲，「我會沒命的。」

女人的神色一頓，很快也注意到站在一旁的桑稚。她瞬間意識到這是個有主的男人，尷尬地咳了一聲：「抱歉，打擾了。」

她也沒再繼續待著，迅速離開，留下兩個人站在原地。

段嘉許垂下眼，稍稍俯身與她平視，伸手拿過她手上的電腦包。盯著她極為不悅的表情，他的眼角下彎，心情似乎很好：「生氣了？」

桑稚也看著他，面無表情地說：「我生什麼氣？」

段嘉許忍著笑：「那妳剛剛怎麼不說話？」

桑稚還是很不爽，理都不想理他，越過他往前走，語氣硬邦邦的：「別人找你要微信又不是找我要，我要說什麼話？」

「我又沒有給，」段嘉許輕鬆地跟了上去，很不正經地認錯，「饒了我吧。」

桑稚忍不住回頭：「我說什麼了嗎？」

段嘉許仔細思考了一下，調笑地說：「嗯，妳說妳在吃醋。」

桑稚用力抿抿唇，很要面子地反駁：「你才吃醋。」

段嘉許挑眉：「真的沒吃醋？」

桑稚沒吭聲。

「我誤會了啊？」段嘉許說，「我怎麼覺得還滿像的？」

桑稚依然一聲不吭。

段嘉許：「真的沒有？」

「……」見他沒完沒了了，桑稚也覺得自己表現得很明顯，乾脆自暴自棄地說，「吃醋又怎樣！」

段嘉許愣住，瞬間笑出聲來。他自顧自地笑了好一陣子才開口，話裡還帶著細碎的笑聲：「沒怎樣。」

桑稚惱怒地說：「你就不能安分地在那裡等我？」

段嘉許好笑地道：「我怎麼就不安分了？」

桑稚定定地盯著他的眼睛。

睫毛細密又長，瞳色淺淡，總像是染著光，與人對視時多情又蠱惑。臉上總是帶著漫不經心的笑意，看上去就像是在撩撥人。

她直接定了他的罪：「我剛剛看到你對那個人放電了。」

「……」極為語出驚人的定論，段嘉許差點被嗆到，「什麼？」

「本來就是。」桑稚面色不改，一本正經地誣陷著他，「不然你要是安分地站在那裡，怎麼會有人無緣無故就來找你要微信？」

「小朋友，妳這是『受害者』有罪論？」

桑稚：「這哪能混為一談。」

段嘉許：「我怎麼放電的，妳形容一下？」

桑稚頓了一下，一時也想不到該怎麼形容。她垂下頭，仔細琢磨著，半天才訥訥地擠出罪名：「你看了她一眼。」

「……」

桑稚瞬間理直氣壯了起來，嚴肅地指責：「對，你看了她一眼。」

段嘉許傻眼地說：「這樣就是放電？」

桑稚嘀咕道：「也不是，這得結合場景分析。」接著，她上下掃視著他，神色古怪：「你還特地打扮了一番才出來。」

段嘉許低眼，看著自己身上的短袖、運動褲，瞬間明白自己現在不管做什麼都是錯。聽著這些歪理，他側頭，低笑著捏捏她的臉：「小心眼。」

桑稚皺眉：「你才小心眼。」

恰好走出火車站，桑稚從包包裡翻出遮陽傘，非常刻意地冒出一句：「今天超級曬。」她瞪他一眼，幼稚地補充：「我不讓你撐傘。」

段嘉許：「真的不讓我撐？」

桑稚沉默兩秒，鬆了口：「你要是想撐，我還是可以讓你撐的。」

「給我。」

桑稚乖乖地把傘給他。段嘉許打開傘，將傘的大半邊傾向她，隨口問：「吃早餐沒？」

「吃了，」桑稚說，「喝了杯豆漿，還吃了個煎餅。」

「還有沒有想吃的東西？」

桑稚一時也想不到要吃什麼，搖頭。

段嘉許想了想：「我去買點水果吧。」

桑稚眨眨眼：「我想吃西瓜。」

「好。」

兩人進了附近的一個水果攤。

這攤位雖小，顧客還不少，熙熙攘攘地擠著。在老闆的推薦下，段嘉許挑了個西瓜，桑稚則自己跑去一旁的小架子上挑了幾個李子。

然後段嘉許去結帳，叫桑稚到外面等著。

還有要買東西的人，桑稚站在店外的陰涼處有點占位子，總是擋到別人。她往四周看了一眼，找了個樹蔭待著。她翻出手機看了一眼時間，眼前的光線忽地變暗，餘光能看出是有個人站在她面前。

桑稚第一個反應就是段嘉許買完東西回來了，抬起頭：「怎麼這麼——」

下一秒，桑稚注意到眼前的人並不是段嘉許，她瞬間把剩下的話收回去。

是個年輕的男人。男人眉眼清秀，十分開朗地指指她的手機：「抱歉，打擾了。能交換微信嗎？」

桑稚愣了一下，下意識地道：「對不起，我有男朋友了。」

男人遺憾地啊了聲，抓抓頭：「好的。」

桑稚的目光不由自主地一挪，她發現段嘉許已經買完水果出來了，此時正站在不遠處，神色難以揣測，平靜地看著他們兩個。

「……」

等男人走後，兩人並肩往段嘉許家的方向走。

他們一路無言。

桑稚時不時看他幾眼，神情惴惴不安。很快，她輕咳了一聲，故作鎮定地說：「那個人就是來問個路，我就幫他指路了。」

段嘉許：「嗯。」

沒等桑稚鬆口氣，段嘉許又似笑非笑地開口：「妳朝他放電了？」

「……」

段嘉許家只有一個房間，沒有書房。桑稚本來打算在餐桌上念書，不打算占用他的私人領地，倒是他主動帶她進去。

他在家一般也是在房間裡工作，裡面有張書桌。段嘉許已經提前把桌子清理乾淨了，上面空蕩蕩的，除了插座之外沒別的東西。

桑稚坐到椅子上，把電腦和資料都放到書桌上。餘光注意到段嘉許的身影，她扭過頭問道：「那你現在要幹嘛？」

段嘉許拍拍床，很自然地說：「我就躺在這裡。」

桑稚：「你要睡覺嗎？」

「不是，」段嘉許說，「我們不是好幾天沒見面了嗎？多看妳幾眼。」

聞言，桑稚把臉湊到他面前，停了好幾秒，隨後無情地說：「看完了吧，你去客廳看電視，或者睡個覺也行。我得念書。」

兩人對視幾秒，段嘉許忽地抓住她的手腕，將她整個人往懷裡扯，令她猝不及防：「我不能待在這裡？」

桑稚瞬間坐到他的腿上，目光再次撞上他那雙魅惑的眼。然後，他勾起唇角，低聲道：「一句話都不說也不行？」

桑稚有點失神，差一點就答應了。但她很快就回過神來，內心還殘存著些許理智，她提醒道：「你說過不會影響我的。」

「好吧。」段嘉許沒再鬧她，用指腹摩娑她的臉頰，拉長語尾地說，「狠心的女朋友。」

桑稚從他身上起來。

段嘉許：「對了，妳回家的機票訂了沒？」

桑稚坐回書桌前，小聲地道：「我這個暑假不回去。」

「還真的不回去啊？」段嘉許笑，「那妳住哪裡？」

「宿舍。」

「跟家裡說了？」

「嗯。」

段嘉許站起身來，把窗簾拉開：「好，念書吧。小朋友。」

桑稚：「那你要幹嘛？」

「準備午餐，」段嘉許揉揉她的腦袋，溫和地說：「中午想吃什麼？幫妳弄好吃的。我家只只念書很辛苦。」

桑稚眨眨眼：「什麼都可以。」

「嗯，我等一下會出去買一點食材。妳有什麼想吃的，自己去冰箱或者櫃子裡拿。」段嘉許想了想，又道，「如果有人來敲門，不要亂開門。」

桑稚嘀咕道：「你怎麼像在照顧小孩一樣？」

段嘉許：「嗯，我怕妳被人偷走了。」

「……」

兩人各做各的事情，直到午餐時間。

段嘉許簡單做了幾道菜，把桑稚叫出來吃飯。飯後，桑稚幫他收拾好桌子，秉著他做飯她就得洗碗的公平原則，還主動提出要洗碗，然後不小心弄破一個碗。

因為她的阻攔，段嘉許也沒幫忙，就靠在門邊看她。見狀，他也沒任何不悅的神情，反倒笑了：「站在那裡不要動，我收拾一下。」

桑稚怕被罵，不敢吭聲，把水龍頭關掉。段嘉許用掃把把玻璃碎片掃乾淨，抬眸問她：「沒洗過碗？」

「……」桑稚硬著頭皮說，「我多洗幾次就會了。」

「學會要幹什麼？」段嘉許抽了張衛生紙幫她擦手，輕笑道，「我也沒叫妳洗。」

桑稚脫口而出：「那總不能以後都讓你——」她立刻收住，輕咳了一聲：「我沒想那麼多。」

段嘉許故作平靜地嗯了聲，話裡含著淺淺的笑：「知道。」

桑稚繼續把剩下的碗洗完，這次小心了不少，嘴上還自言自語著：「我下次幫你買個新的回來，買塑膠的，摔不爛的。」

隨後，桑稚還把流理檯也擦了一遍，最後才走到客廳。

段嘉許坐在沙發上，倒了點水進水壺裡，慢慢地說著：「現在十二點半，午休時間。過來跟我聊個天，還是去睡個午覺？」

桑稚今天的讀書進度還沒完成，她不想再浪費時間：「還沒念完書不能午休。」

「……」段嘉許眉頭一皺，「妳打算繼續念書了？」

「嗯。」

「不睏？」

桑稚堅定地點頭：「不睏。」

段嘉許納悶：「妳怎麼那麼認真念書？」

「我想拿獎學金。」

「這麼厲害啊？」段嘉許眉梢一揚，把熱水倒進杯子裡，幫她泡了杯烏龍茶，「那去吧，睏了就躺在床上睡一會兒，還有時間。」

怕他覺得自己是不想陪他才這樣說，桑稚很認真地補充一句：「我真的不睏，我一點都不睏，我很有精神，我一整個下午都會好好念書的。」

段嘉許順從地道：「嗯，妳不睏。」

雖然話是這麼說，但生理時鐘就是如此不給面子。

桑稚今天七點鐘起床，還到校外咖啡廳逛了一圈，之後還專程搭火車過來段嘉許家念書念了一上午，此時體力確實不足，吃飽喝足後，疲倦瞬間湧了上來。她的眼皮一直打架。

旁邊那張乾淨又大的床此刻就像是誘惑一樣，桑稚又想到剛剛對段嘉許說的話，以及一大半還沒有念完的內容。她吐了口氣，站起身，打算去廁所洗把臉。

一走出房間就看到坐在沙發上的段嘉許。聽到動靜，他看了過來，問道：「怎麼了？」

「沒，」桑稚說，「我上個廁所。」

很快地，桑稚從廁所裡出來。她又看了一眼段嘉許，猶豫了一下，以防萬一地說：「我要好好念書了，你儘量不要進來打擾我。」

段嘉許懶懶地嗯了聲。

桑稚這才放下心，回到房間裡。

坐回書桌前，桑稚還是很睏，注意力都無法集中。她覺得這樣效率實在太差，還是決定去睡個十五分鐘，然後再回來繼續念書。

她想到剛剛跟段嘉許強調的話，要是讓他知道自己還是午睡了，感覺就有點不太好，就像是不想跟他聊天，硬說自己要念書。

如果她突然出去跟他解釋一下，然後回來睡覺，好像也滿奇怪的，而且都跟他說了要好好念書，那他應該也不會進來吧？

就十五分鐘，也就是一轉眼間的事情而已。

桑稚自己做完心理建設，拿了一疊講義趴到段嘉許的床上，邊看邊闔起眼。在她即將進入睡眠狀態時，突然聽到三聲敲門聲。心臟重重一跳，她立刻睜開眼，看向門的方向。

門把旋轉，像是下一刻就要開啟。

在這一瞬間，桑稚真的有一種在做賊的感覺，她腦袋裡一片空白，打了個滾，手忙腳亂地下了床，無意間還撞到床沿。她沒來得及覺得痛，半躺在床邊的地毯上，藏匿在床的後面。

與此同時，段嘉許的聲音響起：「只只，妳要不要——」他的聲音停住，音量低了下來，語氣帶了幾分疑惑：「跑去哪裡了？」

門拍到牆上，發出沉悶的聲響。接著響起段嘉許的腳步聲，他從門那邊過來，往這邊靠近。很快地，半躺在地上的桑稚就跟站著的段嘉許對上視線。

「……」

空氣凝固三秒。

段嘉許眉毛稍抬：「妳在這裡幹嘛？」

桑稚呆呆地張張嘴，努力在腦海裡想著理由。目光一垂，注意到自己手上還拿著講義，她清清嗓子，正色地道：「我在這裡念書。」

段嘉許玩味地道：「那我剛剛叫妳怎麼不出聲？」

「……」桑稚說，「我偷偷念書。」

她有椅子不坐，有床不躺，躺在地上偷偷念書。段嘉許順著她的話，調侃她道：「為什麼要偷偷念書？」

又沉默幾秒，桑稚面色凝重，慢慢地吐出四個字：「因為刺激。」

「……」

顯然沒想到她會扯出這個原因，段嘉許的表情愣住了，他很快就笑出聲，像是覺得極為荒唐：「什麼？」

話一出口，桑稚就意識到自己的理由又蠢又傻，覺得自己大概是睏到不清醒了。她表情有點窘迫，單手扶著床，想站起來。

注意到桑稚的舉動，段嘉許彎下腰，抓住她的手腕，稍稍用力把她拉起來。他等她站穩之後，另一隻手扶住她的後腰，把她往自己的方向拉。

桑稚的腦袋撞進他的懷裡，她抬頭，莫名其妙地有些緊張，手下意識地握拳抵在他的胸口。她能感受到他的胸膛還顫動著，彷彿心情極佳，絲毫沒有克制喉間發出的笑聲。她不自在地想往後退：

「你幹嘛……」

段嘉許眼神深了些，毫無徵兆地把她壓到床上，啞聲道：「喜歡刺激？」

「……」

像是天旋地轉，桑稚瞬間仰躺在床上，一抬眼就看到段嘉許的嘴唇。床墊軟，他的手還扶著她的背，她也不覺得有哪裡痛。只是因為這突然的舉動，她的腦子放空，一時之間沒聽懂他話裡的意思。

段嘉許仍在笑：「嗯？」

桑稚眼睛緩慢地眨了眨，回過神來。她深吸一口氣，用腳踹他，惱羞成怒地喊：「段嘉許！」

他完全不受影響，嘴唇貼近她的耳際，他壓低聲音，曖昧地道：「我們來刺激一下？」

「……」

桑稚的呼吸一頓，一瞬間，她的脖子到臉頰都紅了，像是被火燒，極為灼熱。她感覺自己的心都要撞出身體了，只能強行讓自己冷靜下來，直盯著他。

他沒壓著她，只是用手撐著床。

桑稚抿著唇，伸腿用力地把他往旁邊推。男女間的力氣本就懸殊，段嘉許挑眉，沒反抗，就著她的力道躺到旁邊。

桑稚坐起來，咬著牙說：「你耍什麼流氓！」

段嘉許側躺著，單手撐著臉，模樣玩世不恭：「在一起了算什麼耍流氓？」

「……」

好像確實不太算，而且他實際上也沒做什麼過分的事情。

桑稚沒再跟他計較，伸手揉揉自己的額角，挪到床邊想下去。

察覺到她的舉動，段嘉許把她拉回來，盯著她的額頭，這才注意到紅了一塊：「撞到了？」

她指指床沿，小聲道：「不小心撞到了。」

段嘉許：「痛不痛？」

桑稚搖頭：「不怎麼痛。」

「跟我說說，」段嘉許好笑地道，「怎麼躺到地上去了？」

桑稚老實地交代：「我突然睏了。」

段嘉許：「那怎麼不睡床？」

「我剛剛都那樣說了，我怕你覺得我是不想理你，」桑稚語氣悶悶的，「但我真的得念書，明天下午就考試了，我想考好一點。」

「我哪有那麼小心眼？」段嘉許說，「睡吧，等一下我叫妳起來。」

桑稚嘀咕道：「那你不會很無聊嗎？」

「是有點。」

「那我早點念完……」

段嘉許笑：「這麼怕我生氣啊？」

桑稚看他，像是在默認。

「叫妳來我這裡念書，當然是有私心。」段嘉許溫柔地說，「但我真的沒打算影響妳。我家只只有上進心，我怎麼能阻止她？」

桑稚小心翼翼地道：「那我睡了？」

「睡，」段嘉許親親她的手背，桃花眼下彎，「是有點無聊。但想到妳在這裡，我就很開心。」

桑稚爬到被窩裡。

沒多久，段嘉許拿了條熱毛巾進來，敷在她撞到的地方，同時說著：「剛剛是聽到我開門才藏起來的？」

桑稚遲疑地點頭。

段嘉許彎起唇：「傻乎乎的。」

她的半張臉埋在被子裡，說話聲音顯得有些悶：「我就是一時緊張。」

「緊張就乖乖地別動，」段嘉許站起來，把窗簾拉上，遮擋住外面大片的陽光，「不然摔傷了怎麼辦？」

桑稚想了想，突然喊他：「嘉許哥。」

段嘉許：「嗯？」

「就是……你知道吧，你靠太近我也覺得有一點點緊張。」桑稚舔舔嘴角，解釋著，「就像你剛剛那樣，但我沒有生氣，也沒有不喜歡的意思……」

段嘉許把她額頭上的毛巾拿下來，吊兒郎當地道：「那就是喜歡了？」

桑稚勉強擠出一句：「但我也不是喜歡刺激……」

「好，暫時先不刺激。」段嘉許笑出了聲，「以後再刺激。」

「……」

桑稚在段嘉許家一待就待到晚上十點。大部分時間都在念書，到後來，她也不介意讓段嘉許在旁邊待著了。

兩人一個複習，另一個躺床上看書，和樂融融。

聽室友說宿舍有電了，桑稚才開始收拾東西，打算離開。她熟門熟路地走到電視櫃前，從裡面摸了條軟糖出來。

兩人換上鞋子，走出門。桑稚撕著糖果包裝，隨口問：「嘉許哥，你要不要吃糖果？」

段嘉許對零食沒什麼興趣，捏捏她臉上的肉：「妳吃吧。」

桑稚撕開包裝紙，丟了一顆進嘴裡：「喔。」

兩人進了電梯。突然間，段嘉許又開了口，手攤開擱在她面前，語氣閒散：「還是給我一顆吧。」

桑稚乖乖地遞了一顆過去，放到他手心上。

她的手還沒抽離，段嘉許的手掌就已經闔上，抓住她的指尖，還沒有要鬆手的意思。他眉梢一抬，慢條斯理地說：「給糖還是牽手？」

桑稚傻了：「你不是要吃糖嗎？」

段嘉許又道：「牽手還是牽手？」

她反應過來：「喔。」

段嘉許：「牽手？」

桑稚抬眸看他，莫名覺得他這樣有些好笑。她笑了起來，因為嘴裡有糖，說話含糊不清：「你還這麼正經地問。」

段嘉許沒半點不自然：「牽不牽？」

桑稚用另一隻手把糖抽了回來，眨著眼說：「牽。」

段嘉許輕笑出聲，握住她的手。電梯恰好到一樓，他牽著她走出去，隨意地道：「暑假是打算找實習？」

「嗯。」桑稚單手剝著包裝紙，「我投了好幾家公司，有一家叫我去面試了。」

「怎麼這麼早找實習？」

「找點事情做，」桑稚說，「不然我回家也沒事幹，每天就一個人在家。」

走了一段路，桑稚忽然道：「你還吃不吃糖？」

段嘉許：「不吃。」

「嘉許哥，」桑稚踢著地上的小石子，跟他提，「別人牽手都是趁著過馬路，或者走著走著突然牽起來，只有你還要問。」

「我上回不問就親妳，」段嘉許悠悠地道，「妳不是不高興嗎？」

桑稚沉默兩秒：「也沒不高興。」

段嘉許：「嗯？」

桑稚又道：「就是有點不好意思。」

「嗯。」

「就……我好像也沒跟你說，」桑稚低著腦袋細想了一下，慢吞吞地把話說完，「我很喜歡你。」

段嘉許側頭，看著她略顯緊張的側臉。

兩人往段嘉許的停車位走。夜晚的社區靜謐，往來的人也少。路燈昏暗，被大片的樹葉遮蓋，在地上落下剪影。

盛夏的夜晚，風也是燥熱的。

聽到這句話，段嘉許忽地停下腳步，把她扯進懷裡。他俯身磨著她的鼻尖，眉眼深邃，盯著她明亮的眼，嘴唇像是下一刻也要貼上去。

良久後，他的下巴往上抬，輕輕地吻了一下她的額頭，像是極為珍惜。

「嗯，我也很喜歡妳。」

◇

結束倒數第二科考試之後，桑稚走出考場。下午沒有考試了，但還有一場面試，她打算回宿舍換套衣服再過去。

桑稚從包包裡拿出手機，打開看了一眼，恰好看到桑延打電話給她。她撥了回去。

桑延的聲音從那頭響起，語氣聽起來一如既往地欠揍：『小鬼，哥哥最近這段時間忙著談戀愛，所以就忘了妳這個不怎麼重要的人物……』

「……」

桑延：『機票訂了沒？』

桑稚：「我不回去啊。」

那頭瞬間安靜，然後像是生氣了，原本吊兒郎當的語氣也收回，沉了下來：『妳再說一遍？』

「我跟爸媽說了。」他這個語氣，桑稚也有點不安，但又覺得自己沒做錯什麼，聲音中沒有半點心虛，「他們都同意了。」

『妳再說一次。』

「……」桑稚也惱了，「我只是在這邊找個實習，又沒做壞事！」

『好，我懶得管妳。』桑延冷冷地道，『妳這次要是再被人騙，別再找我哭。我可沒那麼多閒工夫管妳。』

桑稚跟他吵：「我怎麼會被騙？」

『妳的叛逆期可真是有夠長，從上國中一直到現在？上大學了還那麼不懂事，是吧？』桑延說，『本來就沒腦子了，談個戀愛更沒腦子。』

桑稚快氣炸了：「你才沒腦子，談個戀愛還要拿個喇叭昭告天下，到處吹牛說是別人追你的，誰信啊！」

『……』桑延說，『妳要跟我吵是吧？』

「你先開始的。」

他們僵持片刻。

『桑稚，妳自己想想，妳如果懂事，我需要這樣管妳？』桑延平靜下來，一字一句地說：『妳愛怎樣就怎樣吧，有事沒事都不要再找我。』

說完他就掛了電話。

桑稚把手機放下，看著螢幕。她的心情也瞬間變差了，一口氣堵在胸口處。她和桑延很少這樣吵架，一般都是小吵，火氣消了他也會讓著她。

雖然兩人都不會對彼此說什麼好話，但桑稚確實也很依賴他。此時她雖然還覺得不爽，但仍舊不想就這麼跟他冷戰下去。

她想，如果她高一沒有去宜荷，這次桑延應該也不會這樣百般阻撓。可能是因為那次，桑稚在他心中的形象就成了戀愛大過一切的小孩子——沒腦子、極其容易被騙、男生說什麼就是什麼。

桑稚抓抓頭，打開跟桑延的對話視窗。她思考著，如果跟他坦白對象就是段嘉許，他應該就不會這麼生氣了吧……

他總不會信不過段嘉許。

桑稚斟酌片刻，輸入了一串字：哥哥，你真的不用擔心。我就是暑假找個實習，找點事情做嘛，我之後的連假會回家。我之前也是騙你的，我找的男朋友不是我們學校的研究生，你也認識的，是嘉許哥。不是什麼不好的人。

她整體看了一遍，又有些猶豫。

這樣的話，段嘉許會不會被桑延打啊？

桑稚自我代入了一下，如果是她朋友跟桑延在一起……好像也不是特別難接受吧？她放下心來，點了傳送。

對話框前立刻多了個紅色的驚嘆號。

——訊息已發出，但被對方拒收了。

桑稚：「……」

好吧。

桑稚的火氣再度升了起來。

她再低頭，她就是小狗。

◇

桑稚面試的是一家小廣告公司，位置就在學校附近，坐火車過去也才兩站。

公司的面積不大，裡面擺著三排桌子，有個區域放著沙發，還有個小會議室。來面試的人不多，除了她就只有另一個看起來跟她差不多的男生。

男生先進去會議室裡面試。

桑稚在外面等，有個女人倒了一杯水給她。她禮貌性地說了句「謝謝」，下意識地往四周看了一眼。這家公司可能才剛起步，員工也不多，大多數位子都是空著的。

桑稚的目光一挪，停在某個女人身上兩秒。

女人正跟一個男人說話，心情看上去很好，笑容滿面。桑稚不好盯著別人那麼久，也怕被察覺，很快就收回視線。

她總覺得那個人有點眼熟……

沒多久，裡面的男生出來了，示意桑稚可以準備一下進去了。她點頭，收回心思，起身走了進去。

面試結束後，也才十一點左右。

桑稚算著時間，坐火車到段嘉許公司樓下，找了家咖啡廳待著。她傳了封訊息給他：你看一下窗外。

段嘉許：妳過來了？

桑稚喝了口咖啡，笑咪咪地回：沒有，讓你看看窗外。

段嘉許：好，妳說看就看。

桑稚：中午出來一起吃飯？

段嘉許：想吃什麼？

桑稚：吃個烤肉。

段嘉許：好。

桑稚沒再打擾他工作，又輸入一句：我現在坐火車過去，你午休時我應該差不多到了。

她有點無聊，乾脆下載了個解謎遊戲來打發時間。等桑稚打完一關，也不知道過了多久了，恰好段嘉許也傳來訊息。桑稚點開，發現此時已經十二點多了。

段嘉許：回頭。

桑稚愣了一下，也在同時用餘光注意到自己旁邊站了一個人。她瞬間猜測到了什麼，下意識地回過頭去。旁邊的人也在此刻彎下腰，低下頭來，臉湊到她的旁邊。

像是意外一樣，桑稚的頭一偏，嘴唇在不經意間碰到他的臉頰。她的身體僵住，身子頓時往後傾，目光瞬間撞上段嘉許略微上挑的眼。

他站直身子，唇角勾起一個小小的弧度，語氣曖昧又輕佻。

「只叫妳回個頭，怎麼還親人啊？」

桑稚有點無言，也站了起來，沒搭理他。

段嘉許垂眼，牽住她的手。他掌心滾燙，握著她的力道不輕不重，有時候還會不自覺地捏一下她的指尖：「等多久了？還把那麼大一杯咖啡都喝完了。」

「沒多久，我玩遊戲都沒注意到時間。」桑稚說，「你怎麼知道我在這裡？」

段嘉許指指咖啡廳的玻璃窗：「看到的。下次如果再過來，直接去公司找我。或者叫我下來接妳也可以。」

桑稚點頭。

兩人走進旁邊的烤肉店，找了個位子坐下。段嘉許拿熱毛巾擦擦手，然後往她的杯子裡倒水：「還剩一科考試，什麼時候考？」

桑稚：「週四。」

「還有三天？」

「嗯，」桑稚抬手揉揉眼睛，「所以打算下午回宿舍睡個覺，這幾天熬夜，睏死我了。」

段嘉許笑：「那剛剛還喝咖啡？」

桑稚一本正經地說：「就是因為要睡覺才喝咖啡，我一喝咖啡就睏。」

「妳這是什麼體質，」段嘉許好笑地道，「接下來還要熬夜？」

「不了。」桑稚說，「這個考試有三天時間念，夠了。」

「剛剛面試得怎麼樣？」

「還可以，感覺應該會過。那個公司看上去還挺缺人的。」桑稚抓抓頭，突然問，「嘉許哥，我哥有找你嗎？」

聞言，段嘉許看了一眼手機：「沒有，怎麼了？」

「……」

看來這次確實有點嚴重。

但想到他還無情地把她封鎖了，桑稚也一點都不想跟他和好。她喝了口水，面無表情地說：「吵架了。」

「怎麼了？」

「他不同意我暑假不回家，然後還說……」桑稚沒把話說完，猶豫了一下，「對了，你有跟我哥說過我們的關係嗎？」

「還沒。」段嘉許淡淡地道，「本來是打算等妳放暑假回南蕪時，我也休幾天假過去找妳，順便當面跟妳哥說這件事。」

「現在呢？」

「那就只能等妳放連假時我們一起過去了，夠誠懇吧？」段嘉許笑，「親自上門讓他揍一頓。」

「……」桑稚沒什麼把握地說，「應該也不會吧？」

「沒事，」段嘉許不太在意，桃花眼微斂，心情看上去極好，「我滿樂意挨這一頓揍的。」

吃完午飯，兩人在附近逛了一圈散步。之後桑稚搭火車回學校，到宿舍時剛過兩點，宿舍裡只有甯薇一個人。

桑稚看了一眼汪若蘭和虞心收拾乾淨的位子，問道：「她們走啦？」

「嗯。」甯薇也在收拾東西，「她們沒考試了呀，剛剛回來收拾完東西就走了。虞心回家，若蘭跟她男朋友好像要去玩幾天。」

宿舍的其他人都沒考試了，只有桑稚剩一門選修課的考試。

桑稚：「那妳要去哪裡？」

「我男朋友在外面租房子。」甯薇說，「我打算過去跟他一起住，這個暑假就不住宿舍了。」

桑稚啊了一聲，有點不捨：「我還以為我們能做伴。」

「妳可以去找妳的段哥哥啊。」甯薇抬起頭看她，笑咪咪地說，「話說，談戀愛的滋味如何？不對，跟暗戀那麼多年的人在一起，滋味如何啊？」

「還可以吧。」桑稚思考了一下，猶豫地說，「我覺得沒什麼區別。」

「嗯？」

「就跟在一起之前好像沒什麼區別……除了在一起那天，」桑稚突然抬起左手，把五根手指的指尖併在一起，碰碰自己的嘴唇，「這樣了一下，別的真的沒什麼不一樣。」

「啊？妳們已經親了啊？」甯薇嚇了一跳，興奮起來，「在一起那天就親了？一定是妳家段哥哥主動的吧？可以啊，年紀大就是不一樣。」

「但我覺得我給的反應不太對，」桑稚小聲說，「我問妳，妳跟妳男朋友，就是舉動比較親密的時候，妳會緊張嗎？」

「一開始有一點吧。」甯薇說，「但我覺得他比我緊張多了，我男朋友超害羞，在一起一個月了都不敢牽我的手，我都要急死了。」

「……」

「喔，現在這麼一想，我覺得我會緊張完全是被他傳染的。」甯薇翻了個白眼，「但是他現在大方多了，在我面前放了屁還會誣陷是我放的。」

桑稚笑出聲：「什麼啊。」

甯薇把話題扯回來：「所以妳是會緊張啊？」

「嗯。」桑稚有點鬱悶，「然後看起來就像是不高興一樣……我怕他誤會，我還……就是特地跟他說了，我很喜歡他的。」

「啊？應該也不會誤會吧。」

「但我沒跟他說過嘛，」桑稚說，「我感覺得說出來，不說的話，他應該也不知道吧。」

「是這樣啊？妳就正常相處就好了嘛，不用太小心翼翼，做什麼事都要解釋一下，時間久了也很累的。」甯薇眨眨眼，「妳是不是習慣性緊張了啊？因為以前怕被他發現妳喜歡他，但現在都在一起了，妳就算表現得再喜歡他，也是一件很理所當然的事情。我會這樣說，主要是因為我覺得妳也不像是臉皮薄的人。」

桑稚忍不住說：「妳這是在誇我還是損我呢？」

「就是叫妳談戀愛談得開心點，而且妳還是跟自己那麼喜歡的人在一起。要是我，一定天天纏著他要親親抱抱舉高高。」甯薇拉起行李箱，擦擦額頭上的汗，「喜歡這種事，妳單靠說是沒有用的。總不能他親妳一下，妳表現得不開心，之後又說『我其實很喜歡你』，那不是先給一巴掌再給一顆糖嗎？」

桑稚沉默幾秒，點了點頭。

「而且，不是說他原本把妳當妹妹什麼的嗎？然後你們又差了那麼多歲。妳可以自己代入一下他的想法，他應該不管什麼都遷就著妳吧。妳覺得快、覺得不喜歡，他可能也不會勉強什麼的。」甯薇說，「這完全是我真實的想法，我男朋友一開始真的太容易害羞了，搞得我又想逗他，又覺得我像個禽獸。」

「……」

「不用想太多，總有個磨合期的嘛。」甯薇走過去，摸摸她的腦袋，「或者，妳可以這麼想，這個人大概就是那個要陪妳一輩子的人了。」

桑稚愣住：「然後呢？」

「然後？」甯薇笑道，「就想怎麼樣就怎麼樣啊，他能忍就忍，不能忍就滾蛋，妳總不能一輩子都這麼小心翼翼吧？」

甯薇走後，桑稚換了衣服後回到床上。狹小的寢室內，空調運作的聲音很響，在這靜謐中顯得格外清晰。她抱著枕頭，認真地想著甯薇說的話。

好像也沒錯，在桑延的教導之下，她的臉皮好像一直都不怎麼薄吧，她怎麼一到段嘉許面前，這臉皮就變得像一摸就爛一樣。

不過這種事也真的是要有對比的，她自認臉皮能比桑延厚，卻厚不過段嘉許，桑延的厚顏無恥好像也同樣比不過段嘉許。

想著想著，桑稚的腦海裡莫名其妙地浮現一排臉皮厚度對比——段嘉許＞桑稚＞桑延。

「……」

這根本無法比。

而且她好像確實也沒什麼好不自在的。

今天她不小心親到他臉頰的那次，當時也覺得有點不知所措。但現在這麼一想，感覺她大可以直接說一句：「我就是要親你，怎樣？」

這樣聽起來就很厲害。

好，她以後就這樣。談戀愛而已，她可是從小跟男生打架長大的，牙齒撞掉了都不掉一顆眼淚，天不怕地不怕，連桑延都得敬她三分，人稱「惡霸小桑稚」。

不就談個戀愛，親個嘴有什麼好怕的。

桑稚越想越有精神，睡意完全消散了。她坐了起來，打開跟段嘉許的聊天介面，輸入一句：段嘉許。

過了幾分鐘，他才回：怎麼了？

桑稚：你想玩密室逃脫嗎？

段嘉許：想啊。

段嘉許：妳有想玩的主題？

桑稚：我們學校這邊新開了一家，有個主題是同學聚會，不是靈異的，還滿多好評的。

段嘉許：好。

段嘉許：妳不是要補眠嗎？先睡一下，我到妳宿舍樓下再打電話給妳。

決定好之後，桑稚又自顧自地計畫了一番，心情漸漸放鬆，不知不覺就睡著了。

她這一睡就睡了個天昏地暗。

桑稚是被段嘉許的電話吵醒的，她被吵得頭痛，迷迷糊糊地接起來，聽到那頭的段嘉許在說：

『還在睡？』

她一時沒反應過來，遲鈍地道：「你打電話來把我叫醒，就是為了問我是不是還在睡覺嗎？」

『……』段嘉許笑出聲，『妳在說什麼？』

沉默三秒，桑稚漸漸回過神：「喔。」

『想起來了？』

「你在我宿舍樓下了嗎？」

『嗯。』

又沉默幾秒，桑稚坐了起來，忍不住指責：「你怎麼不早點叫我起來？」

『不急。』段嘉許懶洋洋地道，『妳現在下床洗漱一下，然後換身衣服，穿上鞋，就能出門了。』

「……」桑稚掀開蚊帳，爬下床，「那你等一下，我掛了。」

她飛快地到廁所裡刷了個牙，用清水沖臉，然後換了套衣服。

桑稚簡單地化了妝，把頭髮全部綁起來，隨手把包包掛在手臂上，拿上手機和鑰匙就出了門。

她花了將近二十分鐘的時間。怕段嘉許等得不耐煩了，桑稚小跑下樓。一走出宿舍大樓就能看到站在外面樹下的他，她又加快腳步，小跑步到他面前。

聽到聲響，段嘉許也抬起眼。像是剎不住腳般，桑稚直接撞進他的懷裡。他下意識地往後退了一步，怕她摔倒，立刻伸手扶著她的背。

段嘉許的表情有點愣住，他不由自主地笑起來：「今天這麼開心？」

桑稚仰頭盯著他，也沒後退，眼睛彎起來：「嗯。」

段嘉許的眉梢一揚。

桑稚看了他好幾秒才退開兩步，從包包裡翻出手機，眨著眼說：「我還以為你要說我摸什麼摸那麼久。」

「沒多久，」段嘉許提醒，「下次不要用跑的，容易跌倒。」

桑稚點頭：「我睡之前訂了票，跟老闆預約八點，大概一個小時，到九點結束，可以嗎？剛好吃完飯過去。」

段嘉許牽住她空著的那隻手，稍稍側頭：「可以。」

過了好一會兒，桑稚忽然叫他：「段嘉許。」

「怎麼？」

「沒。」桑稚打著商量，「以後就這樣叫你？」

「嗯，想怎麼叫都可以，」段嘉許習慣性地捏著她的指尖，像在玩泥巴一樣，聲音含著笑意，「我還在想妳什麼時候會改口。」

「感覺得改口，」桑稚想了想，「不然總加個『哥』字，就有點在跟家長談戀愛的感覺。」

「……」

「而且你也一直管我，」桑稚說，「這感覺就更加明顯了。」

段嘉許挑眉：「我一直管妳？」

桑稚：「你不覺得嗎？我以前就想跟你說了，你這麼喜歡帶小孩，怎麼不乾脆自己生一個來帶？」

段嘉許反倒笑了：「可以，等妳大學畢業再說。」

他說完，桑稚才反應過來這件事跟她有點關係，「等我大學畢業之後，你都三十了。」

本以為她又會惱怒，聽到她這麼平靜的語氣，段嘉許還有點意外：「嗯？」

桑稚認真地補了四個字：「老來得子。」

「誰跟妳說的？」段嘉許又氣又笑，「五十歲才算。」

兩人在附近隨便吃完飯，然後桑稚帶著段嘉許到那家密室逃脫店。

兩人到櫃檯交出手機，聽老闆說了這個主題的背景。然後，老闆發了學生證給他們兩個，說是要戴在脖子上。

桑稚看著學生證上的名字，又翻了段嘉許的來看。她笑出聲：「你的名字叫小紅，二年一班的學生。小學生。」

段嘉許跟著笑，嗯了聲。

桑稚喊：「小紅。」

段嘉許好脾氣地回應：「在。」

老闆：「……」

戀愛是真的酸臭。

老闆把他們帶進其中一個房間裡，說：「限時一個小時，旁邊這是時間，如果需要提示或者想延長時間都可以用這個對講機跟我說一聲。」

桑稚點點頭。

之後房間關上，門被老闆從外面鎖上。

桑稚沒怎麼玩過這個，此時有點無從下手，只是到處翻著東西。

裡面是一間小教室，黑板上寫著幾串數字，講臺上也放著東西。旁邊的一張桌子上擺放著資料，上面還有歷年的學生畢業照。

桑稚從其中一張桌子的抽屜裡翻出一個盒子，上面有個三位數的密碼鎖。她看了一眼黑板，也是三道計算題，猜測道：「把黑板上的計算題解開，是不是就是這個盒子的密碼？」

段嘉許掃了一眼，接過盒子，撥弄著密碼鎖。很快地，盒子打開了，裡面有兩個手電筒。

桑稚想不出來：「這個是要用來幹嘛的？」

段嘉許陪著她玩，輕聲提示：「應該要關燈，可能塗了什麼東西，用這個燈才能照出來。」

「喔。」桑稚覺得自己像沒腦子一樣，照著他說的做，到一旁把燈關上，「照哪裡？」

段嘉許把其中一個手電筒遞給她：「都照一下試試看。」

這個房間是密閉的，關了燈就幾乎沒有光線。桑稚打開手電筒，燈光偏紫色，她隨意地往地上、牆上和天花板上照著。

半天都找不到什麼線索，桑稚乾脆蹲在地上，在燈光的照射下，她恰好注意到一張靠牆的桌子旁邊出現了一個數字。她還有點懷疑自己的眼睛，盯著看了好幾秒才高興地說：「這裡有個數字。」

段嘉許原本在講臺那邊。聽到後也湊過來看，他也蹲了下來：「我剛剛看到一張紙，應該要四個數字。」

兩人都蹲在地上，距離極近，黑暗又狹小的空間讓這個氣氛更顯曖昧。他明明正常說著話，但卻莫名其妙地像是貼近她的耳朵。

桑稚下意識地看向他，手電筒也隨之抬起，照到他的下半張臉上。在這微弱的光中，能清晰地看到他的鼻梁以及稍稍彎起的唇。她想到甯薇那句「想怎麼樣就怎麼樣」的話，忽地把手電筒放下，站了起來。

段嘉許跟著站起來：「找找別的地方？」

桑稚沉默了幾秒，答非所問：「怕你覺得緊張，我提醒你一件事情。」

段嘉許漫不經心地道：「嗯？」

場面像是定格住。

突然，桑稚冒出一句：「我今天打算跟你接個吻。」她睫毛顫動了一下，然後又道：「你先做好準備。」

第十一章　是他追我的

說完，桑稚又像是沒發生事情一樣，拿著手電筒往講臺的方向照。半天都沒聽到段嘉許的動靜，她忍不住往後看了一眼，發現他仍站在原地。

段嘉許低著眼，把手電筒的燈關了：「接吻？」

本就昏暗的房間更顯昏暗。他整個人隱匿在黑暗之中，看不清楚表情。

桑稚覺得這件事總得提前說好，不然她直接就親上去，感覺不太尊重人。公平起見，她決定也不讓段嘉許看到自己的表情，蹲到講臺後方：「嗯。」

段嘉許低聲笑：「這是通知我啊？」

桑稚把手電筒往下照，注意到講臺下方也有個數字。她把數字記下來，想了想後回答：「你要是覺得今天不適合，不想也沒關係。」

「我覺得很適合，」段嘉許很紳士，「妳主動還是我主動？」

桑稚站起來，認真地說：「當然是我。」

「好。」段嘉許思考了一下，直白又禮貌地問，「可以伸舌頭嗎？」

「……」桑稚手裡的手電筒沒拿穩，砰地一聲掉到地上。她又撿了起來，依舊鎮定自若地回答，「不可以。」

段嘉許沒提出異議：「過來。」

「現在不親，」桑稚強調，「得先玩完遊戲，這裡要付錢呢，而且還有攝影機，就跟在電影院裡一樣，都會被看到。」

「那妳還這麼早告訴我，」段嘉許重新打開手電筒，拉長語尾地說：「存心讓我著急啊？」

「……」桑稚裝沒聽見，「我找到兩個數字了。」

段嘉許走過來，遞了張紙給她，淡淡地說：「上面有標出位置，妳照著找。對應一二三四，連起來應該就是講臺下面那個鎖的密碼。」

桑稚覺得他像開了外掛：「你怎麼知道的？」

段嘉許的聲音帶著笑：「這個不會很難。」

桑稚順著紙上畫出來的位置，一個個地找：「那你剛剛怎麼不告訴我？」

「看妳玩得滿開心的，」段嘉許悠悠地道，「本來想慢慢陪妳玩，給妳一點遊戲的參與感，但哥哥現在想早點出去了。」

找完四個數字，桑稚把燈打開，有點傻住：「你知道怎麼出去了？」

段嘉許淡淡地嗯了一聲。

「才進來不到二十分鐘，」桑稚覺得很無趣，猛地把他壓到其中一把椅子上，「算了，你不要玩，你就坐在這裡。我自己玩，你也不要給我提示。」

「……」段嘉許好笑地說：「妳怎麼這麼專制啊？」

桑稚沒吭聲，走到講臺那邊把鎖打開。她把裡面的資料夾拿出來，嘀咕道：「明明線索都還沒找完，還說自己知道怎麼出去了。」

段嘉許：「妳拿過來我看看。」

桑稚猶豫地把手上的資料夾遞給他。

段嘉許掃了一眼：「那邊那個抽屜裡還有個盒子，這個解開之後，就是——」

「……」桑稚把資料夾拿回來，「你安靜坐著吧。」

資料夾裡只有一張紙，上面有四句話。

應該是謎語。桑稚坐到旁邊的椅子上想。

段嘉許撐著下巴，側頭看她：「怎麼不帶我玩了？」

「你這樣會讓我覺得，」桑稚說，「我的錢都是白花了。」

「……」

「而且你會，憑什麼我不會。」桑稚覺得他這個行為像是在明目張膽地踐踏她的智商，有點不爽，「我只是玩得少。」

段嘉許耐心地等：「好。」

他的腿一伸，勾在她的椅子下方，懶洋洋地提醒：「別忘了就好。」

這個謎語不算難，桑稚花了幾分鐘就解開了。她站了起來，開始去翻放在後面桌子上的報紙，自言自語：「這個有沒有用……」

段嘉許：「有。」

「……」桑稚回頭，「我又沒問你。」

雖是這麼說，但他都那樣說了，桑稚還是下意識地認真檢查了一下。她又抬頭，在幾張畢業照上看了好一會兒，下面還對應著人名。她認真地想著，在這一部分又花了十多分鐘。

段嘉許掃了一眼時間：「時間快到了。」

「可以加時間。」桑稚回頭看了他一眼，看他像大爺一樣坐在那裡，彷彿掌控了全場。她抿抿唇，語氣有點針對：「我能不能跟老闆說加一個人的時間就好？」

「……」

最後，桑稚還是憑著自己的努力找到鑰匙，走出房間。

兩人走了出來，把學生證交給老闆，順便拿回自己的手機。聽著老闆非常負責地把這個故事講清楚，他們才離開。

一路上，桑稚都在談論剛剛的密室逃脫，像個第一次進遊藝場的小孩：「我們要不要改天再玩一次，選個難一點的主題？」

段嘉許順從地道：「好。」

恰好到宿舍樓下，桑稚鬆開他的手：「那我回去了，這麼晚了，你開車要注意安全。」

段嘉許睫毛一抬，嘴角也順勢勾起，語氣溫柔又詭譎：「妳是不是忘了什麼事？」

「啊？」桑稚眨眨眼，唇邊的梨窩頓消，她似是在思考。很快，她又笑起來：「噢，對。你今天沒開車過來。」

「……」

「那你快去坐火車吧，」桑稚朝他揮揮手，「不然等一下沒車了。」

段嘉許的目光定在她的笑眼上，眉眼一鬆，舒展開來。

他突然也不想提醒她了，總感覺又會惹得她不自在和緊張，就當她不記得了，或者逗著他玩也無所謂。

她能在自己面前不考慮任何事情，肆意地笑，興高采烈地說著話，比起那些渴望，這樣好像更能令人感到心情愉悅。

段嘉許站在原地，看著她走進宿舍大樓裡才收回視線。他正打算回頭走出校門時，那頭又響起腳步聲。

他下意識地看過去，發現桑稚突然小跑步出來，跳到他面前。段嘉許愣住，一句「怎麼了」還沒問出口，她就已經伸手勾住他的脖子，仰起頭，重重地親了一下他的嘴唇。

只一瞬間，桑稚就退開兩步。她的嘴裡還喘著氣，盯著他在這夜裡顯得有點黑暗的眼神，結巴地說：「我、我有提前跟你說了喔，讓你先做好準備……」

剛剛是小跑步過來的，桑稚沒控制好，撞上的力道不輕。她的嘴唇還有點麻，說話不知是因為情緒還是什麼，顯得含糊又沉悶。

沒等她說完，段嘉許忽然彎下腰湊到她的眼前，伸手撫著她的臉頰。桑稚把口中沒說完的話都吞了回去。

兩人對視片刻。

良久，段嘉許開口，語氣像是在蠱惑她：「再親一下。」

桑稚抓著他衣服的手力道收緊了些。頓了兩秒後，她的下巴稍稍抬起，再次輕輕地碰了一下他的嘴唇。

這次她控制得宜，力道比第一次輕了不少，沒那麼莽撞。嘴唇一觸即離。

親密又令人沉淪的距離。他的所有氣息、令人感到踏實的觸感都在不停地拉著她往下陷。

段嘉許摸摸她的鼻尖，喉嚨裡發出細碎的笑聲：「不能親大力點？」

桑稚小聲道：「你不會痛啊？」

「嗯？是有點。」

段嘉許嘴唇的顏色似乎更豔了些，眼尾一挑，帶了幾絲引誘。他湊近她的耳邊，定格幾秒，沒再繼續接下來的話。

輕輕的氣息噴在她的耳際，桑稚覺得。桑稚還能看到他的喉結在眼前滑動著，線條極為好看。

良久，段嘉許笑了聲，聲音又低又啞：「但我喜歡被妳蹂躪。」

回到宿舍，桑稚坐在位子上，嘴裡嘀咕著「這男人怎麼這麼不要臉」、「說他是狐狸精果然沒說錯」，一抬頭，頓時發現鏡子裡自己正上揚著的嘴角，她猛地把鏡子蓋上，哼著歌去洗澡。

桑稚洗澡很慢，出來時已經接近十一點了。她倒了杯熱水，掃了一眼手機，看到甯薇在微信上找她：我住在雙城廣場這邊，妳沒事可以過來找我玩。

桑稚：好啊。

甯薇：嗳，妳找到實習了嗎？

桑稚：我今早去面試了，感覺應該會錄取。

甯薇：我打算在這邊找，平時上下班也方便。

桑稚：嗯。

她想了想，決定跟這個「戀愛達人」說今天的事情：我今天跟段嘉許說，讓他準備一下，我今天打算跟他接吻。

甯薇：……

甯薇：啊？

看到她這反應，桑稚也有點心虛：這不是我第一次主動親他嗎？我感覺得問一下，以示尊重，我以後就不問了。畢竟牽手的時候，他也有問我……我學他嘛……

桑稚：談戀愛不就是一個相互學習的過程？

過了一會兒，甯薇回：也是，很好。

看到這話，桑稚鬆了口氣。下一刻，甯薇又補了句：不過以後最好還是別問了。

「……」

◇

最後一科考試結束後，桑稚也接到面試公司的電話，通知她隔天就可以去上班了。掛了電話，她打開微信，跟段嘉許說了一聲。接著，她遲疑地打開跟桑延的對話視窗：哥哥，我找到實習了。

點擊傳送，對話框前的紅色驚嘆號照例出現。

「……」

都幾天了，他氣還沒消。

桑稚盯著螢幕，委屈到了極點。她無處發洩，忽地冷笑一聲，點開他的頭像，也把他封鎖了。

第二天，桑稚早早地就到了公司。

這公司看上去是真的缺人，工資也給得很低。桑稚主要是想來學點東西，她覺得大一也不好找實習，也不太在意錢的事情。

上次跟她一起面試的男生萬哲也被錄用了。

兩人被另一個實習生何朋興帶著，了解了一下公司的情況，他幫兩人分配好工作。桑稚是設計師助理，她就坐在之前她覺得很眼熟的女人對面。

那個女人是帶她的師父，叫施曉雨。

桑稚跟著施曉雨，幫她做雜事。她本以為剛來上班會有點無所適從，但事情反倒多得不像話，施曉雨什麼事都往她身上堆。

這公司還有個第一天上班不用加班的規定，下午六點鐘，桑稚看著萬哲準時下了班，但施曉雨沒放她走。

不知是不是桑稚的錯覺，她總覺得施曉雨對她不太友善。

但整體算起來，施曉雨每次語氣不好時，也是在說她圖畫得不行，其他雜事做得不好。桑稚第一次出來工作，多數事情都沒經驗，只聽她教訓完又乖乖地重做。

在廣告公司上班，加班是常態。

施曉雨沒讓她走，桑稚也不敢主動走。她待在位子上，認真地畫著圖。不知過了多久，施曉雨站了起來，上下掃視著她：「我先下班了，妳畫完再回去。」

「……」桑稚點頭。

等她走後，何朋興湊了過來：「曉雨姊今天脾氣好暴躁喔。」

桑稚繼續畫著圖，非常客套地說：「確實是我沒做好。」

何朋興沒比她早來幾天，也被他的師父罵得很慘，此時像是同病相憐：「但曉雨姊平時不會這樣，妳是不是惹到她了？」

是要怎麼惹？桑稚第一次見到施曉雨，又不認識她，而且今天一整天態度都極其謙卑良好，哪裡惹到她了？

桑稚繼續客套地說：「曉雨姊比較嚴厲吧，她也是希望我能做得更好。」

雖然嘴巴上是那樣說，但實際上，桑稚極其不爽。

她走出公司的時候已經過八點了。桑稚晚飯沒吃什麼東西，只吃了包餅乾。她到附近的一家店買了個肉包，在路邊找了個椅子坐下，慢悠悠地啃著。

段嘉許在這個時候打電話來。

桑稚接起來。

段嘉許：『還在加班？』

桑稚情緒懨懨的：『沒，下班了。」

『這麼忙？』段嘉許說，『第一天就加班？』

「我面試的時候，老闆說不用加班，然後跟我同一天上班的那個實習生也準時下班的。」桑稚抱怨著，有些委屈，「我還被罵了一天。」

段嘉許沉默幾秒：『妳在哪裡？我過去找妳。』

段嘉許到的時候，桑稚手裡的肉包還沒吃完。她有點吃不下了，小口地喝著水果茶。見到他的身影時，她也沒起來，還坐在原來的地方。

「坐在這裡吃包子，」他走過來，半蹲在她面前，「怎麼這麼可憐啊？」

桑稚繼續咬包子。

段嘉許握住她的手腕，語氣帶了幾分安撫的意味：「別吃這個了，哥哥帶妳去吃好吃的。」

「我不餓。」桑稚搖頭，「我回去洗完澡就要睡了。」

段嘉許：「晚餐就吃這個？」

桑稚老實地說：「還吃了餅乾。」

「去吃個粥吧。」段嘉許皺眉，「加班也得吃東西。」

「喔。」

段嘉許站起來，把她也拉了起來，隨口問：「上班不開心？」

「我從小到大被人罵的次數加起來，」桑稚吐了口氣，嘟囔道，「都沒有今天多。」

「不開心就別去了，才大一，也不急。」

桑稚感覺自己的負能量有點重，就稍微收斂了一點：「沒，我就抱怨一下。我才去一天，而且其實也還好，沒有罵得特別過分。」

段嘉許：「再不行就來我公司上班。」

桑稚被他牽著往前走：「你們公司好像不招實習生。」

段嘉許輕笑道：「讓妳走個後門。」

桑稚當他在哄自己，順著說：「那你給我留著實習老闆的工作吧。」

「好。」

這麼一說完，桑稚的心情好了不少，她又開始自說自話：「算了，我跟她槓上了，我就不信我不能讓她滿意。」

段嘉許：「對妳哪點不滿意啊？」

桑稚思考了一下，誠懇地道：「沒有一點滿意。」

「……」

「我總覺得她對我有敵意，」桑稚遲疑地看他，「你真的沒交過女朋友？」

「嗯？」

「我懷疑她是你的前女友。」

段嘉許氣到了：「妳在說什麼啊？」

「喔。」桑稚瞪他，「這麼一想，你好像也沒在朋友圈發過我的照片。」

段嘉許挑眉，把自己的手機給她：「我怎麼沒發？」

桑稚接過：「我真的沒看到過。」

她打開他的朋友圈，發現他之前從未發過朋友圈。但這段時間他發了好幾次，內容大部分都是她的照片，還封鎖了一些人：「你封鎖了誰？」

段嘉許：「大學同學。」

桑稚又喔了聲，拿出自己的手機看了一眼：「我真的從沒看你發過朋友圈……」

她點開段嘉許的資料，突然注意到右上角有個「不看他朋友圈」的標誌。他目光掃了過來，也瞬間察覺到。

「……」

桑稚突然想起，從宜荷回來的那次，她怕自己看到他的消息不開心，就把他的朋友圈封鎖掉了。之後她也不記得這件事了，雖然改了幾次備註但也都沒注意到。

段嘉許把目光挪到她身上，淡淡地問：「解釋一下？」

「……」

這要怎麼解釋比較合適？

要是他朋友圈發得很頻繁，桑稚還能以「洗版」為理由，但他之前根本沒發文。

桑稚絞盡腦汁地想著理由，最後默默地回視線，也表現出一副茫然的樣子，點開設定看了一眼：「喔喔，我點錯了。」

段嘉許仍看著她，神情帶了幾分意味深長。

「我本來是打算點不讓你看我的朋友圈的。」桑稚硬著頭皮解釋，「沒看清楚，就點成封鎖你的朋友圈了。」

段嘉許：「……」

這是什麼理由？

「就是，你懂吧？」桑稚說，「有些朋友圈的內容不太好讓家長看到……我又懶得分組封鎖，乾脆就直接——」

「我不說別的，」段嘉許打斷她的話，抓住其中兩個字，「家長？」

「……」桑稚極為努力地扯著理由，「那你看到了不就等於我哥看到了，我哥看到了轉頭就會告訴我爸媽，我得從根源切斷嘛。而且我是好久以前封鎖的……」

「我沒有封鎖妳，但也沒看見妳發了什麼不好讓家長看到的——」段嘉許的指尖在她的手機螢幕上輕點，「東西？」

桑稚伸手取消掉封鎖：「我都刪了。」

「這麼一說，」段嘉許吊兒郎當地道，「小孩，妳的朋友圈怎麼什麼都沒有？」

「啊？」

「也沒有男朋友。」

「……」

這暗示意味十足。

桑稚確實沒有發朋友圈的習慣，偶爾發一篇，沒多久也會刪掉，所以點進去就是空白一片。這麼一想，好像確實有種躲躲藏藏的感覺，她小心翼翼地說：「那我現在發？」

聽到桑稚的語氣，段嘉許也知道她今天心情不好。他確實不太在意這些事情，漫不經心地道：「不用，跟妳開玩笑的。」

桑稚翻相簿的舉動停住，她沉默地點頭。過了半晌，她忍不住問：「你不介意嗎？」

「嗯？」
「我沒在朋友圈提過你。」
「故意的？」
「不是。」
「故意的也無所謂，」段嘉許牽著她走進一家店，語氣懶散地道，「就算妳不說，覺得我極為見不得人，所以想瞞著所有人——」
桑稚反駁：「我哪有說你見不得人？」
像是沒聽到她的話，段嘉許側頭看她，眼眸璀璨，笑著把話說完。
「妳也還是我的。」

只工作了一天，桑稚就覺得腰痠背痛。回到宿舍，她洗漱完後，端了臉盆泡腳，之後什麼都不想再做，直接躺到床上。
還沒到桑稚睡覺的時間，她就已經被睡意籠罩。桑稚勉強睜著眼，回覆段嘉許的訊息。她退出兩人的聊天介面，注意到家裡群組有新訊息，分別是桑榮和黎萍，都發了個紅包，慶賀她找到實習。
見狀，桑稚的心情又好了不少。她先發了個「抱住」的表情，隨後一個一個地點開，發現都已經被桑延領了。她半闔著的眼皮瞬間抬起，當作是他誤領了，她輸了個問號送出：？
桑延沒回覆。
桑稚等了好一會兒，不知不覺就睡著了。第二天醒來，她發現桑延依然沒回覆，反倒是桑榮為了哄她，昨晚又發了兩個紅包。過了幾分鐘後，他還發了一句：臭小子，整天除了欺負你妹還會幹什麼？

桑延依然一句話都沒說。

桑稚睡眼惺忪，莫名有種不好的預感。她伸手點開，發現這兩個紅包仍然被桑延領走了。

所有紅包加起來，有三千塊。

「……」

好了，別說冷戰，桑稚現在還想跟他斷絕關係，老死不相往來。

◇

接下來的幾天，施曉雨對桑稚依然是同樣的態度，她不管做什麼都會被罵。

比如，施曉雨叫桑稚去倒杯水。桑稚第一次倒常溫的被罵了，第二次先問了句「您要熱的還是冷的」，她反倒回了句「這還要問嗎」。然後桑稚按照她上次的要求，倒了杯溫的，依然被罵。

再比如，桑稚按照施曉雨的要求找的素材、畫出來的圖，她總能找到挑毛病的地方。桑稚修改了好幾次，也被她接連罵了好幾次，到最後她才用極為勉強的語氣，說了句「算了，就這樣吧」。

她仍舊是不滿意的姿態。

偶爾跟甯薇聊天，也聽她說過幾句找的實習有點不合適，但依然堅持著工作，桑稚也不想就這樣半途而廢。

她的生活變得比上課時還要規律，她每天除了上班就是加班，再然後就是回宿舍睡覺，任何事情都不想做。有時候脾氣上來了，桑稚想到合約還沒簽，要不然就直接不幹了；但又覺得被虐待了這麼多天，現在就拍拍屁股走人，反而一毛錢都拿不到，格外吃虧。

時間一晃就到了週五。

桑稚中午跟同事一起叫了外送，吃完之後，她收拾了一下，把盒子拿出去扔掉。

她走到樓梯間時，恰好看到施曉雨靠在窗邊講電話。她的聲音偏柔，說話也緩慢，跟在桑稚面前完全不同：「我覺得這小女生跟妳說的不太一樣啊？很聽話，被我這樣刁難也沒怨言，我也沒見過她跟公司的男同事說過什麼話……唉，我都不好意思這樣欺負她了。」

桑稚頓了一下，沉默著把垃圾扔掉。

施曉雨沒注意到她，仍在跟電話那頭的人聊天：「說得也是，不過照妳這麼說，這男的也很渣，妳換個對象吧。」

她沒再繼續聽，轉頭回了公司。桑稚到廁所洗了手，想著施曉雨的話。

看來，她這些天來受到的針對和謾罵，都是帶了私人情緒的。

但她真的不認識施曉雨啊。

難不成是她惹到了哪個同學，然後施曉雨是那個同學的姊姊？

不管怎樣，如果是工作上的問題，桑稚覺得自己還能忍。但現在已經確定對方就是刻意地在針對她，她就一絲一毫都不想再忍受了。

桑稚回到自己的位子，打算午睡一下。

施曉雨也已經回來了，此時拿起位子上的毯子，打算去沙發上睡一會兒。看到桑稚趴在桌上，她的腳步一停：「誰說妳可以睡了？」

桑稚側頭：「還沒到上班時間。」

施曉雨：「叫妳找的素材找好了？」

「沒有，」桑稚盯著她，平靜地說，「但現在不是上班時間。」

頭一回被桑稚回擊，施曉雨還有點不適應，她皺著眉，手掌在桌面重重拍了一下，惱火地道：「妳先找完，我趕著用。」

桑稚：「喔。」

施曉雨的表情緩和了些：「快點啊。」

桑稚又補了句：「不找。」

「……」施曉雨說，「妳說什麼？」

「妳要是真的著急，妳可以自己不午睡，現在去找。」桑稚的脾氣向來不好，此時她還是按捺著火氣在說話，「不然，妳要給我加班費嗎？」

因為桑稚的態度，之後施曉雨的行為明顯更惡劣了。

覺得合理的，桑稚還會忍著，覺得施曉雨是沒事找事的，她也會面無表情又禮貌地回應幾句。中途施曉雨去上廁所的時候，萬哲和何朋興忍不住過來跟她搭話。

萬哲：「妳今天吃炸藥了？」

何朋興：「妳不怕她之後更加針對妳啊？」

桑稚翻著文件，平靜地道：「忍著也是被罵，我還不如給她找點麻煩。」

何朋興：「好。」

萬哲：「幹得好。」

何朋興：「但我不敢。」

萬哲：「我也不敢。」

為了新來的三個同事，老闆張輝決定辦個聚餐，當作迎新會。所以今天的下班時間格外準時，施曉雨想刻意找事情給桑稚做，卻也找不到理由。

聚餐的地點在附近的一家吃到飽餐廳。

在張輝面前，而且還是下班時間，施曉雨也不敢太放肆，沒再刁難桑稚。

這一場聚餐結束，一行人決定到附近的ＫＴＶ放鬆一下。

桑稚不太想去，但見到其他人都去，她也不好意思提出要走。心想著過去待一個小時，她就找個宿舍門禁或者其他什麼理由先一步離開。

路上，桑稚聽到施曉雨在跟張輝說：「輝哥，我朋友打算來找我，讓她一起來可以嗎？」

張輝笑呵呵的：「可以啊，人多熱鬧。」

桑稚沒把這當一回事，走在後面，沉默地在微信上跟段嘉許說自己接下來要去的地方。

沒多久，桑稚見到施曉雨口中的朋友，是許久未見的江穎。

在這一刻，桑稚也突然想起了一開始為什麼會覺得施曉雨眼熟。施曉雨的臉漸漸跟在火鍋店時，攔著江穎瘋狂舉動的那個女人重疊上了。

桑稚坐在KTV的角落，情緒很淡，她盯著笑著跟所有人打招呼的江穎。

兩人視線撞上時，江穎的表情也沒有任何變化，桑稚也裝模作樣地露出個笑臉。

其他人唱歌玩牌喝酒，桑稚只跟著玩了一會兒，就回到角落坐下。

不知不覺，江穎就坐到桑稚旁邊。她看上去很正常，臉上帶著親近的笑容：「聽說妳才大一？」

桑稚裝沒聽見，不吭聲。

江穎：「這麼小就出來工作了啊？」

「……」

「跟個什麼都沒有的男人在一起，開心嗎？」

「阿姨，」桑稚嚼著眼前的花生，「我要是真的缺錢呢，我去找份家教，或者是去外面打工，都比在這間公司實習賺得多。」

「……」

「沒別的意思，妳要是想說這個，我先提醒妳一下。」桑稚抬頭，笑眼彎起，「不然妳說得累，我聽得也煩。」

江穎臉上的笑容凍結了，她定定地看著桑稚，突然往嘴裡灌了好幾口酒。也許是因為在場的人多，她也沒做出激烈的舉動。

桑稚低頭看了一眼時間。

江穎：「妳父母會同意妳跟他在一起？」

桑稚沒回應。

「妳覺得他真的喜歡妳？小朋友，認真地跟妳說一句，這個男人特別缺愛。」江穎輕聲道，「妳對他是不是很好？」

「……」

「任何一個人，只要對他好一點，他都能把這種感覺誤以為是愛情。」江穎說，「我看妳確實愛他愛得死去活來的，但妳如果跟他提分手，妳知道他會有什麼反應嗎？」

桑稚低頭玩手機，一聲也不吭。

江穎用指尖輕輕戳了一下她的手臂：「他會覺得，沒關係，妳能找到更好的就好。」

她的心臟像是被扎了根刺，唇角用力地抿了一下。

「然後呢，」江穎慢慢地說著，「妳這樣的人，他能找出千百個。」

桑稚這才開口，輕聲道：「妳來找我說這些話有意思嗎？」

「被我戳到痛處了嗎？抱歉啊。」江穎嘴裡的酒氣格外濃郁，有點難聞，「我就是看不慣他，好心提醒妳。妳說我沒事針對他幹什麼，因為他爸開車，把我爸撞死了。」

「我知道。」

江穎一愣，突然大笑起來，全身都在抖：「這件事他告訴妳了啊？他還好意思說啊——可真夠厚臉皮的呢。」

「現在都幾年了？」桑稚的語氣平靜無波，「一千年前連坐制就廢除了，阿姨。」

江穎僵硬地扯起嘴角，涼涼地道：「那我找誰埋怨？如果是妳家人發生這樣的事情，妳覺得妳不會變成我這樣？」

「段嘉許的爸爸犯了罪，」桑稚說，「所以法院判了刑，他會因自己所犯下的罪——」

「得到懲罰？」江穎猛地打斷她的話，冷笑，「得到懲罰？」

「……」

「我爸本來活得好好的。段志誠那個畜生，撞了人之後逃逸，」江穎咬著牙，一字一句地說，「因為怕坐牢，怕受到別人的指指點點，跳樓自殺了。」

「……」

「你說，他受到什麼懲罰？」

這件事桑稚也是第一次聽說。先前聽段嘉許說，他爸爸成了植物人，她只以為是那場車禍造成的影響。

良久，桑稚抬眼與她對視，語氣輕輕的：「那段嘉許不也是受害者嗎？」

◇

桑稚找了個理由離開，江穎沒跟著出來。她心裡很悶，一時也不想回學校，到附近買了份章魚燒吃。

沒多久，她收到段嘉許的訊息：在哪裡？我去接妳。

桑稚把位置告訴他。

這裡是個小廣場，還算熱鬧。有一群人在不遠處玩滑板，桑稚坐在旁邊的小石階上，把章魚燒吃完。她把盒子放在一旁，悶悶地打了個嗝。她想著江穎的話，莫名其妙地有點失神，開始回想著這段時間跟段嘉許的相處。

他對她很好。

他什麼都遷就著她，她想做什麼都陪著去做。她不願意的事情，他也不會強迫。

他對她很好。

這樣還不算很喜歡嗎？

但從第一天在一起開始，桑稚就很清楚，他們的喜歡應該是不對等的。他是一時興起也好，是日久生情也好，只要他有一點點喜歡她，好像也就足夠了。

桑稚忽地站了起來，盯著別人嘻嘻笑笑地玩著滑板。

桑稚注意到遠處有個男生牽著女生的手，小心翼翼地扶著她，像是怕她跌倒了。然後猛地被她親了一下，表情愣住，他面紅耳赤地鬆開手，沒想到兩人一起跌倒在地，卻都在笑。桑稚也莫名其妙地跟著笑。

她又看了好一會兒，段嘉許才傳來訊息說他到了。桑稚回覆著，問他具體位置，沒多久就看到他的身影。

桑稚把手裡的盒子扔掉，站到他面前。

段嘉許上下觀察著她：「喝酒了嗎？」

桑稚搖搖頭，抬眼看他，突然問：「我可以問你一個問題嗎？」

段嘉許眉眼一挑：「問。」

桑稚：「你為什麼喜歡我？」

聞言，段嘉許愣了，好笑地道：「這還有什麼原因？」

桑稚頓了一下，輕輕地喔了聲：「也是。」

「怎麼了？」

「沒什麼。」桑稚低下眼，忽地鬆開他的手，翻著自己的包包，從錢包裡拿出一張銀行卡，「這個給你。」

「嗯？」

「我之前辦的卡，裡面有四千多塊。」桑稚慢慢地道，「我上學期參加的那個比賽，我們小隊得獎了，然後把獎品賣掉分了錢。我還做了幾份家教，不過有點少，加起來沒多少錢。」

「……」

「獎學金不知道能不能拿到，如果拿到了就轉進去。這個工作如果我能堅持做下去，應該也有八千塊，」桑稚說，「到時候也會轉進去的。」

段嘉許有點反應不過來，喉結上下滑動著：「為什麼給我這個？」

「就是想告訴你，」桑稚鼻尖一酸，輕聲說，「我會一輩子對你好的。」

所以你不用找別人對你好，我能永遠毫無保留地對你好。

「這是要包養我的意思？」段嘉許歪著頭，低下目光看她，「但怎麼說得這麼委屈？」

段嘉許從口袋裡把自己的錢包拿出來，放在她的手心裡：「拿這些錢買漂亮的裙子給自己穿。」

然後，他接過她手裡的卡：「這個，就用來包養哥哥。」

桑稚抬頭看他。

「這錢給得還不少，所以，」段嘉許的心情似乎不錯，他伸手捏捏她的耳垂，往她耳邊吹了一口氣，「老闆，妳想幹什麼都行。」

他的氣息溫熱，噴在她的耳際，又癢又麻。語氣帶了幾分調笑，他是故意在逗她，格外不正經，又讓人無法生氣。

桑稚的負面情緒瞬間散去一大半，她抬眼，默不作聲地盯著他。

「怎麼不說話？」段嘉許直起身，輕笑了聲，主動承認，「好了，我知道我說話土。」

聽到這句話，桑稚的嘴角抿直，維持幾秒，這次她忍不住笑了：「你不是不承認嗎？」

段嘉許的眉眼稍抬：「還真的很土啊？」

桑稚吸吸鼻子，不再打擊他：「還可以。」她垂下眼，看著手上的黑色錢包一會兒後，還給他：「還你。」

段嘉許沒接下來，反倒把手上的卡塞進口袋裡，若無其事地說：「這個我可不還。」

桑稚小聲說：「我沒叫你還。」

段嘉許這才又把卡拿出來，垂眼看了半晌，忽地笑起來，喃喃低語：「我這年紀還能吃軟飯。」

「……」桑稚說，「這錢我也沒叫你亂花。」

「給我了還不讓我花啊？」

桑稚瞪他：「那得存著。」

段嘉許悠悠地道：「存著給妳當嫁妝？」

桑稚很正經：「存著買房。」

「……」

「我之前上網看了一下，市中心，三十坪的，頭期款大概兩百萬。」桑稚說，「按這個進度，我存個二十年應該能存到。」

段嘉許愣了一下，笑出聲來。他低著頭，愉悅的心情毫不克制，笑得肩膀都在抖：「好啊，等妳存。」

「……」

二十年聽起來是有點久，桑稚想了想，又道：「應該也不用那麼久。」

段嘉許：「嗯，哥哥等妳金屋藏嬌。」

「……」被他這麼一打岔，桑稚都有點忘記自己心情不好的理由了。她用那個錢包碰了碰他的手臂，提醒道：「你的。」

段嘉許接過，從裡面抽了兩張卡，遞給她：「老闆，您的卡。」

桑稚沒拿：「你給我卡做什麼？」

「我身上可不能留錢。」段嘉許笑，「不然怎麼吃軟飯？」

桑稚忍不住說：「我花錢很豪氣的。」

「那我運氣很好，」段嘉許拉長語尾說：「找到了一個出手闊綽的金主。」

「……」桑稚只收下了一張，小心翼翼地收進包包裡，「我不用，你好好收著，你要的話我就還給你。」

見她心情總算好起來了，段嘉許才開口問：「今天不是跟公司的人聚餐嗎？怎麼還不開心？」

算起來，江穎也是第二次來找她了。桑稚過去一週被針對也是因為江穎。她沒打算辭職，還想跟施曉雨硬碰硬一個月再拿工錢走人。

她怕也影響到段嘉許的心情，桑稚沒坦白：「就是帶我的師父有點煩人。」

◇

把桑稚送回學校之後，段嘉許開車回家。他把車開進社區裡，放慢車速，還沒開到要轉彎的地方，眼前突然有個人撞了上來。

段嘉許心頭一緊，下意識地剎了車。背脊在瞬間出了冷汗，大腦也有一瞬間的茫然，然後他解開安全帶，下了車。

剛剛撞上來的那個人半靠在他的車前，明顯喝醉了的樣子，沒被撞到，嘴裡嘟囔著聽不懂的話。

段嘉許深吸了一口氣，喊了聲：「先生？」

男人站直，突然指著車輪大罵：「你的車輾到我的狗了！」

聞言，段嘉許掃了一眼，並沒有看到他所說的「狗」。他閉閉眼睛，情緒還沒平復過來，他淡淡地說：「你喝醉了，去旁邊坐一會兒吧。」

「我沒醉！」男人還有點站不穩，醉醺醺地指著他，「我說，你的車，撞到我家的狗了！你得賠錢！」

聽到這邊的動靜，周圍陸陸續續有人圍過來看。

沒多久，保全也過來了，了解情況之後，有耐心地勸著架。但這個男人完全沒理智，聽到保全說「那你把狗拉出來」，還火氣十足地回了一句「狗的命就不是命了啊」。

鬧到最後也辦法，他們只能報警。段嘉許回到車上，漫不經心地看著男人在外面鬧，員警來了之後才脫身。

這麼一鬧，也花了半個小時的時間，回到家，段嘉許打開冰箱，拿了瓶冰水往嘴裡灌，舌根被刺激得有些發麻。他的腦子裡像是有根線在繃著，一扯就會斷。

掃了眼裡面五花八門的零食，段嘉許抿抿唇，隨手抽了塊巧克力。他坐到沙發上，撕開包裝咬了一口，極為甜膩的味道。

段嘉許順手把口袋裡的卡也抽了出來。他盯著看了好一會兒，眉眼一鬆，桃花眼隨之下彎，緊繃著的心情好像也漸漸放鬆下來。

把剩下的巧克力吃完，段嘉許拿了換洗衣服走進浴室。等他出來時已經接近十一點了，這個時間桑稚早就已經睡著了。

段嘉許卻還沒什麼睡意，拿出手機玩了好一陣子的遊戲，直到深夜一點才躺下睡覺。然後，他做了個夢。

夢到今天晚上，他在應酬上喝了酒，卻覺得自己沒醉，毅然決然地選擇開車回家，然後在路上撞上剛剛的那個男人。

他還聽到自己的聲音，聽到自己不斷地在阻止這件事的發生。極為絕望又歇斯底里的聲音，像是要刺破耳膜。

然而夢境裡的他還是逃跑了。

段嘉許夢到他成了段志誠。

那大概是段嘉許經歷過最兵荒馬亂的一個晚上。

他在房間裡寫著作業，想著寫完後還有時間能看一下漫畫。許若淑在客廳看電視，他還隱隱能聽到她斷斷續續的笑聲。

這本來是極其安寧的一個晚上。

直到段志誠回來。

他極為莽撞，身上還散發著濃郁而難聞的酒氣，整個人都在發抖。對於許若淑擔憂的問話和上前安撫，他也只是極為崩潰地推開她，恐慌到了極致。

這極大的聲響擾得段嘉許無法再寫作業。他停下手中的筆，起身走出客廳，問道：「媽，怎麼了？」

許若淑攏了攏身上的披肩，安撫地道：「沒事，你繼續去寫作業。」

「我完了。」然而段志誠並不像她所說的那般「沒事」，他雙眼赤紅，反反覆覆地重複著這三個字，「我完了……」

許若淑皺眉，被他這副模樣嚇到了：「到底怎麼回事？你喝成這樣是怎麼回來的？不是叫小陳送你嗎？」

「我自己……」段志誠的喉嚨裡發出近似哽咽的聲音，「我……我撞到人了……」

「……」

房子裡立刻安靜下來，只剩下段志誠粗重的喘息聲。

半晌之後，許若淑回過神，轉頭看向段嘉許：「阿許，回房間。」她連忙抓住段志誠的手臂，強行讓自己冷靜下來：「你好好說，發生了什麼事？」

段志誠扯著嗓子，大吼著：「我不知道！」

「你在哪裡撞的？你叫救護車了沒有？」許若淑的眼睛紅了，聲音也不自覺地發抖，「你下車看了嗎？」

「在人民路，就在那家雜貨店旁邊……」段志誠突然抬起頭，眼淚直直往下掉，「我怎麼辦……我要怎麼辦……」

段嘉許在這個時候開口：「爸，你叫救護車了嗎？」

段志誠連連搖頭，什麼都聽不進去：「不能叫，沒有人看到是我撞的，沒有人知道……你們不要管了！你們不要——」

許若淑也吼：「段志誠！你是不是瘋了！」

「……」

段嘉許的額角抽動著，手心發涼。他聽著父母的爭吵，然後沉默地走到沙發旁，拿起話筒開始打察覺到他的舉動，段志誠看了過來：「你幹什麼！」

那頭接通，段嘉許眼睛發紅，回頭直視著段志誠：「醫院嗎？人民路這邊有家雜貨店，旁邊有人出了車禍，有傷者，麻煩——」

段志誠像是瘋了一般，想過來搶他的電話，被許若淑攔著。

「麻煩儘快派人過來，謝謝。」把話說完，段嘉許掛斷電話，一字一句地道，「得救人。」

「……」

「那個人不一定死了，你為什麼不救人？」父親的形象在一瞬間崩塌，段嘉許臉上的肌肉收緊，咬著牙問，「你為什麼要跑？」

許若淑把段嘉許護在身後，認真地道：「你去自首。」

「……」

「認錯，贖罪。」第一次碰到這麼大的事情，許若淑的聲音帶著濃厚的哭腔，「你做錯了事情，你得彌補，這是你該做的，不應該逃避。」

「……」看著兩人的表情，段志誠仍在搖頭。他整張臉都是紅的，額頭上也不停地流著汗，「我不想坐牢……我不想……」

許若淑還想說什麼。

段志誠像是神志不清一般喃喃地道：「我償命行嗎？我死了總行了吧？」

然後，段嘉許看到他此生永遠忘不掉的一個畫面。

他的父親，為了逃避這份罪孽，突然往陽臺的方向衝，然後縱身從六樓跳了下去。

段志誠沒死成，成了躺在床上的植物人。

難以承受的醫藥費、巨額的賠償金、永不止息的指責，所有該讓段志誠承受的罪責全部轉換了方向，重重地往這個家庭壓了下來。

段嘉許和許若淑承受著江穎一家，包括他們所有親戚的糾纏不放。

年紀尚小的孩子及溫柔懦弱的女人成了最好欺負的對象。沒完沒了的勒索以及尖銳惡毒的詛咒，直到他們搬家之後才漸漸地停歇下來，卻成為他們心中永遠縈繞不去的陰影。

——『你也該去死。』

——『真不知道你長大之後會變成什麼樣子。』

段嘉許怕自己會像所有人所說，以後會成為段志誠那樣的人，所以他從不喝酒，做任何事情都循規蹈矩。

段嘉許自卑、小心翼翼地努力活著。他不相信命運，也絕不在其他人的言語中選擇自暴自棄，跌入泥潭。

他相信，會像許若淑說的那樣，也像他自己所想的那樣，活得比任何人都好。

◇

桑稚的手機長期關靜音，主要是因為上課，以及平時怕影響到室友。但最近一個人在宿舍，也因為總是沒能及時看到別人的訊息，她便開了聲音。

半夜，她被一通電話吵醒。桑稚被吵得心煩意亂。一時間還以為是鬧鐘響了，她摸著手機，迷迷糊糊地把電話掛掉，蒙上棉被繼續睡。

沒多久之後，電話再度響起。桑稚稍微清醒了一點，皺著眉，定神看螢幕，發現是段嘉許打來的。

注意到手機中央的時間，桑稚頓時炸了。她平復著呼吸，忍著脾氣接起電話，直接開了擴音。狹小的寢室內瞬間響起了段嘉許的聲音：『睡了？』

桑稚快瘋了：「現在三點了，大哥。」

段嘉許頓了一下，在那頭悶悶地笑著：『對不起，我有點睡不著。』

桑稚只想睡覺，敷衍地問：「你要幹嘛？」

『跟妳說說話。』

「我要睡覺！」桑稚忍著直接掛電話的衝動說：「你去找我哥，我覺得他現在應該也沒睡，他一般週末都通宵的——」

段嘉許：『只想找妳。』

「……」桑稚翻了個白眼，但又覺得他半夜來騷擾她好像不太對勁，她伸手把視訊鏡頭打開，「你幹嘛？」

她這邊黑漆漆一片，開了相機也看不到任何東西。

見狀，段嘉許那邊也打開鏡頭，露出他的臉。他那頭的光線不太亮，顯得畫質有點低：『沒事，妳睡吧。』

「你是不是做惡夢了？」

段嘉許笑了一聲：『妳怎麼知道？』

因為剛醒來，桑稚說話帶了點鼻音，聽起來軟軟的，語速也很慢：「這個時間，除了作惡夢還能是什麼？」

『……』

「你是不是夢到有鬼？鬼壓床？你怎麼膽子這麼小？」桑稚嫌棄地道，「你現在躺好，我唱搖籃曲給你聽。」

段嘉許輕輕嗯了聲。

桑稚趴在枕頭上，開始唱：「睡吧，睡吧，我親愛的寶貝……」

『……』

很快桑稚就停了下來，坐了起來：「我感覺這樣唱我會先睡著。」

段嘉許又開始笑，帶著依稀的氣息聲。

桑稚裹著被子靠牆坐著，手裡抱著手機，想到什麼就說什麼：「只是惡夢而已，都是假的。你看看周圍的東西，你看看螢幕裡的我——」

『……』

「喔。」桑稚的腦子有點不清醒，「我這邊沒燈，我懶得下去開。」

段嘉許笑著回應：『嗯。』

「都是假的，」就連坐著桑稚都覺得自己要睡著了，亂七八糟地扯著話，「我才是真的，別的都是假的。」

段嘉許聲音低沉，顯得戀戀不捨：『我知道。』

兩人有一搭沒一搭地說著話，桑稚不知不覺又躺平了，漸漸睡去。

手裡的電話仍舊沒掛，那頭的人聽著她平緩的呼吸聲，低笑了一聲，也漸漸入眠。

直至天明。

◇

新的一週，桑稚照常到公司上班。

她照常被施曉雨針對找碴，然後俐落地回應。次數多了，看著每次都被她氣到說不出話來的施曉雨，桑稚居然還有種十分樂在其中的感覺。

下班時間到了，施曉雨準時揹上包包走人。臨走前，她冷冷地瞥了桑稚一眼，面無表情地道：「把報表整理好再回去。」

桑稚點頭：「喔。」

等她走了之後，桑稚也開始收拾東西，準備下班。注意到她這邊的狀況，何朋興瞪大眼：「妳要走了？不是叫妳整理報表嗎？」

桑稚：「明天再來整理。」

萬哲羨慕：「桑稚，妳怎麼這麼帥啊？」

何朋興：「妳明天過來會被曉雨姊罵死。」

「整不整理都被罵，」桑稚說，「那我還不如早點下班，好好休息一下，養精蓄銳，等著她明天來罵我。」

「……」

萬哲：「我要是跟她一樣大，我也能這麼酷。」

何朋興：「我要是不打算轉正，我也能這麼酷。」

桑稚：「……」

這樣上班就真的比較有意思，離開公司，桑稚也不覺得疲倦。她坐上火車，到段嘉許的公司樓下等他下班。她找了家壽司店，隨意點了個套餐，然後翻出漫畫來看。

沒多久，桑稚接到了黎萍的電話。

黎萍：『只只，妳現在在哪裡？還在加班啊？』

桑稚咬著壽司，說：「沒，剛下班。我現在在吃晚餐。」

『吃完就快點回宿舍吧，知道嗎？』黎萍嘆了一聲，『妳一個人在那邊，搞得我太不放心了。以後實習在南蕪這邊找，好不好？』

「沒事，」桑稚看了一眼時間，「我應該八點就回去了，不會太晚的。」

『好，晚點跟媽媽視訊一下。』

「好。」

桑稚掛了電話，沒太把這件事情放在心上，繼續吃著壽司。

很快，段嘉許也來了。桑稚也幫他點了一份，說著：「我今天得早點回去，我媽要跟我視訊。」

「嗯。」

吃完飯，段嘉許就送桑稚回學校。他沒開車，兩人下了火車之後，手牽著手往宜荷大學走。桑稚：「今天施曉雨叫我去倒一杯溫水給她，我就去了。」

「然後呢？」

「我倒完之後，她就罵我，說她明明是要冷水。」提到這個，桑稚來了興致，「我就說，那個飲水機沒有冷水了。」

段嘉許覺得好笑：「然後呢？」

「她很生氣啊，說怎麼可能沒有冷水。我說，那妳去試一下，她就去試了。然後跟我說，明明就可以。我就說，可能我一用就壞了——」

沒等桑稚說完，她的手機鈴聲突然響了起來。桑稚邊說邊摸出手機，看到來電顯示居然是桑延。她眨眨眼，非常沒骨氣地接了起來：「幹嘛？」

那頭頓了一下，語氣涼涼的：『妳回宿舍了？』

「你跟媽媽今天怎麼都要問一遍？」桑稚覺得莫名其妙，「我現在快到學校了，怎麼了？」

『所以，』桑延一字一句地從嘴裡吐出話來，『現在在校門口，跟一個男人手牽著手的人是妳，對吧？』

「……」聽著這極其突然的話語，桑稚還有點茫然，一時沒反應到他話裡的意思，下意識地往四周看著，「啊？哥哥，你來宜荷了嗎？」

那頭已經掛了電話，桑稚也同時發現了桑延。

他正在馬路旁，面無表情地盯著他們兩個交握著的手。旁邊有輛計程車駛動，消失在車流之中，像是帶走了這世上所有的聲音。

「是我眼瞎了？我怎麼覺得妳這個研究生男朋友，」桑延冷笑了一聲，「長得跟段嘉許那條狗一模一樣？」

「……」

桑稚僵硬地轉頭，順著他的視線往段嘉許的臉上看。像是被家長抓到偷偷談戀愛一樣，她猛地把手抽回，不自在地揹到身後。

她吞吞口水。本來不覺得這是什麼大事情，但桑延不善的表情以及關係突如其來地被戳破，兩者結合之下，讓毫無心理準備的桑稚心臟頓時就要跳出來。

段嘉許低著眼，看著自己瞬間空蕩蕩的手，眉梢一挑。

然後，桑稚擠出一句：「是滿像的。」

「……」

「但你仔細看看，」桑稚結結巴巴地，「還是有、有一點區別的，就是撞臉……大眾臉……我認識好幾個人都長這樣的臉——」

桑延打斷她的話：「妳真的當我是傻子？」

「……」

「要不要我幫妳想個理由？」桑延瞳孔漆黑，自以為冷靜，實際上又很不冷靜地說著，「段嘉許瞎了、瘸了、醉了，所以為了扶著他，妳一定得牽著他的手。」

安靜三秒，桑稚強裝鎮定地道：「大概就是醉了吧？」

聽到這句話，桑延的眉頭一皺，皮笑肉不笑的表情也漸漸收了起來。他不動聲色地平復著呼吸，盯著桑稚，一字一句地道：「妳給我過來。」

桑稚怕被他罵，求救般地看向段嘉許。

見狀，段嘉許也側頭看向桑稚，表情若有所思。接著，他開了口，說出來的話卻是在回應她剛剛說的話：「我這長相也不大眾吧？」

「……」

雙重夾擊。

兩個有毛病的男人。

桑稚也不知道自己為什麼要成為最慌張的那一個。她深吸了一口氣，目光在兩人身上轉著，然後她忽地把段嘉許往桑延的方向推。

她把責任全往段嘉許身上推，實話實說：「是他追我的。」

對上桑延的視線，段嘉許終於開始有了一絲的罪惡感。他嘴角的弧度慢慢斂起，輕咳了一聲，承認：「是我追她的。」

「……」

——下集待續

高寶書版集團
gobooks.com.tw

YH 045
偷偷藏不住（中）

作　　者　竹　已
特約編輯　米　宇
責任編輯　陳凱筠
封面設計　鄭婷之
內頁排版　賴姵均
企　　劃　何嘉雯

發 行 人　朱凱蕾
出　　版　英屬維京群島商高寶國際有限公司台灣分公司
　　　　　Global Group Holdings, Ltd.
地　　址　台北市內湖區洲子街88號3樓
網　　址　gobooks.com.tw
電　　話　(02) 27992788
電　　郵　readers@gobooks.com.tw（讀者服務部）
傳　　真　出版部(02) 27990909　行銷部 (02) 27993088
郵政劃撥　19394552
戶　　名　英屬維京群島商高寶國際有限公司台灣分公司
發　　行　英屬維京群島商高寶國際有限公司台灣分公司
初　　版　2021年8月

本著作物由北京晉江原創網絡科技有限公司授權出版。

國家圖書館出版品預行編目(CIP)資料

偷偷藏不住／竹已著; -- 初版. -- 臺北市：英屬維京群島商高寶國際有限公司臺灣分公司, 2021.08
面；　公分. --

ISBN 978-986-506-212-5(上冊：平裝). --
ISBN 978-986-506-213-2(中冊：平裝). --
ISBN 978-986-506-214-9(下冊：平裝). --
ISBN 978-986-506-215-6(全套：平裝)

857.7　　110013288